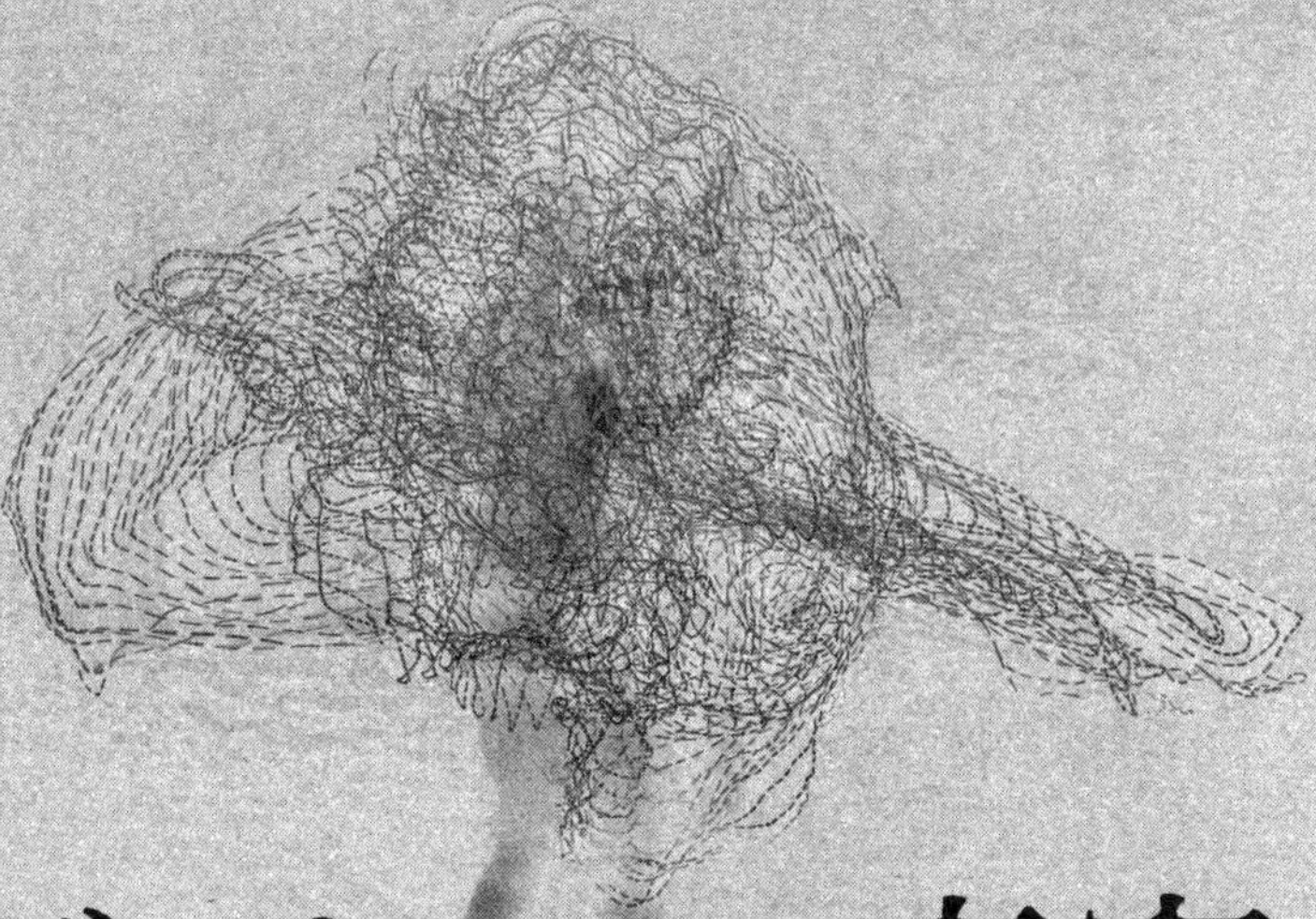

ヴェリティ／真実

Verity

コリーン・フーヴァー

相山夏奏＝訳

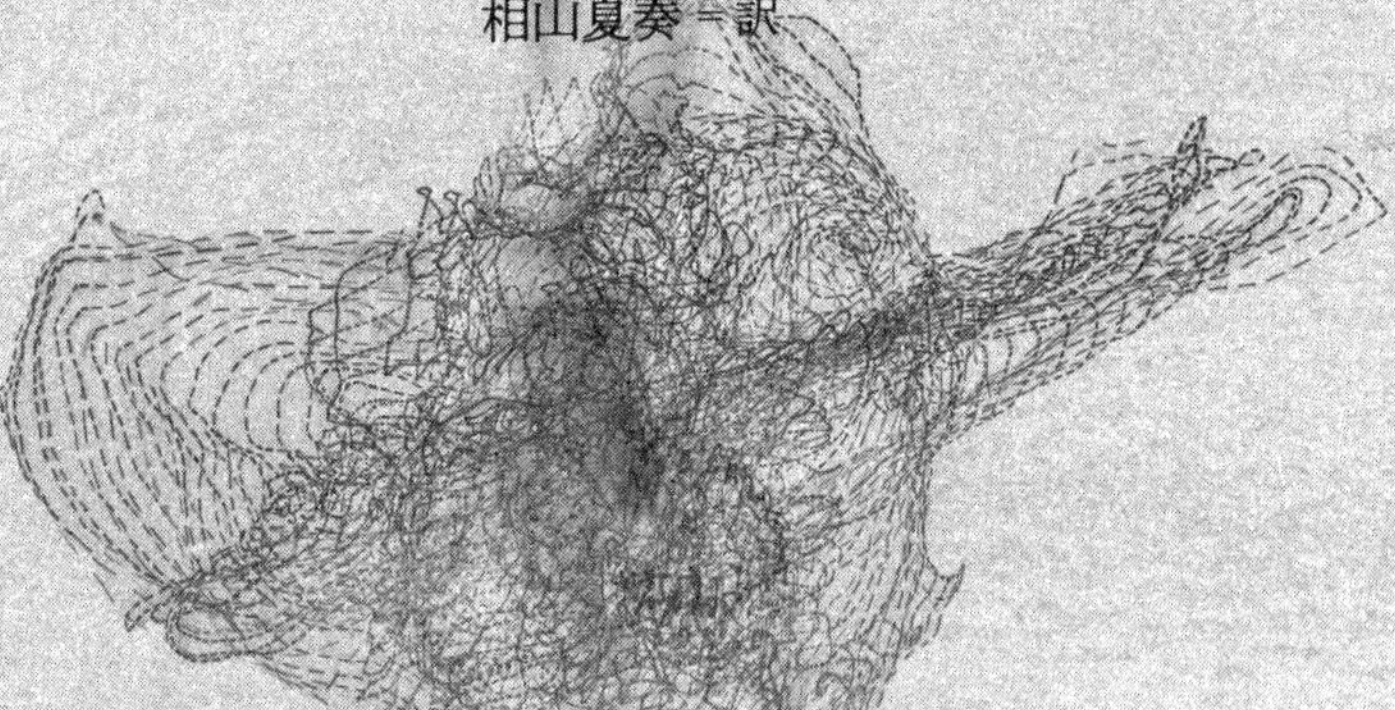

二見書房

Verity
by
Colleen Hoover

Japanese translation rights arranged with
DYSTEL, GODERICH & BOURRET LLC
through Japan UNI Agency, Inc.

本書をタリン・フィッシャーに捧げる
人の中に存在する光と同様、闇も受け入れてくれたことに感謝を込めて

◆登場人物紹介

ローウェン・アシュリー――――小説家
ヴェリティ・クロフォード――――ベストセラー作家
ジェレミー・クロフォード――――ヴェリティの夫
クルー――――ヴェリティとジェレミーの息子
チャスティン／ハーパー――――ヴェリティとジェレミーの双子の娘
コーリー――――ローウェンの作家エージェント
エイプリル――――看護師
パトリシア――――ヴェリティの友人

1

ぐしゃっ、頭蓋骨《ずがいこつ》が砕《くだ》ける音がして、血しぶきが飛んできた。

息をのみ、あわてて歩道に戻る。ヒールが片方、縁石《えんせき》にひっかかって、わたしは思わず駐車禁止の標識《ひょうしき》の支柱をつかんだ。

ほんの数秒前、男はわたしの目の前にいた。交差点で信号が青になるのを待つ人の群れとともに。そしてまだ信号が変わらないうちに歩きだし、その結果、トラックにひかれた。男を止めようとあわてて伸ばした手が宙をつかんだ瞬間、ぎゅっと目をつぶる。男の頭がタイヤに踏みつぶされるところなんか見たくない。けど、シャンパンのコルクを抜いたときのような、ぽんっという音は聞こえた。

非は明らかに男にある。ずっと携帯の画面を見つめていた。そんなふうにして何度も、事故にもあわず、ここを通ってきたのだろう。時に慣れは死を招く。

まわりの歩行者が驚きに息をのむ。だが、誰ひとりとして叫び声はあげない。事故を起こしたトラックから運転手が飛びでてきて、男のそばに膝《ひざ》をついた。何人かの人が、手を貸そうと駆け寄るなか、わたしはその場からあとずさった。あらためてタイヤに踏みつぶされた男を確認するまでもない。さっきまで白かったわたしのシャツが、一瞬にして血しぶきに染まったのを見れば、今必要なのは、救急車じゃなくて霊柩車《れいきゅうしゃ》なのは明らかだ。

　わたしは事故現場に背を向け、一息つける場所を探した。けど、進めのサインが点灯した今、人の群れは一斉に同じ方向へ向かっていく。マンハッタン名物のこの川を、流れに逆らって泳ぐのはとてもむりだ。事故現場のすぐ脇を通っても、何人かは携帯の画面から目をあげることもしない。わたしはその場に突っ立ったまま、人がまばらになるのを待った。細心の注意を払って、男の姿を見ないように事故現場を振り返る。車の後ろで、あわてた様子のトラックの運転手が携帯で誰かと話している。通行人が三、四人、手助けをしている。数人の野次馬が、おぞましい光景を携帯で動画に収めていた。

　もしわたしが今もまだ、バージニアに住んでいて、そこで同じことが起こったら、まったく別の光景が繰り広げられるだろう。通行人は立ち止まり、パニックが起こる。悲鳴があがるなか、マスコミがただちに現場に駆けつけるはずだ。でも、ここマンハッタンでは、歩行者と車の衝突など珍しくもない。渋滞を引き起こしたり、服を血まみれにしたりする、単なるはた迷惑な出来事の一つだ。こんなのは日常茶飯事で、新聞にさえ載《の》らない。

　この街の人々の無関心さにはぞっとするときがある。けど、それこそが十年前、わたしがここにやってきた理由だ。わたしのような人間には、人のあふれるこの場所がお似合いだ。わたしがどんな暮らしをしているかなんて誰も気にしないし、わたしよりはるかにつらい人生を歩んでいる人々がたくさんいる。

　ここではわたしは透明人間だ。誰もその存在に気がつかない。マンハッタンにはあまりに人が多すぎて、わたしにかまう余裕もない。それが、わたしがこの街を好きな理由だ。

「けがはない?」

顔をあげるとひとりの男がいた。わたしの腕に軽く手を添え、じろじろとシャツを見ている。けがの有無を確かめるようにわたしを見る男の顔に、心配が刻み込まれている。男は他人に無関心なニューヨーカーとは違う、そんな気がした。もちろん、今はこの街に住んでいるかもしれない。けど、それがどこにしろ、出身地は、彼から他人への関心を奪ってしまうような場所ではなかったに違いない。

「けがは?」男はもう一度いって、今度はわたしの目をのぞきこんだ。

「大丈夫。この血、わたしのじゃなくて……。歩道に立っていたら、そばの男の人が……」わたしはそこでふいに口をつぐんだ。男が目の前で死んだの。わたしは彼の血がかかるほど、近くにいた。

他人の関心がわずらわしくて、マンハッタンに来た。だからといって、どんなことにも無関心でいられるわけじゃない。いつも努力はしている。何か、たとえば足元のアスファルトのように、何事にも動じない人間になりたいと思っている。でも、これまでのところ、うまくいっているとはいえない。現にさっき見た光景に、胃がねじれるような思いを味わっている。

口を手で覆《おお》った瞬間、唇に何か粘り気を感じて、わたしははっと手を離した。ここにも血が……。シャツを見下ろす。血、わたしのじゃない血がべっとりついている。シャツをつまみ、胸から引きはがす。血が乾きはじめた部分が、肌にへばりついている。

水が必要だ。頭がくらくらする。額をさすって、鼻をつまみたい。でも自分に触れるのは嫌だ。わたしはまだ自分の腕をつかんでいる男を見上げた。

「顔にも血がついてる？」

男は唇をきゅっと結び、あたりを見回すと、数軒先にある、通り沿いのカフェをあごで示した。

「店にトイレがあるはずだ」男はわたしの背中に手を添え、店のある方向へと促した。

わたしは通りの向こうにある、パンテン・プレスのビルを見た。事故の前、わたしが向かおうとしていた場所だ。あともう少し、何があっても出席しなくちゃならないミーティング場まで、あと五、六メートルだ。

あの男は目的の場所まで、あとどのくらいのところで死んだのだろう？

カフェにつくと、男はわたしのためにドアをあけた。両手にコーヒーを持ち、わたしのそばをすり抜けようとした女性が、血だらけのシャツを見て、ぎょっとしたようにあとずさって道を譲《ゆず》る。わたしは女性用トイレへ向かった。だが、使用中だ。男は男性用トイレのドアを押しあけると、わたしを手招きした。

男はドアに鍵《かぎ》はかけず、洗面台へ行くと、水栓をひねった。わたしは恐る恐る鏡をのぞきこんだ。よかった。思ったほどひどいことにはなっていない。頬についた血は乾いて黒くなりはじめ、眉の上にも細かな血しぶきがついている。けれどさいわいにも、あまりに派手に血が飛び散ったシャツのせいで、こちらはあまり目立たない。

男はペーパータオルを水で湿らせ、渡してくれた。わたしが顔についた血をふき取る間に、男がさらに数枚のペーパータオルを濡《ぬ》らす。血の匂いがする。鼻をつく独特な匂いに、十歳の頃の記憶がよみがえった。あの強烈な血の匂いは、何年たっても忘れられない。

さらにこみあげる吐き気に息を止める。ここで吐きたくない。とにかく、このシャツを脱ぎたい。今すぐに。

わたしは震える指でボタンをはずし、シャツを脱ぐと、それを蛇口の下へ置いた。水を流しっぱなしにしたまま、男の手からもう一枚、湿らせたペーパータオルを受け取り、胸についた血をふき取る。

シャツを脱ぎ、色気も何もないブラジャー一枚でそこに突っ立っている間、男は誰も入ってくることがないようドアをロックし、自分はドアのほうに顔を背け、わたしを見ないようにした。その紳士的なふるまいに、逆に落ち着かない気分になる。わたしは身を硬くして、鏡の中の男を見つめた。

ノックの音がした。

「すぐ出ます」男が答える。

わたしはほっと小さな息を吐いた。いざというときには、大声で叫べば、ドアの外にいる誰かが気づいてくれそうだ。

わたしは懸命に血をぬぐった。首や胸についた血をすべてぬぐい去ることができるまで。続いて髪の毛もチェックする。鏡を見つめ、右、左と頭を振る。血はついていない。その代わりに、色あせたキャラメル色の髪の根元、伸びて黒い部分が目についた。

「ほら」男はそういいながら、糊《のり》のきいた真っ白なシャツの最後のボタンをはずした。「これを着ればいい」

男はすでにジャケットを脱いで、ドアノブにかけている。シャツを脱ぎ、白いアンダーシャツ姿になった。筋肉質の体、わたしよりずいぶん背が高い。きっと男のシャツの中で、わたしの体が泳いでしまうだろう。そんな姿でミーティングには行けない。けど、それ以外の選択肢はなさそうだ。わたしは差し出されたシャツを受け取った。それからさらに数枚、乾いたペーパータオルを手に取ると、肌についた水分をふき取り、シャツを着て、ボタンをかけた。不格好だけど、少なくともわたしの頭蓋骨が誰かのシャツに飛び散ったわけじゃない。不幸中のさいわいだ。

わたしは洗面台からずぶ濡れのシャツを取り出した。これはもう捨てるしかない。シャツをゴミ箱に投げ入れると、洗面台の縁に手をついて、鏡の中の自分を眺める。疲れてうつろな二つの瞳がこちらを見つめ返す。ついさっき目撃した恐ろしい出来事のせいで、ふだんは明るい茶色の瞳が陰りを帯びて見える。手のひらの付け根で頬をこすり、赤みをさそうとしたけれど、効果はなかった。まるで死人だ。

鏡に背を向け、壁にもたれかかる。男はネクタイを丸めて、スーツのポケットにつっこむと、目を細めて、わたしの様子をうかがった。「もう大丈夫？　それともショック状態？」

ショック状態じゃない。けど、いつもどおりかといわれると、それも違う気がする。「わからない」わたしは正直に答えた。「あなたは大丈夫？」

「大丈夫だ」男はいった。「残念ながら、あれより悲惨な光景を見たことがあるからね」

わたしは頭を傾け、謎めいたその返事が何を意味するのか考えた。目をそらした男を、見つめずにはいられない。彼は何を見たのだろう？　トラックの下でつぶれた男の頭より悲惨な光景なんて……。やっぱり生粋《きっすい》のニューヨーカーなのかもしれない。あるいは病院で働いているのかも。男はどこか人の上に立つ人間特有の、いかにも有能そうな雰囲気をまとっている。

「もしかしてドクター？」

男は首を振った。「不動産業だ。今はもうやめたけど……」男は一歩前に出ると、わたしの肩に手を伸ばし、シャツ――正確には彼のシャツだけど――から何かをさっと払った。そして腕をおろすと、しばらくわたしの顔を見つめ、後ろに下がった。

男の瞳は、たった今、彼がポケットにしまったネクタイと同じ色だ。フランスのリキュール、シャルトルーズを思わせる緑。端整な顔立ちをしているのに、なぜか男は自らの容姿を疎《うと》んじている気がする。人の注目を浴びるのはごめんだとでもいうように。彼もまたわたしと同じく、ここで人に紛《まぎ》れ、透明人間として生きることを望んでいるのかもしれない。

ほとんどの人間は、何者かになりたくて、マンハッタンへやってくる。けれど、何者でもない者になりたくてこの街にやってくる人間もいる。

「名前は？」男がたずねた。

「ローウェン」

わたしの返答に、男は一瞬、押し黙った。ほんの一瞬だけれど。

「ジェレミーだ」男は洗面台に近づくと水を出し、手を洗いはじめた。好奇心に駆られ、わたしは男を見つめ続けた。さっきの事故より、さらに悲惨な光景って？　かつては不動産を扱っていたらしいけれど、たとえ仕事でどんなへまをしたとしても、男がまとう闇を説明できない。

「何があったの？」わたしはたずねた。

男が鏡越しにわたしを見る。「何があったって？」

「さっきの事故よりひどいものを見たって……。何を見たの？」

男は水を止め、手をふくと、わたしに向き直った。「本当に知りたい？」

わたしはうなずいた。

男はペーパータオルをゴミ箱に投げ込むと、ポケットに手をつっこんだ。男の顔が一段と陰りをおびる。目はわたしのほうを向いているけれど、その心はどこか他の場所をさまよっている。「五カ月前、八歳の娘の遺体を湖から引き上げた」

わたしは息をのみ、のどに手をあてた。彼の表情に滲《にじ》むのは憂鬱《ゆううつ》じゃない、絶望だ。

「ごめんなさい《ソーリー》」わたしは小さな声でいった。他に言葉が見つからない。彼の娘がかわいそう《ソーリー》で、好奇心からそんな質問をしたことが申し訳《ソーリー》なかった。

「きみは？」男はカウンターにもたれかかった。何をいわれても受け止める準備はできている、そんな面持ちだ。待っていたのだろう。自分の悲劇はまだそれよりましだと思わせてくれる誰かが現れるのを。最悪の経験をすると、人は誰でも、自分と似た人……自分より悲惨な経験をした人を探し、その人と自分を比べて、自分はまだましだと自らを慰めようとする。

口を開きかけて、わたしは言葉を飲み込んだ。ごく最近の出来事について考える。本当に話すべきだろうか？　彼の悲劇と比べたら、それはあまりに取るに足らない出来事だ。「先週、母が亡くなったの」

ノーリアクション。わたしが男の話に示した反応とは大違いだ。やっぱり、男はわたしが自分をしのぐ悲惨な体験をしているのを願っていたのかもしれない。でも、違った。彼の勝ちだ。

「どんなふうに？」

「癌《がん》よ。一年近く、自宅で母の看病をしていた」この話を誰かにするのははじめてだ。手首の脈が痛いほどに激しく打つ。わたしは手首を、もう一方の手でしっかりと握りしめた。「実は今日、母が亡くなって、数週間ぶりにはじめて外に出たの」

わたしたちはさっきより長く見つめあった。話題を変えたい。いきなり見知らぬ他人と、こんな重い会話をするのははじめてだ。早く終わらせたい、いったいこの会話はどこへ向かおうとしているのだろう?

どこへも行かなかった。話はそこで終わった。

男はもう一度鏡に向かい、自分の姿を確かめると、額にかかるダークな色の髪をかき上げた。「行かなくちゃ、ミーティングがあるんだ。本当にもう大丈夫?」男が鏡の中のわたしを見つめる。

「オーライ」

「オーライ?」男は振りむき、いぶかしげにその言葉を繰り返した。まるでわたしが、この場にそぐわない言葉を口にしたかのように。

「オーライ」わたしは繰り返した。「助けてくれてありがとう」

男の笑顔が見たい。笑えるような場面じゃないとわかっているけれど、彼が笑ったらどんな顔になるのか興味がある。代わりに男は軽く肩をすくめた。「オーライ、じゃあね」男はドアの鍵をあけ、わたしのためにドアを支えた。だが、わたしはすぐにはトイレを出ず、男を見つめた。まだ外の世界と対峙《たいじ》する準備ができていない。彼に感謝している。もっと何かをいいたい、この感謝の気持ちを伝える何かを。コーヒーをおごるとか、あるいはシャツを返すとか。

他人のためにここまでしてくれる人がいるなんて……今どき珍しい。だが、左手に光る結婚指輪の輝きが、わたしを押し出した。トイレから、そしてカフェから、そしてさっきより増えた野次馬が群がる通りへと。

救急車が到着し、道路をふさいで停まっている。わたしも目撃者として証言をすべきだろうか？　迷いながら歩いて事故現場に戻る。メモを取りながら、目撃者の話を聞く警官のそばでじっと待つ。おそらくわたしの証言も同じようなものだ。けど、とにかくわたしも自分なりの説明をして、連絡先を教えた。大して役に立ちそうもない。何しろ男がはねられた瞬間を見ていないのだから。ただ、男の近く、シャツがジャクソン・ポロックの抽象画みたいになるほどの至近距離にいて、その音を聞いただけだ。

ふと振り返ると、ジェレミーがコーヒーを手に店から出ていくのが見えた。通りを渡っていく。どこか知らないけれど、目的の場所を目指して。彼の心はもうここにはない。わたしからはるか遠い場所、おそらく妻のところだ。家に帰ったとき、シャツがないことをどう言い訳しようか考えているのだろう。

わたしは小さなバッグから携帯を取り出し、時間を確かめた。コーリーとパンテン・プレスの編集者とのミーティングまであと十五分だ。見知らぬ男と別れて、ほっとするかと思いきや、手の震えがさっきよりひどくなっている。コーヒーでも飲めば、少しはよくなるかもしれない。モルヒネは間違いなく効く。けど、母が亡くなったあと、アパートメントに医療器具を回収に来たホスピスのスタッフが全部持っていってしまった。不覚だった。動揺していて、それを隠すことまで気が回らなかった。今こそ役に立ったはずなのに。

2

昨日の夜、コーリーが今日のミーティングに関するメールを送ってきた。数カ月ぶりの連絡だ。そのとき、わたしはコンピュータの前に座って、足の親指を這《は》いのぼってくる一匹のアリを見つめていた。

アリはたった一匹で、右、左、上、下と、食料か友達でも探すみたいにせわしなく動き回っている。自分の孤独にうろたえているのだろうか？　あるいは突然手にした自由に胸を躍らせているのかもしれない。なぜ、このアリはひとりぼっちなのだろう？　考えずにいられない。アリは普通、隊列を組んで移動する。

このアリがこんなに気になること自体、早くこの部屋を出ろという啓示のような気がする。長い間、母親の介護に追われて、外出もままならなかった。久しぶりに廊下に出たら、わたしもこのアリのようにうろたえてしまうかもしれない。右、左、あっち、こっち、わたしの友達はどこ？　食べ物はどこ？

アリはわたしのつま先からおりると、フローリングを移動し、やがて壁の下に姿を消した。その瞬間、コーリーのメッセージが着信した。

数カ月前、もう終わりにしたい、そういうとコーリーも納得した。それ以来セックスもしていない。今の彼とのコンタクトは、エージェントと作家のもっとも適切な連絡方法、メールだけだ。

コーリーのメッセージにはこう書かれていた。〝明日の朝九時に、パンテン・プレスの本社、十四階で。おそらく仕事を依頼できると思う〟

母のことを気遣《きづか》う言葉もない。まあ、今さら驚くことでもない。コーリーにとって大事なのは、自分と自分の仕事だけだ。だから別れた。けど、わかっていてもいらつく。そうする義務はなくても、せめて気にするふりぐらいはできるはずだ。

すぐに返信はしなかった。代わりに、携帯は置いたまま、壁の下にあるひび——さっきアリが消えていった場所——を見つめ続けた。壁の中に仲間がいる？　それとも壁の中でもひとりぼっちなのだろうか？　たぶん、わたしと同じなのかもしれない。わざと他のアリを遠ざけようとしているのかもしれない。

なぜわたしが他人を避けるようになったのか、言葉で説明するのはむずかしい。けれど、あえていうなら、母親がわたしを忌み嫌っていたことが影響していると思う。

忌み嫌うというのは、少しばかり大げさかもしれない。けど、自分の娘であるにもかかわらず、母はわたしのことを何をしでかすかわからないと思っていた。そして学校以外の場所で、ことごとく他人からわたしを遠ざけようとした。起きているときにも、わたしが夢遊病のときのように、突飛な行動に出るのを恐れたからだ。その恐れを抱えたまま、わたしは大人になり、大人になった頃には、自分なりのライフスタイルを確立していた。一匹狼《おおかみ》、それがわたしだ。

友達はほとんどおらず、人付き合いもしない。母が亡くなる数週間前から、ずっと家を出なかった理由もそこにある。

久しぶりの外出は、母の看病中には行きたくても行けなかった場所、セントラルパークとか、本屋になるだろうと思っていた。なんでもいいから次のオファーをもらって、家賃が払えて、家を追い出されませんように……そう願いながら出版社のロビーで入館待ちの列に並ぶことになるなんて思いもしなかった。ホームレスになるか、仕事をゲットして次の部屋を見つけられるかどうか、運命のミーティングはすぐそこだ。

わたしは自分を見下ろし、ジェレミーがカフェのトイレで貸してくれた白いシャツを眺めた。突飛な格好だと思われなきゃいいけど……。でもうまくいけば、まるで自分がふたりは入りそうなほどの紳士物のシャツを着るのが、今のトレンドだと思わせることができるかもしれない。

「すてきなシャツだね」後ろで誰かの声が聞こえた。

ジェレミー！　わたしはぎょっとして振り向いた。

わたしをつけてたの？

列の順番が来た。わたしは警備員に運転免許証を提示し、あらためて彼を見た。新しいシャツを着ている。「ズボンのポケットに、いつも替えのシャツを入れてるの？」彼が自分の着ていたシャツをわたしにくれたのは、ついさっきだ。

「宿泊先のホテルが一ブロック先でね。歩いて帰って着替えた」

ホテル！　いい兆候だ。もしホテルに泊まっているなら、ここで仕事をしているわけじゃないらしい。ってことは、つまり出版業界の人間でもないってことだ。なぜジェレミーに同じ業界の人間であってほしくないのか、自分でもよくわからない。ただ、彼が誰だか知らないけれど、さっきみたいな事のあとでは、今日のミーティングの相手がジェレミーじゃないことを願っていた。「ここの社員じゃないの？」

彼は運転免許証を取り出し、警備員に渡した。「いや、違う。十四階でミーティングがあってね」

ほら、やっぱり。

「あら、わたしもよ」

一瞬、ジェレミーの口元にかすかな笑みが浮かんで、すぐに消えた。通りの向かいで起きたことを思い出し、今、笑うなんて不謹慎だと思ったのだろう。「もしかして同じミーティング？」警備員がジェレミーに免許証を返し、エレベーターホールがある方向を指す。

「さあ、どうかしら」わたしはいった。「なぜ呼ばれたのか、詳しい話はまだ聞いてないの」

エレベーターに乗り込むと、ジェレミーが十四階のボタンを押し、わたしのほうを向いて、ポケットから取り出したネクタイを締めた。

どうしても彼の結婚指輪に目が行ってしまう。

「作家さん？」とジェレミー。

わたしはうなずいた。「あなたも？」

「いや、妻が作家だ」ジェレミーはネクタイをひっぱり、形を整えた。「ぼくが知ってる作品を書いたことがあるかな？」

「ないと思うわ。誰もわたしの本は読まないから」

ジェレミーの口の端があがった。「ローウェンって名前の作家が、世界じゅうにそれほどだたくさんいるとは思えないね。きみの本を探すのは簡単だ」

まじ？　本当にわたしの本を読むつもり？　ジェレミーは手元の携帯に文字を打ち込みはじめた。

「本名で書いてるとは限らないけど」

エレベーターのドアが開くまで、ジェレミーは携帯から顔をあげなかった。ドアがあいて、外に出ると、ジェレミーはくるりと振り返ってわたしを見た。携帯の画面を高く掲げ、にっこり笑う。「本名だ。ローウェン・アシュリー、奇遇だね。ぼくが九時半に会うことになっている作家の名前だ」

やった、ついに笑顔をゲットした！　思ったとおりゴージャスだ、けど、今はその笑顔も不気味に思える。

ジェレミーはわたしを検索した。向こうはこっちよりはるかに多くの情報を握っている。コーリーから告げられた時間は九時半じゃなくて、九時だけど、もしわたしたちが同じミーティングに向かうとしたら、通りで会ったのが偶然だったのかどうかも疑わしい。でも逆に、それならそれで、同じ時刻に同じ場所に居合わせて、同じ事故を目撃するのも、ありえなくはない気もする。

ジェレミーは脇によけ、わたしもエレベーターを出た。声をかけようとした瞬間、ジェレミーはあとずさりながらいった。「また、あとで」

いったい彼は何者？　これからはじまるミーティングとどんな関係があるのだろう？　何がなんだかわからないけれど、悪い人じゃないという気もする。ジェレミーは文字どおり、わたしのためにひと肌脱いでくれた。そんな人に悪意があるとは思えない。

ジェレミーが角を曲がる直前、わたしはにっこり笑った。「オーライ、またあとで」

彼も笑みを返す。「オーライ」

ジェレミーが左に曲がって消えるまで、わたしは見送った。彼が視界から消えると、ようやくほっと一息つく。今朝は……いろいろなことがありすぎた。事故を目撃して、謎の男と狭い空間で何度もふたりきりになった。変な気分。壁に手をつき、もたれかかる。これってどういう日……。

「時間どおりだな」その声に驚いて振り返ると、コーリーが反対方向から廊下を歩いてきた。体をかがめた彼に頰にキスされると、思わず体がこわばった。

「きみは遅刻の常習犯だからね」

「もっと早くつくはずだったのよ、でも……」わたしは口をつぐんだ。さっき何があったのか説明するつもりはない。コーリーが興味を示すとは思えないし、今、彼が向かおうとしているのはジェレミーが消えたのと同じ方向だ。

「ミーティングは九時半にはじまる。でもどうせ遅れるだろうと踏んで、きみには九時と伝えた」

わたしは立ち止まり、唖然《あぜん》としてコーリーの後頭部を見つめた。嘘《うそ》でしょ？　もし九時じゃなく、九時半と伝えてくれていたら、通りであんな事故を目撃することもなかったし、見知らぬ誰かの血を浴びることもなかったはずだ。

「どうした？」コーリーは立ち止まり、わたしを振り返った。

わたしはいら立ちを押し隠した。彼が相手だといつもこうなってしまう。

誰もいない会議室に入ると、ドアをしめ、わたしは会議用テーブルの椅子に座った。コーリーはわたしの隣、楕円《だえん》形のテーブルの先端に陣取った。わたしを見つめられる位置だ。思わず顔をしかめそうになるのをこらえる。数カ月ぶりに会った彼は少しも変わっていない。あいかわらず清潔で、こざっぱりとしている。しゃれたネクタイに眼鏡、すてきな笑顔。わたしとは対照的だ。

「ひどい格好ね」わたしはいった。実際の彼は正反対だからだ。コーリーはひどい格好になんかならない、それは本人もよくわかっている。

「きみはさわやかで、実に魅力的だ」コーリーはいった。実際のわたしは〝さわやか〟とか〝魅力的〟とは程遠い。いつも疲れて、というかうんざりした顔だ。普通にしていても「怒ってる？」ってきかれる怒り顔の人がいるけれど、わたしの場合はうんざり顔だ。

「お母さんの具合はどう？」

「亡くなったわ、先週」

予想外の答えに、コーリーは椅子に座ったまま驚いたようにのけぞり、首を傾げた。「なぜいわなかった？」

なぜきかなかったの？

わたしは肩をすくめた。「まだいろいろばたばたしてて……」

この九カ月、わたしはステージ４の大腸癌と診断された母と同居していた。母は終末ケアを受けながら三カ月を過ごし、先週の水曜日に息を引き取った。最後の数カ月、わたしは外出もままならなかった。飲む、食べる、寝がえりを打つ、何をするにも母には手助けが必要だったからだ。さらに具合が悪くなると、片時もそばを離れることができなくなった。それがこの数週間、外に出なかった理由だ。けど、Ｗｉ‐Ｆｉとクレジットカードさえあれば、このマンハッタンで引きこもり生活をするのは簡単だ。たいていのものは、デリバリーで手に入る。

世界でもっとも人の多い街が、世界でもっとも、広場恐怖症の人間が暮らしやすい街でもあるなんて、なんだかこっけいだ。

「大丈夫？」コーリーがきいた。

どうせ社交辞令だ。わたしはほほ笑みで不安を覆い隠した。「ええ、もう覚悟はできていたから」わたしが口にするのは、コーリーが聞きたいだろうと思うことだけだ。わたしの本心がどうなのか、彼は知る由もない。母が亡くなってほっとしている……なんて。母がわたしの人生にもたらしたのは罪悪感だけ、それ以上でもそれ以下でもない。ただ、ずっとわたしに付きまとう罪悪感だけだ。

コーリーはペストリーや水のボトル、コーヒーポットが並ぶカウンターに向かった。「腹はすいてない？　何か飲む？」

「水をお願い」

コーリーは水のボトルを二本つかむと、一本をわたしに手渡し、自分の席に戻った。「遺書で何か手助けが必要？　それならエドワードがやってくれる」

エドワードはコーリーが経営するエージェントの顧問《こもん》弁護士だ。小さな会社だから、所属の作家は作品以外のことでも、なにかとエドワードの知識を借りる。残念ながら、今回はその必要はなさそうだ。去年、わたしが無謀にも、寝室が二部屋ある物件の賃貸契約にサインしようとしたとき、コーリーは反対した。けど、母がどうしても、病院のベッドやわたしのワンルームマンションではなく、自分の部屋、自分のものに囲まれて自分の寝室で、尊厳を持って死にたいといい張った。

自分が死んだら、口座に残ったお金で、介護のために休業して減った分の収入を補ってくれ、母にそういわれ、それまで最後に出版した作品の契約の前払い金《アドバンス》でなんとか食いつないだ。でも、今はそれもすべて使い果たした。そして案の定、母の口座にほとんどお金は残っていなかった。母がその事実を明かしたのは死の直前だ。別にお金のために看病したわけじゃない。実の母親なのだから。けれど母はわたしに、自分を引き取ることを同意させるために、嘘をつく必要があると感じていた。それがわたしたちの断絶を象徴している。

わたしは一口水を飲み、首を振った。「弁護士は必要ないの。残ったのは借金だけだから。でも気にしてくれてありがとう」

コーリーは口をつぐんだ。エージェントとして印税の小切手を送る立場にあるから、彼は誰よりわたしの懐事情を知っている。今、こっちを哀れみのこもった目で見ているわけだ。「翻訳出版の印税がもうすぐ入るはずだ」コーリーはいった。まるでわたしが、これからの六カ月間で、自分にどんな収入があるかまったく知らない、お金について疎《うと》い人間でもあるかのように。

「知ってる。大丈夫だから」コーリーとお金の話はしたくない。コーリーだけじゃなく、誰とも。

どうだか、そういいたげにコーリーは肩をすくめてみせた。それから自分の服装をチェックし、ネクタイを締め直す。「今回のオファーがいい話になるといいけど」

よかった。話題が変わった。「なぜ、ふたりして出版社と直接、会うことになったの？　できればメールがよかったのに」

「昨日、先方が直接会いたいといってきたんだ。今回の仕事について、きみと話がしたいが、電話じゃ詳しくいえないからって」

「この前仕事をした出版社から、新たな契約を取りつけるとばかり思っていたのに」

「あの作品は悪くない。だが何も営業活動をせずに、売れるほどじゃない。ＳＮＳでプロモーションをしたり、ブックツアーに出たり、コアなファン層を作ることにも、時間を割かなきゃだめだ。本の売り上げだけで、今のマーケットに食い込むのはむりだ」

やっぱり、そういわれると思った。今、契約をしている出版社から、次の契約を取りつける。それがわたしの財政問題を解決する唯一の希望だったのに。本の売り上げが減れば、印税も減る。母の介護に時間を取られて、この一年はほとんど何も書いていないせいで、出版社に売れるものは何もない。

「今回のオファーがどんなものなのか、まったく見当がつかない。ましてそれがきみの興味があることかどうかも」コーリーはいった。「守秘義務の書類にサインをすれば、詳細を教えてもらえる。まあ、それだけ秘密にしなきゃならない契約ってなんなのか、逆に興味をかき立てられるけどね。あまり期待しすぎるのは禁物だが、いろんな可能性がある。いい予感がするんだ。おれたちにはこの契約が必要だ」

おれたち。コーリーがそういうのは、どんな契約でも、わたしが得た金からコーリーは十五パーセントを受け取るからだ。それはエージェントとクライアントとして普通のことだ。普通じゃないのは、六カ月付き合って、破局したあともなお、セックスだけの関係を二年も続けたことだ。

体だけの関係は長く続いた。彼もわたしも、本気で付き合う相手がいなくて、たまたま都合がよかったからだ。だが、彼の心の中に別の女がいることがわかって、わたしたちの関係はあっという間に終わった。

実は、その別の女もわたしだったのだけれど。

実際の作家に会う前に、その作家の言葉と恋に落ちるのは厄介だ。読者の中には、作品の登場人物と作家を混同する人がいる。驚くべきことに、エージェントのくせに、コーリーもそのタイプだ。彼は、わたしのデビュー作『結末は霧の中《オープンエンド》』のヒロインに出会って、恋をした。そしてわたしがヒロインのような女性だと思い込んだ。わたしの実際の性格は正反対もいいところなのに。

当時、コーリーは持ち込みに返事をくれた唯一のエージェントだった。まあ、その返事さえ、戻ってくるのに数カ月かかったけれど。数行だけのシンプルなメールだったが、わたしのしおれかけた希望に新たな息吹を吹き込むのには十分だった。

『結末は霧の中』、一気に読みました。出版の可能性はあると思います。もしまだエージェントをお探しでしたら、お電話ください。

メールが来たのは木曜日の朝だった。それから二時間後、わたしは彼と電話でじっくりと話をした。金曜日の午後にはコーヒーショップで会い、契約書にサインをした。土曜日の夜には、三回、ファックした。

たしかに、それは倫理規定破りの行為だ。けど、だからふたりの関係がすぐに終わったわけじゃない。コーリーはすぐに、小説のヒロインはわたしがモデルじゃない、現実のわたしは彼女と似ても似つかない人間だと知った。わたしはヒロインのように大胆でもなく、わかりやすくもない。扱いにくい人間で、解き明かすには相当の根気がいる。わたしという、感情の複雑なパズルを、コーリーは解き明かそうとはしなかった。

別にそれでいい。わたしだって解き明かされるなんてごめんだったから。

彼氏彼女としてはうまくいかなかったけれど、彼のクライアントでいるのは悪くなかった。だから破局後も、エージェントを変えなかった。ことわたしのキャリアに関しては、彼は誠実でフェアな人間だ。

「お疲れだね」コーリーの言葉で、物思いにふけっていたわたしははっと我に返った。「緊張してる？」

わたしはうなずいた。どうかコーリーが、わたしの様子がいつもと違うのは緊張しているからだと思ってくれますように。なぜ疲れているのか、その理由をいいたくない。今朝、家を出てから、まだ二時間ほどしかたっていない。けど、二時間で、この一年に起こったことよりもはるかにたくさんの出来事を経験した気がする。わたしは自分の手や腕を見つめ、血痕を探した。すべてきれいにぬぐったはずだけど、まだその存在を感じる。匂いがした。

震えの止まらない手をテーブルの下に隠す。今になって、やはり来るべきじゃなかったという気がする。でも、せっかくの契約を逃すわけにはいかない。山ほどオファーがあるわけじゃないし、もしここで何かしらの契約をものにできなければ、生活費を稼ぐための仕事を探さなきゃならなくなる。そうなったら支払いはできても、執筆の時間はほとんどなくなる。

コーリーはポケットからハンカチを取り出すと、額をぬぐった。彼が汗をかくのは緊張している証拠だ。彼が緊張しているという事実が、わたしをさらに緊張させた。「サインを決めたほうがいいかな？　もしきみがオファーを気に入らなかったときのために」コーリーがたずねた。

「とにかく話を聞きましょう。それからふたりで話をさせてくれといえばいいわ」

コーリーは椅子に座り直しかちりとペンをクリックした。まるで闘いに備えて、銃の撃鉄を起こすかのように。「話をするのは、おれにまかせてくれ」

もちろん、そのつもりだ。彼には魅力とカリスマ性がある。そのどちらか一つでも、わたしが当てはまると思う人を探すのは至難の業《わざ》だ。ただ座って、話を聞いているに限る。

「そのシャツ……」会ってから十五分もたった今になって、コーリーはとまどったようにわたしのシャツを見つめた。

わたしは自分のオーバーサイズのシャツを見下ろした。それがどんなに変に見えるかを、一瞬、忘れていた。「出がけにシャツにコーヒーをこぼして、あわてて着替えたの」

「誰のシャツ？」

わたしは肩をすくめた。「あなたのかもね。クローゼットにかかってたから」

「それで家を出てきたのか？　他にもっとましなのがあったろ？」

「おしゃれに見えない？」皮肉っぽくいったけれど、彼には通じない。

コーリーは顔をしかめた。「見えないね。それがおしゃれ？」

やな男。でもそういうのに限って、ベッドじゃ最高だったりする。

会議室のドアが開き、女性が入ってきたのを見て、わたしはほっと胸をなでおろした。女性のすぐ後ろを、年配の男がちょこまかとついてくる。女性が立ち止まった瞬間、男が女性の背中にぶつかった。

「いやだ、バロンったら」女性がつぶやく。

その響きに、わたしは思わず笑った。まるでゴッダム《ゴッダム》・バロンが男の名前みたいに聞こえたからだ。

最後にジェレミーが入ってきた。ジェレミーは誰にも気づかれないよう、わたしに向かって目配せした。

女性は、目一杯がんばったときのわたしより、はるかにＴＰＯを心得た装いだ。短く切りそろえた黒い髪、真っ赤な口紅。朝の九時半には少しばかり刺激的すぎる。この場を仕切る責任者らしく、まずはコーリー、それからわたしに向かって手を差し伸べた。一方、ゴッダム・バロンはただその様子を眺めている。「アマンダ・トーマスです」女性はいった。「パンテン・プレスの編集者です。こちらはバロン・スティーヴンス、弁護士です。それからこちらはジェレミー・クロフォード、私どもの依頼人です」

ジェレミーとわたしは握手をした。ジェレミーは今朝の一件などまるでなかったかのような顔だ。黙ったまま、わたしの向かい側の席に腰をおろした。彼を見まいとするけれど、どうしても目が行ってしまう。なんだってこのミーティングより、ジェレミーに興味津々《しんしん》になっているんだろう？

アマンダはブリーフケースから取り出したフォルダーを、わたしとコーリーの前にさっと置いた。

「ご足労いただきありがとうございます」アマンダはいった。「お忙しいと思いますので、手短にお話ししますね。私どもの作家のひとりが健康上の理由で契約を履行《りこう》できなくなったため、代わりの作家を探しています。同じジャンルで経験があって、彼女のシリーズの、残り三冊を仕上げてくださる方を」

わたしはジェレミーをちらりと見た。だがその冷静な表情からは、このミーティングで彼がどんな役回りなのか、うかがい知ることはできない。

「その作家さんとはどなたでしょう？」コーリーがたずねた。

「もちろん、喜んで詳細と条件をお話しします。でもその前に、守秘義務の同意書にサインをいただけますか？　作家の現状をマスコミにかぎつけられないように」

「もちろん」コーリーがいった。

拒否する理由もない。ただ無言のまま、コーリーもわたしも同意書にざっと目を通し、サインをした。コーリーがサイン済みの書類をアマンダの前にさっとすべらせる。

「作家はヴェリティ・クロフォードです」アマンダはいった。「彼女の作品をご存知で？」

ヴェリティの名前が出たとたん、コーリーが身構えたのがわかった。もちろん、彼女の本は知っている。知らない人はいないだろう。わたしは思わずジェレミーを見た。ヴェリティが彼の妻？　たしかにラストネームが同じだ。さっきエントランスで妻が作家だとも言っていたけど、なぜ、ヴェリティについてのミーティングにジェレミーが？　本人じゃなく？

「もちろん、知っています」コーリーは緊張を気取られまいと、慎重に答えた。

「ヴェリティには大人気のシリーズがあります。そのシリーズを完結させたいと思っています。弊社のゴールは、シリーズを完結させ、ブックツアーやプレスリリースといった、その他ヴェリティに要求されるであろうすべてを引き受けてくださる作家を見つけることです。プレスリリースではヴェリティのプライバシーに最大限に配慮しながら、新しい共著者として紹介させていただきます」

ブックツアー？　プレスリリース？

コーリーがじっとこちらを見つめている。わたしが同意するはずがない、そう思っているのだろう。ファンの扱いがうまい作家は多い。でも、わたしはその手の社交術は皆無だ。生で会ったファンは、二度とわたしの本を読んでくれなくなるのではと心配している。一度だけサイン会をしたときには、一週間も前から眠れず、当日はサインをするのもおっかなびっくりで、ろくに話もできなかった。翌日、参加者のひとりからメールが来た。〝お高くとまった嫌味な女、あんたの本は二度と読まない〟。

その一件がきっかけで、わたしは表に出ないことに決めた。読者のイメージをぶち壊したくない。

コーリーは無言で、アマンダが差し出したフォルダーを見ている。「この三冊で、ミセス・クロフォードのギャラはいくらですか?」

その質問にはゴッダム・バロンが答えた。「ヴェリティと出版社の契約に変更はありません。ご承知のように詳細はお答えいたしかねますが、印税はすべて、ヴェリティに支払われます。ただし依頼人のジェレミー・クロフォード氏から、買い切りで、一冊につき七万五千ドルをお払いします」

その金額を聞いたとたん、みぞおちがざわつく。だがそれは沸き上がったときと同じく、一瞬で収まった。どう考えても、わたしには荷が重い。無名の作家から、スター作家の共著者になるなんて、あまりにギャップが大きすぎる。考えただけで不安に胸が押しつぶされそうだ。

コーリーは腕を組み、テーブルに身を乗り出した。「ギャラは交渉の余地ありだと思いますが……」

わたしはあわててコーリーに目線を送った。交渉は必要ない。このオファーを引き受けて、プレッシャーと闘いながらシリーズを完結させるなんて、絶対にむりだ。

ゴッダム・バロンがすっと背筋を伸ばした。「お言葉ですが、ヴェリティ・クロフォードは自分のブランドを作り上げるために十年以上の年月を費やしてきました。ヴェリティあってのシリーズです。今回のオファーは三冊の本に対してで、一冊につき七万五千ドル、つまりトータルで二十二万五千ドルになりますが……」

コーリーはそれがなんだといわんばかりに椅子の背もたれに体を預け、ぽとりとペンをテーブルに落とした。「で、執筆のスケジュールは?」

「すでに予定が押しています。契約の日から六カ月以内に、一冊目の納品をお願いします」

アマンダが口を開くたびにのぞく、歯についた真っ赤な口紅が気になる。

「残りの二冊については、ご相談ということになります。こちらの希望をいわせていただくなら、二年以内に契約内容のすべてを履行していただくのが理想です」

コーリーが頭の中で計算機を叩《たた》いているのを感じる。自分の取り分か、わたしの取り分か、どっちを計算しているのだろう？　コーリーはギャラの十五パーセントを手にする。エージェントとしてこのミーティングに出席するだけで三万三千七百五十ドルの儲《もう》けだ。一方、わたしはといえば、半分は税金で消えるとしても、ざっと十万ドルほどが手元に残る。一年に五万ドルの計算だ。

過去に執筆した小説のアドバンスを全部足した、二倍以上の額だ。けど、それでもそんな大ベストセラーを引き継ぐ気にはならない。この話は断る。そう決めているわたしの前で、話は無意味に行ったり来たりしている。アマンダが契約書を取り出した瞬間、わたしは咳《せき》ばらいをして、おもむろに口を開いた。

「お話をいただいたことには感謝しています」誠実に話していることをわかってもらおうと、ジェレミーをまっすぐに見る。「本当に、すごく……。でも、もしシリーズの新しい顔になるような作家をお探しなら、他にもっとふさわしい方がいるはずです」

ジェレミーは無言のままだ。だが、さっきよりずっと興味深そうにわたしを見つめている。

わたしは立ち上がり、出ていこうとした。がっかりだ。けれどそれ以上に、ようやく家から外に出た最初の日が、いろいろな意味で災難となったことにがっかりしていた。早く家に帰って、シャワーを浴びたい。

「ふたりだけで話をさせてもらえますか」コーリーがあわてて立ち上がった。

アマンダはうなずき、ブリーフケースを閉じて立ち上がった。「どうぞこの部屋をお使いください。詳細な条件はお渡ししたフォルダーに書いてあります。もしご興味がない場合、他にもふたり、候補の作家を考えています。遅くとも明日の午後までにご意向をお知らせくださ い」

だが、ジェレミーだけは席を立とうとしなかった。このミーティングの間、一度も口を開いていない。アマンダはテーブル越しにわたしの手を握った。「もし何かご質問がありましたら、いつでも連絡を。喜んでお答えします」

「ありがとうございます」わたしは答えた。アマンダとゴッダム・バロンが部屋を出ていく。だがジェレミーはまだわたしを見つめたままだ。コーリーはわたしとジェレミーを交互に見ながら、ジェレミーが出ていくのを待っている。だがジェレミーは出ていくどころか、わたしのほうへぐっと身を乗り出した。

「彼女とふたりだけで話をさせてもらえませんか?」ジェレミーがコーリーを見た。許しを得るというより、退室を促す命令の目つきだ。

コーリーはぶしつけな言葉にあっけにとられ、ジェレミーを見つめ返した。それからゆっくりと向きを変え、目を細めた。断れ、そういいたげだ。だが、コーリーはただこういった。

「こりゃ驚いたな」

コーリーがわかっていないのは、わたしがこの部屋でジェレミーとふたりきりになりたくてたまらないと思っていることだ。この部屋からみんな出ていってほしい、とくにコーリーには。ジェレミーにききたいことがたくさんある。奥さんについて、なぜわたしを選んだのか、それからヴェリティがなぜ自分のシリーズを完成させられないのか、その理由について。

「大丈夫」わたしはコーリーにいった。

コーリーの額にうっすらと血管が浮かび上がる。奥歯を嚙《か》みしめ、いら立ちを隠そうとしている。だがついにあきらめたのか、会議室から出ていった。

ジェレミーとわたしだけになった。

また、ふたりきり。

エレベーターを入れると、今朝、道路を横切って以来、ふたりだけになるのはこれで三度目だ。けど、今回が一番緊張する。もっともそれはわたしだけで、ジェレミーはごく落ち着いた表情だ。ちょうど一時間前、わたしの体についた歩行者のかけらをふき取るのを手伝ってくれたときと同じだ。

ジェレミーは椅子の背にもたれかかり、両手で頬をさすった。「まいったな」ジェレミーがつぶやいた。「編集者とのミーティングって、いつもこんなに堅苦しいの?」

わたしはくすりと笑い、椅子に座った。「さあ、どうだか。いつもなら打ち合わせはメールで済ませるから」

「そうしたくなる気持ちはわかる」ジェレミーは立ち上がり、水のボトルを手に取った。突然、自分がひどくちっぽけに感じられる。わたしが座っていて、彼の背が高いこともあるのだろう。でも、ジェレミーがヴェリティ・クロフォードの夫だと知った今、スカートとブラで彼の前に立っていたときよりも緊張している。

ジェレミーは立ったまま、カウンターにもたれて、軽く足首を交差させている。「大丈夫？ ミーティングの直前に、通りの向こうであんな事故を目撃して、きっとまだ動揺してるよね？」

「あなたもね」

「ぼくはオーライだ」またその言葉だ。「ききたいことがあるだろ？」

「ええ、たくさん」わたしは認めた。

「何を知りたい？」

「なぜ奥さんはシリーズを自分で書き上げないの？」

「交通事故にあったんだ」ジェレミーはいった。無機質な返事、まるで自分をいかなる感情からも切り離そうとするかのようだ。

「ごめんなさい。知らなくて」わたしはかすかに身じろぎした。なんといえばいいのか、次の言葉が思い浮かばない。

「誰か他人が、妻の契約を引き継ぐなんて、最初はあまりいいアイデアだとは思えなかった。彼女が回復するのを願っていたからね。けど——」ジェレミーは口ごもった。「こうなったわけだ」

それを聞くと、ジェレミーの態度にも納得がいく。ミーティングの間、ジェレミーは終始無言で、控えめだった。彼の沈黙は悲しみによるところが大きいのだろう。それが彼の妻に起こったことのせいなのか、さっきトイレで話してくれたこと——数カ月前の娘の死——のせいなのかはわからない。けど、ジェレミーは勝手のわからない出版業界で、普通の人が直面するはずもない大きな決断を下さなくてはならない状況に追い込まれている。「大変ね」

ジェレミーはうなずいた。だがそれ以上は何もいわず、椅子に腰をおろした。もしかしたら、まだわたしがそのオファーを引き受ける可能性があると思っているのだろうか？　だとしたら、もうこれ以上、ジェレミーの時間をむだにできない。

「オファーには感謝しています。でも正直にいって気が進まないの。人前に出るのも苦手だし、なぜヴェリティの編集者がわたしに白羽の矢を立てたのかもわからない」

「『結末は霧の中』」

突然ジェレミーが口にした自分の本のタイトルに、わたしは身を固くした。

「それがヴェリティのお気に入りの一冊だった」

「ヴェリティがわたしの本を？」

「彼女はいってた、次にくるのはきみだって。それからきみと自分の文体が似ているとも。だから編集者にきみの名前を伝えた。もしヴェリティのシリーズを引き継いでもらうとしたら、彼女が認めている誰かにしたいと思ったから」

わたしは頭を振った。「びっくり。嬉《うれ》しいけど……むりよ」

ジェレミーは黙ってわたしを見た。たぶん、ほとんどの作家が飛びつくこのオファーに、なぜわたしが乗ってこないのか、考えているのだろう。変な女、そう思っているのかもしれない。普段ならそれを自慢に思うところだ。わかりやすい女だと思われるのは癪《しゃく》にさわる。けれど、この場では逆だ。けさの彼の親切に報いるためにも、もっとわかりやすく、自分の気持ちを話せたらいいのにと思っている。けど、何をどう話せばいいのかわからない。

ジェレミーは興味津々といった顔で身を乗り出した。そしてしばらくわたしを見つめたのち、拳《こぶし》でとんと軽くテーブルを叩いて、立ち上がろうとした。ミーティングは終わり、そういう意味だろう。わたしもジェレミーに続いて立ち上がった。ところがジェレミーはドアへ向かわず、額縁に入った表彰状がずらりとかかっている壁の前へ歩いていく。わたしはふたたび椅子に腰をおろした。ジェレミーはわたしに背を向けたまま、表彰状を眺めている。彼が額の一つに指をすべらせた瞬間、わたしはそれが彼の妻のものだと気づいた。ジェレミーはため息をつき、わたしを振り返った。

「〝クロニクス〟っていわれる人たちのことを知ってる？」

わたしは首を振った。

「ヴェリティが作った言葉なのかもしれない。娘たちが死んだとき、ヴェリティはいった。わたしたちはクロニクスだって。慢性的な悲劇に見舞われる人々。次から次へと悲惨な出来事に」

ただ呆然《ぼうぜん》とジェレミーを見つめ、聞いたばかりの彼の言葉を嚙みしめる。たしか娘を失ったとは聞いたけれど、彼は今、娘たちと複数形を使った。「娘たち？」

ジェレミーは息を吸うと、観念したように大きく息を吐いた。「ああ、双子だったんだ。ハーパーが亡くなる六カ月前に、チャスティンを失った。それは……」ジェレミーはヴェリティの名前を口にしたときのように、一切の感情を切り離そうとしているけれど、さっきほどはうまくいかないようだ。顔をさすり、椅子に戻った。「悲劇など経験しない幸せな家族もいる。その一方で、いつでもその背後で悲劇の炎がちらちらと燃えている家族もいる。悲劇が起こると、それがまた悲劇を呼び、さらなる悲劇が起こる」

なぜ、ジェレミーはわたしにこんな話を？　わからない。だが質問はしなかった。たとえ彼の口から出てくるのが気の滅入るような話だとしても、彼の声を聞けるのは嬉しい。

ジェレミーは水のボトルをテーブルの上でくるくると回し、それを眺めながら、物思いにふけっている。彼がわたしとふたりで話がしたいといったのは、たぶんこの仕事を引き受けろと説得するためじゃない。ただふたりきりになりたかっただけだ。あんなふうに妻のことが取り沙汰されるのが耐えられなくて、ひとりになりたかったのだろう。せめてもの慰めは、この部屋にわたしがいても、彼が自分ひとりでいるみたいに、くつろいでいることだ。

あるいは、彼はいつも孤独を感じているのかもしれない。おそらく彼がいうところの〝クロニクス〟だ。昔、わたしの隣の家に住んでいた男のように。

「わたしはリッチモンドで育ったの」わたしはいった。「隣人は、二年間で家族三人、全員を失った。息子は戦争で、その息子の妻は六カ月後に癌で、娘は交通事故で亡くなった」

ジェレミーは水のボトルを回す手を止め、それを少し離れたところに置いた。

「で、今、その人はどこに？」

わたしは固まった。予想外の質問だ。

実は、男は大切な家族をすべて失ったことに耐えられず、娘の死から数カ月後に自殺した。だが、娘たちを亡くして悲しんでいるジェレミーに、それを告げるのは酷すぎる。

「まだ同じ街に住んでるわ。数年後に再婚して。今では義理の子どもが数人と、孫もいるの」

ジェレミーの顔を見れば、わたしの嘘に気づいているのは明らかだ。だが、同時に、彼がその嘘に感謝しているのもわかった。

「ヴェリティの仕事場でしばらく過ごして、彼女のものを見てほしい。数年分のメモや構想メモ(アウトライン)がある。ぼくには何を意味するのかまったくわからないけれども」

わたしは首を振った。いったいジェレミーは、何を聞いていたのだろう？「ジェレミー、いったでしょ。わたしは――」

「弁護士は足元を見ている。五十万ドルとふっかけてみろってエージェントにいってくれ。それから広報活動はしない、作品はペンネームで出版して、きみに関する情報は一切公表しないといえばいい。何を隠そうとしているのか知らないけど、隠したいものはすべて隠したまま仕事ができる」

〝不器用で、社交下手、わたしが隠したいのはそれだけよ〟そういいたい。しかし、わたしが口を開く前に、彼がドアに向かって歩きだした。

「うちの家はバーモントにある」ジェレミーは続けた。「契約にサインをしてくれたら、詳しい場所を教える。彼女の仕事部屋で資料を読む間、好きなだけ滞在してくれ」

ジェレミーはドアに手をかけて立ち止まった。わたしはもう一度、反論しようとした。だが口から出たのは、いかにも自信のない「オーライ」という言葉。それだけだった。

ジェレミーは何かいいたげに、じっとわたしを見つめている。やがて彼はいった。「オーライ」

ジェレミーはドアをあけ、コーリーが待つ廊下に出た。コーリーはジェレミーと入れ違いに会議室に入るとドアをしめた。

わたしは目を落とし、じっとテーブルを見つめた。何が起こったのか、まだ理解できない。さらに理解できないのは、そんな大金を提示される理由だ。わたし自身が、自分には荷が重すぎる、そう思っているのに。五十万ドル？　ペンネームで仕事ができて、販促のブックツアーもせず、公のコメントも出さなくていい。そんなオファーにいったいなんて答えればいいの？

「気に入らないな」コーリーは勢いよく椅子に腰をおろした。「やつはなんて？」

「足元を見られるな。広報活動なしを条件に、五十万ドルふっかけてみろって」

コーリーが息をのむ音に、わたしは振り返った。コーリーはわたしの水のボトルを取ると、ごくりと一口飲んだ。「驚きだな」

3

そういえば二十代の頃に付き合っていたエイモスは、セックスのときに首を絞められるのが好きだった。

結局は、わたしがそのプレイを拒否したことで破局した。けれどときどき考える。もしわたしが応じていたら、今頃、わたしはどこにいるだろう？　彼と結婚してる？　子どもは？　彼はさらに過激な要求をするようになっているだろうか？

それが彼に対してもっとも不安に思っていたことだったと思う。まだ二十代の前半の頃に、すでにノーマルなセックスでは満足できずに、特殊な趣味を持ち込むなんてやばすぎる。

人生に行きづまりを感じると、よくエイモスのことを思い出す。コーリーが手にしている、ピンク色の退去勧告書を見ているときにも考えていた。わたしの人生はもっとひどいことになる可能性――今もまだ、エイモスと一緒にいる可能性――もあったのだ、と。

わたしは玄関のドアを大きくあけ、コーリーを中に入れた。まさか彼がうちに来るとは思っていなかった。わかっていたら、ドアにテープで止められた退去勧告書をはがしておいた。勧告の紙が貼られたのは、これで三日連続だ。わたしはコーリーから紙を受け取ると、それを引き出しの中につっこんだ。

コーリーはシャンパンボトルを持った手を高くあげた。「新しい契約を祝えるかなと思ってね」コーリーはわたしにボトルを渡した。退去勧告について、彼が何も触れないことがありがたい。まあ、もうじき小切手が手に入ることを考えれば、事態はそれほど切迫しているわけじゃない。それまでわたしがすることは……わからない。もしかしたら、ホテルで数日過ごすくらいの金はあるかもしれない。

　母の遺品を質に入れることもできる。

　コーリーはいつのまにかコートを脱ぎ、ネクタイをゆるめている。母と同居する前は、これがお決まりのパターンだった。コーリーはうちに来ると、一つ、また一つと身に着けているものを取り去り、最後はベッドにもぐりこむ。

　けど、それは唐突に終わった。SNSのやりとりで、コーリーがレベッカって子と浮気してるのを見つけたからだ。彼とのセックスをやめたのは嫉妬からじゃない。会ったこともない相手の女の子に申し訳ないと思ったからだ。

「ベッカはどうしてる？」わたしはキャビネットをあけ、グラスを二つ取り出した。ネクタイにかけたコーリーの手が止まる。まるでわたしが彼のプライベートについて知っていたことに、ショックを受けたかのように。「これでもサスペンス作家の端くれなのよ。わたしがあなたの彼女について知っているからって、そんなに驚かなくてもいいでしょ」

　彼の反応は見ないまま、シャンパンのボトルをあけ、二つのグラスに注いだ。一つをコーリーに渡し、もう一つを手に取る。だが、いざ乾杯という瞬間、わたしはさっとグラスを下ろした。グラスを見つめて考える。大金が入ってくるという以外に、いったい何を祝うのだろう？

「あれはわたしのシリーズじゃない」わたしはいった。「登場人物だって、わたしが考えたわけでもない。おまけにシリーズを成功に導いた著者はけがをしている。そんなのに乾杯っておかしくない？」

コーリーのグラスは宙に浮いたままだ。コーリーは肩をすくめ、一気にシャンパンを飲み干すと、グラスをわたしに返した。「あまり考えすぎないことだな。ただゴールだけを見てればいい」

わたしはくるりと目を回し、グラスをシンクに置いた。

「彼女の本を読んだことは？」コーリーがたずねた。

首を振り、蛇口をひねる。たぶん皿洗いはしたほうがいい。ここから追い出されるのに、四十八時間しかない。出ていくときに皿を持っていきたい。「いいえ、あなたは？」わたしは食器用洗剤を水の中に注ぎ、スポンジをつかんだ。

コーリーは声をあげて笑った。「いや、おれの好みじゃない」

わたしが目をあげたとたん、その言葉が、わたしに対する侮辱でもあることに気づいて、コーリーはばつの悪そうな顔をした。ヴェリティの文体がわたしの文体と似ているから仕事をオファーした、ジェレミーはそういった。

「いや、そういう意味じゃない」コーリーは立ち上がってカウンターを回り、シンクに立つわたしの隣にやってきた。皿を洗い終わるのを待っている。やがてコーリーは皿をわたしの手から取り上げ、ゆすぎはじめた。「まだ荷物をまとめてないんだろ？　新しい部屋はもう見つけたのか？」

「トランクルームを借りたの。明日、そこにほとんどのものを運び込むつもりよ。ブルックリンにある共同住宅の申し込みをしたけど、二週間たってもまだ返事が来ない」

「退去勧告の期限は二日後だったけど」

「知ってる」

「じゃあ、どこへ？　ホテル？」

「日曜日にヴェリティ・クロフォードの家に行くわ。ジェレミーが、一日か二日そこにいて、シリーズを書きはじめる前に、彼女の仕事部屋で参考になりそうなものを探していいってけさ、契約にサインをした直後に、彼らの家への行き方を書いたメールを受け取った。わたしは日曜日に行ってもいいかとたずね、さいわいなことにジェレミーも承諾してくれた。

コーリーはわたしからさらにもう一枚皿を取り上げた。こちらを見つめる視線を感じる。

「あの夫婦の家に泊まるつもりか？」

「他に方法がある？」

「郵送で送ってもらうとか？」

「十年ほどの間に書き溜《た》めたアイデアや構想よ。ジェレミーの話じゃ、どこから手をつけたらいいかわからない状態みたい。わたしが直接行って、自分で仕分けたほうが簡単だって」

コーリーは何もいわないけれど、言葉をぐっと飲み込んでいるのがわかる。わたしはスポンジをすっとナイフにすべらせ、彼に渡した。

「いいたいことがあるんでしょ？」

コーリーは無言のままナイフをすすぎ、水切りかごに置いた。それからシンクの縁をぐっと握りしめ、わたしを見る。「あいつはふたりの娘を亡くした。おまけに妻は交通事故で大けがだ。その男の家にきみがいると思うと、気が休まらないね」

突然、水が冷たく感じられた。震えが両腕を這いのぼってくる。水を止め、手をぬぐうと、わたしはシンクの縁にもたれかかった。「彼がその事故に関わっているかもしれないってこと？」

コーリーは肩をすくめた。「それが何を意味するのか、おれにもわからない。けどきみだって、少しは考えただろう？　あいつの家に行くのが安全かな？　あの夫婦のことは何一つ知らないだろ」

わたしだってばかじゃない。彼らに関する情報は、できる限りネットでリサーチした。双子のひとりは二十四キロ離れた友達の家にお泊まりしている最中に、アナフィラキシーを起こして亡くなった。ジェレミーもヴェリティもそれが起こったとき、現場にはいなかった。そしてもうひとりは彼らの家の裏手にある湖でおぼれ、ジェレミーが家に到着したのは、彼女の捜索がはじまったあとだった。どちらの場合も警察は事故として処理した。たしかに、コーリーの不安もわからないわけじゃない。けど、調べれば調べるほど、不安はなくなった。二つの悲劇は、それぞれ別々に起こった関係のない事故だ。

「じゃあ、ヴェリティの車の事故は？」

「あれはただの事故よ」わたしはいった。「木に激突したの」

コーリーは憮然《ぶぜん》とした表情だ。「報道じゃ、事故現場にブレーキの跡はなかった。つまりヴェリティが居眠り運転をしたか、わざと車を木に衝突させたかのどちらかだ」

「ヴェリティのせいだっていうの？」コーリーの根拠のない話にはいらいらする。わたしは皿洗いを終わらせてしまおうと、くるりと向きを変えた。「彼女はふたりの娘を失った。そんな悲劇に見舞われたら、誰だって、人生から逃げ出したくもなるわ」

コーリーは食器用のタオルで手をぬぐうと、カウンターのスツールからジャケットを取り上げた。「事故であろうとなかろうと、あの家族はとんでもない不運に見舞われて、精神的にダメージを負っている。気をつけろよ。行って、必要なものを見つけたら、すぐに帰ってくるんだ」

「あなたは契約の細部をきっちり精査してちょうだい。リサーチと執筆の心配はわたしにまかせて」

コーリーはジャケットに袖を通した。「おれが心配なのはきみだ」

わたしのことを心配？　母が危篤状態にあることを知っても、二カ月の間、何もいってこなかったくせに。わたしのことを心配しているはずがない。今夜やってきたのは、わたしとやれるかもしれないと思ったからだ。それなのに、はねつけられて、わたしが他の男の家に行くことを知った。嫉妬を心配にすり替えているだけだ。

コーリーが長居をしなかったことに胸をなでおろしながら、わたしは彼をドアまで送った。ここから逃げ出したいと思った彼を責めるつもりはない。母がやってきて以来、この家は不気味なエネルギーに満ちている。だから退去勧告を出されても、家主に交渉はしなかったし、あと二週間で収入があることも黙っていた。コーリーよりも、むしろわたしが今すぐ、この家を出ていきたい。

「とにかく」コーリーはいった。「おめでとう。きみがあのシリーズを作ったかどうかは別にして、これまでのキャリアがあったからこそ手に入れたオファーだ。それを誇りに思うべきだ」

最悪。なんだっていつも、わたしのいらいらがマックスに達したタイミングを見計らったように、優しいことをいうの？「ありがとう」

「日曜日、ついたらメールしてくれ」

「するわ」

「引っ越しに手伝いが必要なら、そのときもメールして」

「しないわ」

コーリーはかすかに笑った。「オーケー、じゃあね」別れ際、コーリーはさよならのハグをせず、あとずさり、後ろ歩きで下がりながら敬礼した。妙な別れ方。ようやくわたしたちの関係も本来あるべき姿に戻った、そんな気がした。エージェントと作家、それ以上でも、それ以下でもない。

4

六時間のドライブの間、何か他のこともできた。『ボヘミアン・ラプソディ』を六十回聞くとか、幼馴染《おさななじみ》のナタリーに電話をして、近況を報告するとか。ナタリーとはこの半年、一度も話していない。ときどき、メールはするけれど、声を聞くのも悪くない。あるいはこの時間を使って、心の中で何度も自分にいいきかせることもできた。彼の家にいる間、ジェレミー・クロフォードには近づかないように、と。

結局、わたしはヴェリティ・クロフォードのシリーズの第一作をオーディオブックで聞くことにした。

オーディオブックが終わった瞬間、わたしの拳は、ハンドルをあまりに強く握りすぎて真っ白になっていた。水分補給も忘れていたせいで、のどがからからだ。うぬぼれは早くもオールバニーのどこかに落っことした。

すごい。ヴェリティはすばらしい作家だ。

早くも、契約にサインしたことが悔やまれる。期待に応えることができるだろうか。おまけにこのシリーズで彼女が書いた六冊は、どれも悪役の視点から書かれている。ひとりの人間がこれほど豊かな創造力を持っていることが驚きだ。

でも、もしかしたら二冊目以降は駄作かもしれない。だとしたら、シリーズの最後を飾る三冊にそれほどの期待はかかっていないだろう。

嘘……ヴェリティの小説は出版されるたびに、『ニューヨーク・タイムズ』紙のベストセラー、第一位に選ばれている。

マンハッタンを出たばかりのときから、緊張が倍にふくらんでいる。

残りのドライブは、尻尾を巻いて、すごすごとニューヨークに帰る心の準備をすることに費やした。けど、わたしはじっと耐えた。なぜなら、自分なんかだめだと思うのは、いつだって執筆のプロセスの一部だ。どの本を書いても、いつも最初はそう思う。一冊の本を書き上げるには、三つのステップがある。

①書きはじめて自分が書いたことがどれもこれも気に入らない

②気に入らないにもかかわらず、書き進める

③書き終えて、自分の作品に満足しているふりをする

そこに思っていたとおりに書けた、あるいは他人に読んでもらえる価値のあるものが書けたと満足するステップはない。執筆中のほとんどを、シャワーの中で大声をあげて泣いて過ごす羽目になる。そしてゾンビのようにコンピュータの画面を見つめたまま考える。いったいなんだって他の作家は、自分の本を自信たっぷりに宣伝できるのだろう……と。「今まで書いた中で最高の一冊です！　読まなきゃ損！」って。

不器用なわたしにできるのは、せいぜい自分の本の写真をSNSにあげて、〝まあまあの出来よ。とにかくいろいろ書いてあるから、よかったら読んでみて〟というコメントを添えるく

らいだ。

もしかしたら、この作品を書くのは、思った以上に大変な作業になるかもしれない。わたしの本はほとんど誰も読まないから、ネガティブなレビューもつかない。けど、ヴェリティの名前でわたしの書いたものが出版されれば、何千万人もの人に読まれることになる。しかも彼女にはたくさんの固定ファンがいる。もしわたしがその期待に応えられなければ、それはコーリーの知るところとなり、編集者の知るところになる。もちろんジェレミーにも。そして……彼女がどの程度理解できるのかわからないけれど……ヴェリティにも知られるだろう。

ミーティングでは、ヴェリティがどんな状況にあるのか、ジェレミーは明かさなかった。だから、彼女がコミュニケーションを取れる状態にあるのかどうかもわからない。ネットにも、事故に関しての詳しい情報はほとんどない。出版社は事故後の早い時期に、彼女のけがは命に関わるものではないというコメントを発表し、二週間前には、自宅で穏やかに療養中だと明らかにした。だが、編集者のアマンダは、マスコミにヴェリティの状態を知られたくないといった。つまり、彼女の容態を控えめに発表している可能性がある。

あるいは、二年のうちに立て続けに起こった大切な家族の死に、ヴェリティは創作意欲をなくしているのかもしれない。

出版社がこのシリーズを途中で終わらせたくないと思うのは当然だ。ドル箱の作品をふいにするなんて、彼らには考えられないだろう。そのシリーズを完結させるというミッションを託されるのは光栄だけれど、スポットライトの中に引きずり出されるのは嫌だ。有名になりたくて、作家になったわけじゃない。わたしの夢は、食べていくのに困らない程度に本が売れることで、セレブの仲間入りをすることじゃない。もっともそのレベルの成功を達成できる作家などほとんどいないから、それがわたしの身に起こるなんて心配は、これまでまったくなかった。

このシリーズに共著者として名を連ねれば、わたしが過去に書いた作品の売り上げが伸び、将来のさらなるチャンスにつながるのは間違いない。けれどヴェリティは人気作家だし、わたしが引き継ぐシリーズもベストセラーだ。本名のまま彼女のシリーズに関わったら、きっと今まで避け続けてきた注目を浴びることになってしまう。

つかのまの名声はいらない。欲しいのは報酬だ。

今回の仕事のアドバンスはそんなにすぐにはもらえないだろう。この車を借りて、トランクルームに荷物を預けたら、残っているお金はもうあまりない。次に借りる部屋の内金を払ったけれど、住めるようになるのは来週か再来週だ。つまりクロフォードの家を出たら、残ったなけなしのお金でホテルに泊まる以外にない。

これがわたしの人生だ。いわばホームレス。最後の血のつながった家族がいなくなってから十日もたたないうちに、スーツケース一つ抱えてさすらい歩く羽目になる。これ以上、悪くなりようがない。

でも、もしエイモスと結婚していたら、さらに最悪の人生を歩んでいたかもしれない。

「しっかりしてよ、ローウェン」わたしは自分のふがいなさにあきれ、ぐるりと目を回した。作家ならのどから手が出るほど欲しいオファーを提示されたのに、自分の人生がどん底だと考えているなんて。

最悪だ。身の程知らずのおひとり様。

母の眼鏡で自分の人生を判断することをやめなくちゃならない。このシリーズでアドバンスをもらったら、すべてが上向きになる。いずれ借住いを転々とする生活も終わるだろう。

クロフォード邸へ向かうハイウェイの出口をおり、GPSの指示どおりに四、五キロ進むと、長く曲がりくねった道に出た。道の両側にはハナミズキが咲き乱れ、道沿いの家がどんどん大きく、家と家の間の間隔も広くなっていく。

ようやく目的地まで来ると、わたしはレンタカーを停めて門を眺めた。背の高いレンガの柱が二本、道の両側に立っている。ドライブウェイの先は終わりが見えない。わたしは首を伸ばして、この先どのくらい進めばいいのか見ようとした。けれど黒いアスファルトの道路はくねくねと木立の間を縫《ぬ》うように続いているだけだ。その先のどこかに家があり、その家の中のどこかに、ヴェリティ・クロフォードが横たわっている。ヴェリティはわたしが来ることを知っているのだろうか？　わたしは汗ばみはじめた手をハンドルから離し、通風孔から出てくる風で乾かした。

セキュリティーが解除されると、ドライブウェイを進み、落ち着けと自分にいいきかせながら、重厚な造りの鉄のゲートをゆっくりと通り過ぎる。鉄のゲートの上部にうねうねと続く模様はまるで蜘蛛《くも》の巣だ。カーブを曲がりながら、わたしはぶるりと体を震わせた。木立が密度を増し、背も高くなっていく。ようやく家が見えた。緩《ゆる》やかな坂を上っていくと、まずは嵐の雲を思わせる灰色の屋根が見え、家がゆっくりと全貌《ぜんぼう》を現した。わたしは思わず息をのんだ。家の前面の壁は石造りで、玄関のドアが血の赤に塗られている。鈍色《にびいろ》の海の中で、唯一の鮮やかな色だ。家の左側の壁を覆うツタは、チャーミングというより不気味で、ゆっくりと家を蝕《むしば》んでいく癌を思わせる。

わたしは数時間前に出てきた自宅のことを考えた。すすけた壁とちっぽけなキッチン。七〇年代によくあったオリーブグリーンの冷蔵庫がある。あのアパートメントの部屋全部が、この巨大な邸宅の玄関にすっぽりと収まってしまうだろう。母はよくいってたっけ。家には魂《たましい》があるって。もしそれが本当なら、ヴェリティ・クロフォードの家の魂は、見てのとおりのダークさだ。

オンラインの衛星写真で見るより、はるかに立派な屋敷だ。到着を知らせる前に、少しばかりネットでこの家の情報を検索してみる。不動産会社のウェブサイトによれば、夫妻は五年前、二百五十万ドルでこの家を買った。今は三百万ドルの価値があるようだ。

それは威風堂々、孤高の佇《たたず》まいだ。だが、豪邸にありがちな堅苦しさはまったくない。壁にまとわりつく超然とした雰囲気もなかった。

わたしはドライブウェイの端に車を寄せ、どこに車を停めようか考えた。美しく刈り込まれ、瑞々《みずみず》しく生い茂った芝生は、ここから少なくとも一ヘクタールも続いていそうだ。家の裏には湖が、隣家との境界まで広がっている。背後にそびえるグリーン山脈の眺めと相まって、まるで絵のような美しさだ。あまりに美しくて、この家の持ち主が経験した恐ろしい悲劇が信じられない。

ガレージの横に、コンクリートの駐車場があるのを見つけて、わたしは安堵《あんど》のため息をもらした。そこに車を停め、エンジンを切る。

わたしの借りた車はこの豪邸にまったく似つかわしくない。とにかく一番安く借りられる車を選んだことが悔やまれる。一日三十ドル。ヴェリティはキア・ソウル（韓国製のサブコンパクトカー）なんかのシートに座ったことはないだろう。新聞記事によると、事故のとき、彼女が運転していたのはレンジ・ローバーだった。

助手席にあった携帯を手に取り、コーリーにメッセージを送る。〝到着しました〟背筋を伸ばし、運転席のドアに手をかけた瞬間、わたしは固まった。振り返って、窓の外を見る。

「やばっ《シット》！」

どういうこと？

窓からのぞく顔を見つめながら胸に手をあて、まだ心臓が動いていることを確かめる。子どもだ。わたしは口に手をあて、さっきの一言を聞かれていなかったことを願った。男の子はにこりともしない。ただじっとこちらを見つめている。わざと脅かされるより、はるかにぞっとする光景だ。

男の子はまるでジェレミーのミニチュアだ。同じ口、同じ緑の目。何かの記事で読んだけれど、ヴェリティとジェレミーには三人の子どもがいたらしい。きっと末っ子に違いない。

ドアをあけ、車から降りる。男の子は一歩あとずさった。

「こんにちは！」男の子は無言だ。「ここに住んでるの？」

「うん」

わたしは彼の後ろに立つ家を眺めた。こんな家で生まれ育つのは、どんな気分だろう？「すてきなお家ね」わたしはつぶやいた。

「前はね」男の子はくるりと向きを変え、ドライブウェイから正面玄関へ向かっていく。わたしはすぐに後悔した。もう少しこの家族が置かれた状況を考えてものをいうべきだった。相手は五歳になるかならないかの子どもだ。しかも相次いでふたりの姉を亡くした。この子の母親がどれほどの悲しみを味わったかは誰にもわからない。それはジェレミーを見ても明らかだ。

スーツケースを下ろすのはあとにして、車のドアをしめ、男の子のあとを追った。だが男の子は玄関から家の中に入ると、わたしの目の前でぴしゃりとドアをしめた。

たぶんこれは彼なりのユーモアか何かなのだろう、そう思いながらそこでじっと待つ。だが、玄関脇のすりガラス越しにのぞいても、男の子は部屋の中に入ったきりで、戻ってきてドアをあけてくれる気配はない。

男の子を悪く思いたくない。まだ幼いし、いろいろつらいことを経験しているはずだ。けど、とんでもない悪ガキかもしれない。

わたしは玄関のベルを鳴らして、待った。

待って――

待った。

ドアベルをもう一度鳴らす。だが誰も出てこない。ジェレミーから聞いていた番号に、ショートメッセージを送る。〝ローウェンです。玄関にいます〟

メッセージを送って、待った。

数秒後、階段をおりてくる足音が聞こえた。すりガラス越しに、ジェレミーのシルエットが大きくなる。ドアが開く直前、ジェレミーが一瞬、間を置き、大きく一つ息をつくのが見えた。その仕草に、なぜだかほっとした。この状況に緊張しているのが自分ひとりじゃない、そう思ったからだ。

奇妙なことに、彼の不安がわたしを安心させた。それがどういう仕組みなのかわからないけれど。

ジェレミーがドアをあけた。現れたのは数日前に会ったのと同じ男性……のはずなのに、ずいぶん印象が違う。今はスーツもネクタイも身に着けず、どことなく謎めいた雰囲気もない。スウェットパンツにブルーのバナナフィッシュのTシャツといういで立ちで、靴ははかず、靴下だけだ。「よく来たね」

全身を巡る緊張に気分が悪くなりそうだ。わたしはそれを無視して、彼に向かってほほ笑んでみせた。「来たわ」

ジェレミーはほんの一瞬わたしを見つめ、それからさっと脇によけてドアをあけると、わたしを招き入れた。「すまない。二階にいたんだ。クルーに出てくれっていったんだけど、聞いてなかったみたいだね」

わたしは玄関に足を踏み入れた。

「スーツケースはある？」ジェレミーがたずねた。

振り向き、彼を見る。「ええ、まだ車の中よ。あとで取ってくるわ」

「鍵はかかってない？」

わたしはうなずいた。

「じゃ、取ってくる」ジェレミーはドアのそばにあった靴をひっかけ、外に出ていく。わたしはゆっくりあたりを見回した。ネットで見た写真と同じだ。妙な気分。不動産会社のウェブサイトのおかげで、すべての部屋を見て回った気がしている。実際はまだこの家に入って一メートルほどのところにいるのに、どこに何があるのか、すべてわかっている。

右にはキッチン、左にはリビングルームがあり、ホールの真ん中には二階へと続く階段がある。ネットの写真で暗い赤だったキャビネットは、リフォームしたのか、明るい茶色の木の棚とキャビネットに変わっていた。

オーブンが二つ、そしてガラスの扉の冷蔵庫がある。少し離れたところから冷蔵庫を見つめていると、男の子がはずむような足取りで階段をおりてきた。わたしのそばをすり抜け、冷蔵庫をあけるとドクターペッパーのボトルを取り出す。キャップをねじってあけようとしているけれど、なかなかあかない。

「あけてあげようか？」わたしはたずねた。

「うん、お願い」男の子は大きな緑の瞳でわたしを見上げた。信じられない、さっきはこの子を悪ガキだと思ったなんて。かわいらしい声。小さな手——まだソーダのボトルもあけられないほどに。わたしはボトルを受け取ると、キャップをひねってあけた。ボトルを男の子に渡した瞬間、玄関のドアが開いた。

ジェレミーは目を細めてクルーを見た。「さっきソーダはだめだっていったばかりだろ」

ジェレミーはわたしのスーツケースを壁際に置くと、クルーの手からボトルを取り上げた。

「シャワーを浴びる準備をしなさい。すぐ行くから」

クルーは頭をぐるりと回し、もったいぶって階段のほうへ歩きだした。

ジェレミーは片方の眉をあげて、わたしにいった。「だまされないで。ぼくたちふたりを合わせたより、まだあっちのほうが利口だ」そういってソーダを一口飲むと、冷蔵庫に戻す。「何か飲む?」

「いいえ、大丈夫」

ジェレミーはわたしのスーツケースを玄関ホールに運んだ。「変に思わないでほしいんだけど、主寝室を使ってもらいたいんだ。ぼくたちはみんな二階で寝ているから。それにその部屋が一番、ヴェリティの仕事部屋に近い」

「ここに泊めてもらうかどうかはまだわからないし」わたしはジェレミーのあとを追いながらいった。この家には、どこか不気味な気配が立ち込めている。たぶん必要なものをさっとまとめて、ホテルを探したほうがよさそうだ。「まず仕事部屋を見せてもらって、何がどうなってるのかを把握するわ」

ジェレミーは笑いながら、寝室のドアを押しあけた。「信じて。少なくとも二日はかかる。もっとかかるかもしれない」ジェレミーはベッドの足元に置かれたチェストの上にスーツケースを乗せると、クローゼットをあけ、服がかかっていない場所を指さした。「スペースをあけといたよ。きみが何かかけたいかなと思って」それからバスルームを指さす。「バスルームはきみ専用だ。石鹸《せっけん》とか、必要なものは一通りそろってる。もし何かいるものがあればいってくれ。持ってくるから」

「ありがとう」わたしは部屋を見回した。夫妻の使っていたベッドに寝るなんて、なんだか妙な気分だ。わたしの目はヘッドボード——とくにヘッドボードの縁に残る歯形らしき傷——に釘付《くぎ》けになった。ジェレミーに顔を見られる前に、すばやく目をそらす。もし見られたら、きっと気づかれたに違いない。セックスの最中に声をもらすまいとして噛んだ傷らしいけど、ヴェリティかジェレミー、どっちがあの傷をつけたのだろうと思ったことが……。**そんな刺激的なセックス、したことあったっけ？**

「少しここで休む？　それとも、家の他の場所を案内しようか？」ジェレミーがたずねた。

「休まなくても大丈夫」彼のあとをついて部屋を出ていく途中、わたしは立ち止まり、寝室のドアを見た。「鍵はかかる？」

ジェレミーは戻ってきて、ドアのノブを見た。「鍵をしめたことがあったかな」そういいながらノブをいじっている。「どうしても必要なら、あとでつけるよ」

十歳のとき以来、わたしは鍵のかからない部屋で眠ったことがない。お願いだから鍵をつけて。そういいたいけれど、もうこれ以上、あつかましく何かを頼むのも嫌だ。

ジェレミーはノブを放し、廊下へ出る前にいった。「二階を案内する前にきくけど、このシリーズで使うペンネームを考えた？」

ジェレミーが出してみろといった要求をパンテン・プレスがすべて飲んだことにほっとして、ペンネームについてはまったく考えていなかった。

わたしは肩をすくめた。「すっかり忘れてた」

「ヴェリティの看護師にきみをペンネームで紹介しようと思ってね。このシリーズと本名を関連づけたくないなら」

ヴェリティのけがは看護師を必要とするほどひどい状態なの？

「ええと、そうね……」でもいったいどんな名前を使えばいいのか、見当もつかない。

「生まれ育った通りの名前は？」ジェレミーがたずねた。

「ローラ・レーン」

「はじめて飼ったペットの名前は？」

「チェイス、ヨークシャーテリアよ」

「ローラ・チェイス」ジェレミーはいった。「いい感じだ」

それがフェイスブックの質問のパターンだと気づいて、わたしは首を傾げた。「それってAV女優の名前を付けるときのやり方じゃない？」

ジェレミーは笑った。「ペンネームもAV女優の名前も、この方法でうまくいく」ジェレミーはついてくるよう、わたしを手招きした。「まずヴェリティに紹介するよ。それから仕事部屋に案内する」

ジェレミーは階段を一段飛ばしであがっていく。キッチンのすぐ脇に、新しく設置したらしいエレベーターがある。ヴェリティは車椅子を使っているに違いない。気の毒に……。階段をあがると、廊下を中心に、右にドアが三つ、左にドアが二つある。ジェレミーは左へ向かった。「ここがクルーの寝室だ」最初の部屋を指さす。「ぼくはこの部屋で寝ている」クルーの隣の部屋を指さした。

廊下の反対側に、寝室が二つ、それからもう一つ部屋がある。ドアはしまっている。ジェレミーは軽くノックすると、ドアを押しあけた。

自分が何を期待していたのかはわからない。けど、そこにあったのは想像すらしていなかった光景だった。

ヴェリティはベッドに横たわり、天井を見つめている。枕にブロンドの髪がこぼれ、ブルーの医療着を着た看護師がベッドの足元で、彼女に靴下をはかせていた。クルーはヴェリティの横で、iPadを持って寝そべっている。ヴェリティの目はうつろで、周囲の出来事にまったくの無反応だ。看護師の存在にも、わたしがいることにも気づいていないらしい。クルーにも。そしてジェレミーにも。ジェレミーが身をかがめ、彼女の額にかかった髪の毛をなでつけると、ヴェリティは瞬《またた》きをした。だが、それだけだ。三人の子どもをもうけた、その相手の男が見せる愛情のこもった仕草にも何も反応しない。わたしは腕に這いのぼる寒気をこらえた。

看護師がジェレミーにいった。「疲れているみたいだから、今夜は早めに休ませたほうがいいと思って」ヴェリティにブランケットをかける。

ジェレミーは窓辺に行き、カーテンをしめた。「夕食後の投薬は済んだ?」

看護師がヴェリティの足を持ち上げ、ブランケットをたくし込む。「ええ、真夜中まで大丈夫よ」

看護師はジェレミーより年上の五十代半ばで、赤毛のショートヘアだ。わたしをちらりと見ると、ジェレミーに視線を戻し、紹介してもらうのを待っている。

ジェレミーはようやくわたしの存在を思い出したように首を振ると、看護師を見ながら、わたしを手招きした。「こちらはローラ・チェイス、ぼくが話していた作家さんだ。ローラ、こちらはエイプリル、ヴェリティの看護師だ」

わたしはエイプリルの手を握った。エイプリルはわたしを上から下まで眺め、どんな人間か見定めている。「もっと年配の方かと思っていました」エイプリルはいった。

なんて答えればいい？　さっきの目つきから考えると、ちょっとした嫌味か、非難のようにも感じられる。わたしはただにっこりほほ笑んだ。「どうぞよろしく」

「こちらこそ」エイプリルはドレッサーからバッグを取り上げると、ジェレミーに向き直った。

「では、また明日の朝。今夜は何も問題は起こらないはずよ」そういいながら、手を伸ばしてクルーの太ももをつねる。クルーはくすくす笑いとともに、身をよじって彼女から逃れた。部屋を出ていこうとするエイプリルに、わたしは一歩脇によけて道をゆずった。

ちらりとベッドを見る。ヴェリティの目はあいているけれど、何かを見ているわけじゃない。エイプリルが出ていったこともわかっているのかどうかあやしい。彼女は何がわかるのだろう？　クルーのことを思うと、たまらない気分になる。そしてジェレミーや、ヴェリティのことも。

自分ならこんな状態になって生きていたいだろうか？　ジェレミーをこの生活、この家や、過去に起こった家族の悲劇や、今の苦しみに縛《しば》りつけて……暗澹《あんたん》たる気分になる。

「クルー、何度いったらわかる？　シャワーを浴びろといったろ」

クルーはにっと笑ってジェレミーを見上げたものの、知らん顔を決め込んでいる。

「三つ数えるぞ」

クルーはｉＰａｄを脇に置いた。でも、まだベッドの上だ。

「三……二……」一を数えた瞬間、ジェレミーはクルーに向かって手を伸ばし、足首をつかんで持ち上げた。「逆さづりの刑だ！」

クルーはけらけらと笑い、身をよじった。「もうやだ、やめて！」

ジェレミーはわたしを見た。「ローラ、子どもは何秒逆さづりにされたら、脳みそがひっくり返って、逆さま言葉しかしゃべれなくなるんだっけ？」

ふたりのやりとりにわたしも笑った。「二十秒って聞いたことがある。でも十五秒かも」

クルーがいった。「やめて、ダディ。シャワーする！　脳みそ逆さまなんて、絶対にやだ！」

「耳掃除もするか？　さっきダディがシャワーを浴びろといったのが聞こえていないようだからな」

「する！」

ジェレミーはクルーを肩の上で横向きにすると、足から床に戻した。クルーの髪の毛をくしゃくしゃとなでる。「さあ、行った」

クルーが部屋を出て、廊下の向こうのバスルームに駆け込んでいく。ジェレミーとクルーのやりとりで、この家に、ほんの少しほのぼのとした雰囲気が漂《ただよ》った。「かわいいわね。いくつ？」

「五歳だ」ジェレミーはヴェリティのベッドに手を伸ばし、頭の部分を少し起こした。それからベッドサイドのテーブルからリモコンを取り上げ、テレビをつけた。

わたしはジェレミーと一緒に寝室を出た。ジェレミーがドアをしめ、こちらに向き直ったとき、わたしは廊下の真ん中に立っていた。彼はグレーのスウェットパンツのポケットに両手を入れた。何かいいたそうにしたものの、結局何もいわない。ただため息をついて、ヴェリティの寝室を振り返った。

「クルーはひとりで寝るのを怖がるんだ。勇敢な子だけれど、夜はだめでね。ヴェリティのそばにいたがるし、一階では寝たがらない。だからぼくも二階で寝ることにしたんだ」ジェレミーは廊下を階段へ向かっていく。「つまり、夜、一階にいるのはきみだけだ。好きなように過ごしてもらってかまわない」ジェレミーは廊下の明かりを消した。「ヴェリティの仕事部屋を見る？」

「もちろん」

わたしはジェレミーのあとについて、階段をおりた。おりてすぐのところに、両開きのドアがある。ジェレミーがそのドアをあけると、そこに彼の妻のもっともプライベートな空間が現れた。

ヴェリティの仕事部屋。

中に入ると、なんだか彼女の下着がつまった引き出しをあけた気分になった。床から天井まである本棚に、本がびっしりと並び、壁際に紙の束が入った箱がいくつも積み上げられている。そしてデスク……ヴェリティのデスクがある。壁際に造りつけられたデスクが壁に沿って延びている。壁は巨大な一枚ガラスで、そこから裏庭のすべてが見通せる。デスクには一ミリの隙間もなく、書類の束がびっしりと置かれていた。

「彼女、整理整頓《せいとん》が苦手で」ジェレミーはいった。

わたしは親しみを感じてにっこり笑った。「作家はみんなそうよ」

「時間がかかるからね。整理しようとしたものの、どこから手をつけていいのかもわからない」

わたしは手近な棚の一つに近づいて、そこに並んだ本に手を伸ばした。ヴェリティの作品の翻訳版だ。ドイツ語版を取り出し、ページを開いた。

「パソコンは二台、ラップトップとデスクトップがある。パスワードを書いた付箋を貼っておく」ジェレミーはコンピュータの脇にあった一冊のノートを取り上げた。「ヴェリティはいつもメモをしていた。思いついたことを片っ端から書きとめる。紙ナプキンとかに。シャワーの中で思いついた会話はウォータープルーフのノートに書くんだ」ジェレミーはノートを元の位置に戻した。「そういえば登場人物の名前をクルーの紙おむつに書いていたこともあった。動物園に行って、ノートを持っていなかったときに」

ジェレミーは久しぶりにその部屋に足を踏み入れたかのように、懐かしそうに部屋をひとわたり見回した。

「彼女にかかれば、世界じゅうのどこもかしこもが原稿用紙になった」

彼がヴェリティの執筆のプロセスを正しく理解しているのを感じて、わたしの心はあたたかくなった。くるりと体を一回転させて、部屋を見渡す。「どれだけかかるか想像もつかない」

「きみがここに泊まらないかもっていったとき、笑うつもりはなかった。でも、正直、どうがんばっても二日はかかる。二日で終わらなければ、必要なだけいてもらってかまわない。考えがまとまらないままニューヨークに戻るより、好きなだけ時間をかけて、必要なものはすべて手に入れてほしい」

わたしは自分が引き継ぐシリーズの本が並んだ棚を眺めた。シリーズは九冊で完結だ。六冊はすでに出版されていて、三冊がこれから出版予定。シリーズのタイトルは『モラル・クイーン』。それぞれの本が異なる美徳について書かれている。わたしに託された三冊は、「勇気」

「真実」そして「無償《むしょう》の愛」の三冊だ。

六冊全部が棚に並んでいる。余分に何冊かあるのを見て、わたしはほっとした。シリーズの二冊目を棚から取り、ざっと目を走らせる。

「もう、このシリーズを読んだ？」ジェレミーがたずねる。

わたしは首を振った。オーディオブックを聞いたことを知られたくない。感想をきかれたら困る。「まだ読んでないわ。契約書にサインをして、ここに来るまで時間がほとんどなかったから」本を棚に戻す。「どれがあなたの一番のお気に入り？」

「実はぼくもまったく読んでいないんだ。最初の一冊をのぞいては」

わたしはすばやく振り向いて、彼を見た。「本当？」

「彼女の頭の中に入りたくはなかったから」

わたしは笑みをこらえた。まるでコーリーのような言い草だ。自分の妻が創り出す世界と自分が生きている現実をごっちゃにするタイプだろうか。少なくとも、コーリーより分別がありそうだけれど。

部屋を見回し、少しばかりくじけそうな気分になった。けど、それが、ジェレミーがそこに立っているせいなのか、これから仕分けなくちゃならない、この雑然とした紙の山のせいなのかはわからない。「どこからはじめたらいいのかもわからないわ」

「まかせるよ」ジェレミーはドアを指さした。「クルーの様子を見てくる。どうぞご自由に。食べ物……飲み物……この家はきみのものだ」

「ありがとう」

ジェレミーがドアをしめると、わたしはヴェリティのデスクに向かって、身を落ち着けた。デスクの椅子一つとっても、たぶんわたしのアパートメントの家賃より高いはずだ。作品を書いている間、必要だと思うものに糸目をつけずお金を使えたら、どれほど執筆が楽になるだろう。心地のいい家具、電話一本でやってくるマッサージ師。コンピュータも一台じゃない。さぞ快適で、ストレスのない執筆活動になるはずだ。わたしのたった一台きりのラップトップはキーが一つ取れているし、Ｗｉ‐Ｆｉはご近所さんがパスワードをかけ忘れた回線を拝借している。古いダイニングチェアに座って書いているけれど、テーブルはアマゾンで二十五ドルで買った、プラスチックの折り畳み式のものだ。

プリンターのインクやプリント用紙さえ、お金がなくて買えないこともしょっちゅうある。二、三日、ヴェリティの仕事部屋にいるのは、『人はリッチになればなるほど、よりクリエイティブな仕事ができる』っていう、わたしの持論を検証するいいチャンスかもしれない。

わたしはシリーズの二冊目を棚から取った。ほんの冒頭だけを読んでみるつもりで、本を開く。ヴェリティが一冊目をどう二冊目に続けていくのかを知りたい。

三時間後、その本を一気に読み終えた。

わたしはその場から一度も動かなかった。章を追うごとに物語に引き込まれ、登場人物に嫌気が差す。実際、うんざりするような登場人物のオンパレードだ。書いている間、彼らの心情に寄り添うまでにはかなり時間がかかりそうだ。ジェレミーが彼女の作品を読まなかったのも不思議じゃない。彼女の本はすべて悪役の視点から書かれている。わたしにははじめての作業だ。ここに来る前にすべての本を読んでおくべきだった。

伸びをしようと立ち上がってみたけれど、どこも痛みを感じない。ヴェリティの椅子は、これまでお尻を乗せた中でもっとも快適な椅子の一つだ。

あたりを見回す。まずコンピュータのファイルか、プリントアウトされた原稿か、どちらを先にチェックすべきだろう？

結局、デスクトップを先にチェックしてみることにして、ワードのファイルをいくつか開いた。ワードがヴェリティのお気に入りのソフトらしい。ファイルはすべて、過去に書いた作品に関するものだった。そのことについて、あまり心配はしていない。まだ書いていない作品に関する資料を見つけたかったけれど、ラップトップのファイルもほとんど、デスクトップと同じものだった。

おそらくヴェリティは、作品のアウトラインを手書きで書くタイプの作家なのだろう。わたしはクローゼットの壁沿いに積み上げられた段ボールの箱に目を向けた。表面にうっすらと埃《ほこり》が積もっている。いくつかの箱をあけ、原稿をひっぱり出す。けど、それらもすべて、彼女がすでに書いたシリーズの異なるバージョンだ。彼女が次に何を書こうとしていたのか、ヒントになるようなものはなかった。

六個目の箱をあけ、中をひっかきまわしていたとき、見慣れないタイトルの原稿に気づいた。『運命《さだめ》のままに』だ。

運よく七冊目の本のアウトラインを見つけられたらと思い、最初の数ページをぱらぱらとめくってみる。だがすぐに、わたしが探しているものじゃないと気がついた。これは……ヴェリティが自分のために書いたものだ。わたしは第一章の一ページ目に戻り、最初の行を読んだ。

ジェレミーに会った夜のことをときどき考える。もしあのとき、彼と目が合わなくても、やはりわたしの人生は同じような結末を迎えたのだろうか、と。

ジェレミーの名前に惹《ひ》かれ、さらに先を読み進める。これは自伝だ。

わたしが探していたものじゃない。出版社はこの自伝を読ませるために、お金を払うわけじゃない。だから目当ての資料を探すべきだ。けど、好奇心に駆られ、わたしは肩越しに部屋のドアがしまっていることを確認した。それに、これを読むのも下調べのうちだ。作家としてのヴェリティを理解するため、彼女の心を知る必要がある。もちろん、それは単なる言い訳だけれど。

自伝を持ってソファに移動すると、ゆったりと腰をおろしてそれを読みはじめた。

『運命のままに』

ヴェリティ・クロフォード

はじめに

自伝を読んでうんざりさせられるのは、いたるところにきれいごとばかりがちりばめられていることだ。作家は、自分の作品と自らの魂の間にあり、幾重《いくえ》にも重なって自らを守る膜《まく》を取り去り、魂をむき出しにする覚悟をしない限り、自伝を書くべきではない。そこで語られるのは、肉や骨を引きはがし、自らを解放して、魂の底から出た言葉であるべきだ。醜く、率直で、おぞましいけれど、それはまぎれもないむき出しの自分をとらえている。読者によく思われたい、そう思って書く自伝は、本当の意味で自伝とはいえない。裏も表もすべてが好ましい、そんな人間などいない。自伝を読んで、読者は背を向け、去ってしまうかもしれない。少なくとも、その作者に対して、嫌悪感を抱くはずだ。わたしが書こうとしているのは、そんな自伝だ。

読めば、不快な味がするだろう。時に吐き気をもよおすかもしれない。けれど、あなたはその言葉を飲み込み続けるだろう。やがてそれはあなたの血や肉となり、魂の一部となって、あなたを蝕んでいく。

それでも……せっかくの警告にもかかわらず……あなたはわたしの言葉をせっせと取り込み続けるはずだ。なぜなら今、あなたはこうしてそこにいる。
人間だから
好奇心があるから
どうぞ読み進めなさい

Chapter 1

愛するものを見つけ、死ぬほど夢中になれ――チャールズ・ブコウスキー

ジェレミーに会った夜のことをときどき考える。もしあのとき、彼と目が会わなくても、やはりわたしの人生は同じような結末を迎えたのだろうか、と。はじめから、わたしの運命はこの悲劇的な結末をたどると決まっていたのだろうか？　あるいは、それは運命というより、誤った選択を重ねた結果なのだろうか？

もちろん、わたし自身もまだ、悲劇的な結末を見ていないし、何がどう積み重なってそうなるのか挙げることはできない。けれど、そうなりつつあるのを感じる。チャスティンの死を予感したように、それはきっとやってくる。そして彼女の運命を受け入れたように、わたしは自らの運命も受け入れようとするだろう。

ジェレミーに会う前も、道に迷っていたわけじゃない。けれど、彼が部屋の向こうから、わたしを見つける瞬間まで、人生に意味を見出せずにいた。それはたしかだ。

一夜限りの関係も含めて、付き合った男は何人かいたけれど、誰かと一緒に暮らすことなど想像もしなかった。でも彼を見た瞬間、ふたりで過ごす最初の夜が頭の中に浮かんだ。

結婚式やハネムーン、そしてわたしたちふたりの子どもの姿も。

それまで、愛なんて誰かが創りあげた幻想だと思っていた。グリーティングメーカー、ホールマークのマーケティング戦略のでっちあげに過ぎない、と。愛に興味はなかった。その夜のわたしの目的は、ただ酒を飲んで、リッチな投資家とファックすること、それだけだった。モスコミュールを三杯飲んで、すでに目標の半分は達成している。そしてジェレミー・クロフォードを見ながら、今夜は期待以上の成果を手にパーティーから抜け出せそうだと考えていた。ジェレミーは金を持っていそうだし、おまけにこれはチャリティ・パーティーだ。チャリティに貧乏人は来ない。来るとしても、金持ちにサービスする側としてだ。

まあ、わたしは例外だけれど。

彼が何人かの男と話しながら、ちらりとこちらへ視線を走らせるたびに、この部屋の中に、彼とわたし、ふたりっきりでいるような気持ちになった。時折、彼はわたしに向かって、ほほ笑んだりもした。そうせずにはいられなかったはずだ。なぜなら、その夜のわたしは赤いドレス、メイシーズで万引きした真っ赤なドレスを身に着けていた。非難の目で見ないでほしい。当時のわたしは飢えたアーティストで、ドレスはべらぼうな値段だった。リッチになったら、慈善事業に寄付をするとか、赤ん坊や何かを救うとかして、罪は償うつもりだった。罪のいいところは、あとで償えることだ。その真っ赤なドレスはあまりに完璧で、手に取らずにはいられなかった。

それはファックにもってこいのドレスだ。男が簡単にわたしの脚の間に手を伸ばすことができる。今日みたいなパーティーに着ていく服を選ぶとき、女が犯しがちなミスは、男目線を忘れてしまうことだ。女は胸を大きく見せるとか、体の線を強調することだけを考え、着心地を犠牲にして、脱ぐのにやたら手間がかかるドレスを選ぶ。だが男がドレスを見るときには、ヒップにぴたりとまとわりつく素材だとか、後ろを紐《ひも》で編み上げて、ウエストのラインを強調したデザインだとか、そんなのはどうでもいい。気にするのはただ一点、そのドレスがどのくらいヤリやすいか《ファッカブル》、だ。テーブルで隣に座ったとき、太ももに手を差し入れることができるかどうか？　車の中で、ファスナーやガードルにもたつくことなくファックできるかどうか？　ドレスを全部脱がさなくても、トイレでファックできるかどうか？

イエス、イエス、わたしの盗んだ真っ赤なドレスの答えはすべてイエスだ。

このドレスを着たわたしを口説かずに、彼がパーティー会場をあとにするなんてできっこない。わたしはそう思っていた。わざと彼のほうは見ないようにして、つれない素振りで気を惹く。わたしはネズミじゃない、チーズだ。向こうから近づいてくるまで、ただここでじっとしていればいい。

ようやくジェレミーはやってきた。わたしが彼に背を向けて、バーカウンターに立っているときだ。ジェレミーはこいつはぼくのものといわんばかりに、わたしの肩に手を置くと、わたしを見もせず、体をかがめてバーテンダーを手招きした。やがて近づいてきたバーテンダーに、ジェレミーは軽くあごでわたしを示した。「もう今夜は、彼女に水以外は出さないでくれ」

まさかそう来るとは……予想もしていなかった。わたしはカウンターに肘をついたまま、振り返って彼を見た。ジェレミーはわたしの肩に置いた手をおろしざま、肩先から肘にかけてすばやく指を這わせた。その瞬間、こみあげる怒りとともに、体を電流が駆け抜けた。

「飲みすぎかどうかは自分でわかるから」

ジェレミーはにやりと笑った。その笑みの向こうに傲慢さがちらつくけれど、間違いなくいい男だ。「だろうね」

「今夜はまだ三杯目よ」

「なるほど」

わたしは背筋を伸ばし、バーテンダーを呼び戻した。「もう一杯、モスコミュールを」

バーテンダーはわたしを見て、ジェレミー、それからもう一度わたしを見た。「申し訳ありません。お客さまには水を出すように、と」

わたしはくるりと目を回した。「知ってるわ。聞いてた。でも、わたしはこの人のことを知らないし、向こうもこっちのことは知らない。それに、わたしはモスコミュールがもう一杯飲みたいの」

「彼女に水を」ジェレミーはいった。

たしかに彼には惹かれるけれど、どんなにいい男でも、ナイト気取りのその態度は許せない。バーテンダーは両手をさっとあげた。「ゲームなら他でどうぞ。飲み物が欲しいなら、あちらのカウンターで」そういって、部屋の反対側にあるバーを指さした。わたしはクラッチバッグをつかみ、あごをつんとあげて、席を立った。向かいのバーでスツールに座り、前の客の注文が終わるのを待つ。次の瞬間、ジェレミーがふたたび現れた。今回はカウンターに肘をついて、身を乗り出している。

「どうしてきみに水しか飲ませたくないか、説明もさせてくれないの？」

わたしは頭をゆっくり巡らせると、彼のほうを向いた。「あら、ごめんなさい。わざわざあなたの説明を聞く必要があったとは気づかなくて」

ジェレミーは声をあげて笑い、体の向きを変えると、今度はカウンターにもたれかかって、ゆがんだ笑みを浮かべた。「ここに入ってきた瞬間から、ずっときみを見てた。きみは四十五分の間に三杯飲んだ。このペースで飲み続けて、へべれけになったところで誘い出すのはフェアじゃない。だからまともな判断ができるうちに、きみに決めてほしいんだ」

のどの奥から聞こえるその声は、まるでハチミツを絡めたように甘い。わたしは彼の目をじっと見た。これって映画のワンシーン？　こんなにハンサムで、リッチ――たぶん――で、しかも思いやりのある男っている？　自信たっぷりなところが鼻につくけど、人を食ったその態度がまた魅力的だ。

絶妙のタイミングでバーテンダーが声をかけてきた。「ご注文は？」

わたしはすっと背筋を伸ばし、ジェレミーから目をそらすと、バーテンダーを見た。

「水をお願い」

「二つだ」ジェレミーがいった。

それで決まり、だった。

あの夜から数年がたった今、細かなことは覚えていない。ただ覚えているのは、出会った瞬間に、それまでどんな男性にも感じなかったほど彼に惹かれたってことだ。彼の声、自信たっぷりの態度、白くて完璧な歯並び、すべてが魅力的だった。それからわたしの太ももをこすりあげる、絶妙な長さの無精ひげも。あまり長くそこにとどまられると、かすり傷ができるかもしれないけれど。

話しながら、彼が大胆にわたしに触れるのもたまらなくいい。彼の指が触れるたびに、肌がぞくぞくした。

水を飲み終わると、ジェレミーはわたしを出口へとエスコートした。背中にそっと手を添え、指でわたしのドレスをなでながら。

彼のリムジンへ向かい、ジェレミーがあけてくれたドアから中に乗り込むと、彼はわたしの隣ではなく、対面のシートに座った。車の中は花の香りが立ち込めている。ブーケじゃない、香水だ。たとえさっきまでここにいた女のものだとしても、いい香りだ。わたしの目は中身が半分残ったシャンパンのボトルに引きつけられた。そばにはワイングラスが二つあり、そのうちの一つには口紅の跡がついている。

誰？　彼はなぜ、その彼女じゃなく、わたしとパーティーを抜け出すの？

その質問を口にする気はなかった。今、彼と一緒にいるのはわたしで、大事なのはそれだけだ。

わたしたちはしばらくの間、期待に胸を高鳴らせながら、ただ無言で見つめあっていた。やがて、わたしがすっかり自分に夢中だとみると、彼は手を伸ばしてわたしの脚を持ち上げ、自分の側のシートに乗せた。片手で足首を優しくなでながら、わたしの胸が彼の手つきに応えて、大きく上下するのを眺めている。

「いくつ？」

その質問に一瞬、口ごもった。きっと彼はわたしより年上だ。たぶん二十代後半、あるいは三十過ぎだろうか？　本当の年をいって、ひかれたくない。わたしは嘘をついた。

「二十五」

「若く見えるね」

嘘を見抜かれ、わたしは乱暴に靴を脱ぐと、つま先で彼の太ももをなで上げる。「本当は二十二よ」

ジェレミーは声をあげて笑った。「嘘つきだな」

「少しばかり話を盛っただけ。作家なの」

彼の手がふくらはぎに移動した。

「あなたはいくつ？」

「二十四」わたしを真似て、ジェレミーも少しばかり話を盛った。

「ってことは……二十八？」

ジェレミーはにっと笑った。「二十七だ」

今、彼の手はわたしの膝の上だ。もっと、もっと上。わたしは思った。その手が太ももに、そして脚の間に来て、わたしを中からまさぐってほしい。彼が欲しい、でもここじゃ嫌だ。彼の家に行って、彼のベッドの寝心地を試し、シーツの匂いをかいで、彼の肌を味わいたかった。

「運転手はどこ？」わたしはたずねた。

ジェレミーはちらりと後ろ、つまりリムジンの運転席を見た。「さあね」わたしに視線を戻す。「これ、ぼくのリムジンじゃないから」いたずらっぽい表情。嘘をついているのだろうか？

わたしは目を細めた。自分のものじゃないリムジンにわたしを連れこんだの？「じゃ、これは誰の？」

ジェレミーはわたしから目をそらし、自分の手をじっと見つめた。さっきまでわたしの膝をなでていた手だ。「さあね」彼がリッチじゃないと知ったら、一気に欲望が萎えるだろうと思っていた。なのに、素直に認めた彼に、思わず笑みがこぼれた。「セレブでもなんでもない」ジェレミーはいった。「ここにはホンダのシビックでやってきた。十ドルのバレー料金（料金を払って駐車を係員にまかせるサービス）を惜しんで、自分で車を停めたケチさ」

自分でも驚いたことに、他人のリムジンに連れこまれて、それでも彼に愛想をつかす気にはならなかった。彼はリッチじゃない。リッチじゃないけど、それでも彼とファックしたい。

「わたしはビルで清掃の仕事をしているの」わたしはいった。「ゴミ箱の中からこのパーティーの招待状を拾った。本来ならこんなところにいる身分じゃないわ」

ジェレミーはにっこり笑った。心からの笑いだ。その笑顔にキスしたくてたまらない。

「資源は有効に使わなきゃね」彼はわたしの膝の裏をつかみ、ぐっと自分のほうへ引き寄せた。すばやくシートを移動して、彼の膝の上に乗る。やっぱりこのドレスを選んで正解だ。脚の間で、かたくなっていく彼を感じる。ジェレミーはわたしの下唇にぐっと親指を押しあてた。わたしがその親指の腹に舌を走らせると、彼がため息をもらした。喘《あえ》ぎ声でも、うめき声でもない、ため息だ。まるでそれが、最高にセクシーな行為でもあるかのように。

「なんて名前?」

「ヴェリティ」

「ヴェリティ、ヴェリティか。かわいい名前だ」ジェレミーの目はちょうどわたしの口の高さにある。彼が体をかがめてキスをしようとした瞬間、わたしは体を引いた。

「あなたは?」

彼は一瞬驚いたようにわたしを見た。「ジェレミー」一秒だってキスを待ちきれないみたいに、早口で名前をつぶやいたとたん、彼の唇がわたしの唇に触れた。だが次の瞬間、頭上で室内灯が点灯し、唇を重ねたまま、わたしたちは固まった。誰かが運転席に戻ってきた!

「まいったな」ジェレミーがつぶやいた。「なんでまたこのタイミングで」ジェレミーはわたしを押しやり、ドアをあけた。ジェレミーがわたしを外に出した瞬間、ドライバーが車内の異変に気づいた。

「おいっ!」運転手が後部座席に向かって叫んだ。

ジェレミーがわたしの手をつかんでひっぱった。でも、ハイヒールじゃ走れない。わたしは彼の腕をぐっと引き戻し、止まって靴を脱いだ。運転手がわたしたちのほうに向かってくる。

「おい！　おれの車で何をしてる？」

ジェレミーは片手でわたしのハイヒールを持ち、ふたりで、暗闇の中で笑いながら通りを走り続けた。息が切れたところで、ちょうどジェレミーの車にたどりついた。今度は嘘じゃなかった。車はホンダのシビックだ。新しい型じゃないけれど、悪くはない。ジェレミーはわたしを助手席のドアに押しつけると、ハイヒールをアスファルトに落として、片手をわたしの髪に差し入れた。

わたしは肩越しに、自分たちがもたれかかっている車を見た。「これって本当にあなたの車？」

ジェレミーはにやりと口の端をゆがめ、スーツのポケットに手を入れると、キーホルダーを取り出した。ドアの鍵をあけて、それが自分の車だと証明してみせる。その仕草がおかしくて、わたしは声をあげて笑った。

ジェレミーは唇が触れんばかりの距離で、わたしを見下ろした。誓ってもいい、そのとき、彼もすでに、わたしとの将来について考えていたはずだ。でなきゃ誰かをあんな目――過去をすべてさらけだした目――で見るはずはない。

彼は目を閉じ、わたしにキスをした。欲望と尊敬――その二つをひとりの女に同時に感じる男はめったにいない――がこもったキスだ。

髪に差し入れられた、彼の指が心地いい。そして口の中の舌も。彼も気持ちがいいと思っているはずだ。キスの仕方でそれがわかる。まだお互いのことはほとんど知らないけれど、それが何よりの証拠だ。見知らぬ人間と濃密なキスを交わすのは〝あなたのことはまだ知らないけれど、知ったら、きっと好きになる〟そういうのと同じだ。

彼みたいな男に選ばれるのはいい気分だ。わたしだって捨てたものじゃないと思える。

彼が体を引いた瞬間、そのままくっついていきたかった。彼の唇を追いかけて、ずっと指と指を絡めていたい。彼が運転している間、助手席におとなしく座っているのは、まるで拷問だ。彼が欲しくて、体がかっと燃えるように熱くなった。彼がわたしに火をつけた。そしてわたしはその火を絶対に消さないと決めた。

ファックする前に、彼はわたしに食事を与えた。

連れていかれたのはステークンシェイク（全米で展開されるハンバーガーのチェーン店）だ。キスをしてはフレンチフライを食べ、キスをしてはチョコレートシェイクを飲んだ。ほとんど客のいない店内で、わたしたちが座ったのは静かな角のブースだった。ジェレミーの手がわたしの太ももを這いのぼり、脚の間に消えても、誰にも気づかれない場所だ。喘ぎ声を誰かに聞かれることもない。ジェレミーが手を引き抜いて、こんなところでいっちゃだめだ、とささやいても、誰も気にしなかった。

まあ、わたしは別にいってもよかったけれど。

「だったら、あなたのベッドに連れてって」

連れていかれたのは、ブルックリン。ワンルームマンションの真ん中に置かれたベッドだった。リッチとは程遠い暮らしぶりで、さっきの食事代だって痛かったはずだ。けど、そんなことはどうでもよかった。わたしはベッドに寝そべって、彼が服を脱ぐのを見つめていた。そしてそのとき気づいた。これからはじめて誰かと愛し合おうとしている。今までも、セックスはしたことがあるけど、それは単なる体だけの関係だった。

その瞬間、捧《ささ》げたのは体だけじゃない、わたしのすべてだ。心が満たされた。何に満たされたのかはわからないけれど。これまで出会った男との関係では、心はいつも空っぽだった。

それは目もくらむような体験だった。体だけじゃない、心、頭、五感のすべてで感じるセックス。体が宙を舞った。恋に落ちた……というより、落ちて、落ちて、そのまくるくると宙を舞い続けた。

それまで、自分がずっと、崖っぷちで立ちすくんでいる気がしていた。でも、ジェレミーに出会って、ついに自信をもって飛ぶことができた。もう地に落ちることはない。この先ずっと、飛び続けることができる。生きてきてはじめて、確信をもってそう思えた。

今にして思えば、当時はどうかしていたに違いない。わたしはあっという間にジェレミーにのめりこんでいった。だが、止まらないのが狂気だ。もし次の日の朝に目覚めて、彼の部屋からそっと抜け出していたら、それは一夜のお楽しみで終わり、数年後には思い出すこともなかっただろう。しかし次の日の朝、わたしは帰らず、それ以上の関係になった。日を追うごとに、彼との最初の夜が間違いじゃなかったと確信するようになった。一目惚《ぼ》れってそういうものだ。会った瞬間に恋に落ちるんじゃない。その瞬間から長い時間を一緒に過ごしたのちに、それが一目惚れだったとわかる。

それから三日間、わたしたちは彼の部屋から一歩も出なかった。

中華のテイクアウトを食べて、ファックした。ピザをオーダーして、ファックした。テレビを見て、ファックした。

月曜日には、ふたりとも仮病を使って仕事を休み、火曜日には、頭の中はジェレミーで一杯だった。彼の笑い声、彼のペニス、彼の口、彼のテクニック、彼の話、彼の手、彼の自信、そして彼の優しさ、彼のすべてに虜《とりこ》になって、彼を喜ばせたいという強烈な思いにとりつかれた。

彼を喜ばせなきゃ。

彼をほほ笑ませ、生きる活力を与え、毎朝、目覚めさせなきゃならない。

それからしばらくの間はそのとおりになった。彼は、何よりも誰よりもわたしを愛して、わたしは彼が生きるたった一つの理由になった。

彼が、わたしより大切なものを見つけるまでは。

5

ヴェリティの下着が入った引き出しをあけたどころか、その中のシルクやレースをひっかきまわしている気分だ。自分でもわかっている。これは読むべきものじゃない。わたしがここへ来たのは仕事をするためだ。でも……。

自伝をソファの上、自分の脇に置いて、じっと見つめる。ヴェリティについて知りたいことがたくさんある。でも本人にきくことはできないし、ジェレミーもいろいろきかれたくはないだろう。彼女が何をどう考えていたのか、もっとよく知る必要がある。それには自伝を読むのが一番かもしれない。そこには一切飾らない真実が語られている。

これが寄り道なのはわかっている。絶対、読むべきじゃない。目的の資料を探して、さっさと出ていくべきだ。それでなくても大変な出来事を経験したこの家族に、下着をひっかきまわす侵入者なんて必要ない。

わたしは巨大なデスクに近づき、携帯を取り上げた。十一時過ぎだ。ここについたときはすでに午後の七時を回っていたけれど、それでもこんな時間だとは思わなかった。この仕事部屋にいると、外の音はまったく聞こえない。まるで防音工事が施されているみたいだ。

たぶん、そうなのだろう。わたしだってお金に余裕があれば、自分の仕事部屋を防音にする。

お腹がすいた。

まだ勝手のわからない家で空腹になるのは決まりが悪い。好きにしてくれ。ジェレミーにそういわれたのを思い出し、わたしはキッチンへ向かった。

だが、仕事部屋のドアをあけたところで、はたと足を止めた。

この部屋は間違いなく防音だ。でなきゃ、この音が聞こえたはずだ。それは二階から聞こえてくる。わたしは耳を澄ました。まさか……。

足音を忍ばせ、階段の下へ向かう。それはたしかに聞こえる。ヴェリティの部屋からだ。ベッドがリズミカルにきしむ音、男が女の上に乗って立てる、その音に似ている。

どうしよう！　わたしは震える指で口を覆った。やだ、やだ、やだ！

前にこんな記事を読んだことがある。ある女性が交通事故で昏睡状態になった。彼女は介護施設で暮らし、夫は毎日妻のもとを訪れていた。だが、やがてスタッフは、夫が昏睡状態にある妻とセックスをしているのではないかと疑うようになり、隠しカメラを取りつけた。夫は強《ごう》姦《かん》罪で逮捕された。理由は妻が合意の意志を示すことができなかったからだ。

ヴェリティも同じような状態だ。

なんとかしなきゃ、でもどうすれば……。

「音、気になるよね」

ぎょっとして振り返ると、すぐ後ろにジェレミーがいた。

「もし気になるなら、スイッチを切るけど」

「びっくりした」わたしは声にならない声で答えた。思わず安堵のため息がもれる。よかった。

聞こえたのは、わたしが思ったような音じゃなかった。ジェレミーはわたしの肩越しに、音のする方向を見上げた。

「介護用のベッドだ。タイマーで二時間ごとに、マットレスの違う部分が持ち上げられる。体の重みでかかる圧力を分散するためにね」

決まり悪さが首筋を這いのぼってくる。あの音が聞こえてきたとき、わたしが何を考えたか、ジェレミーに知られませんように。わたしは広げた手を胸元にあて、赤みの差した肌を隠そうとした。緊張したり、興奮したりすると、色白のわたしの肌には真っ赤な斑点が現れる。できることなら、お金持ちのふかふかのカーペットの中に沈み込んで消えてしまいたい。

わたしは軽く咳ばらいをした。「そんなベッドがあるのね？」知っていれば、母が終末ケアを受けているときも使ったのに。ひとりで寝がえりを打たせるのは重労働だった。

「ああ、目が飛び出るほどの値段だけれどね。新品を買おうとすれば、数千ドルする。しかも保険はきかない」

わたしはその値段に思わずむせた。

「残り物をあったためてるんだ。お腹がすいてるだろ？」

「実はキッチンに行こうと思っていたの」

ジェレミーは後ろ歩きでキッチンへ向かっていく。「ピザだよ」

「完璧」**まいった、ピザか……。**

電子レンジのタイマーが切れると、ジェレミーはピザの乗った皿を取り出して、わたしの前に置いた。それから自分のためにもう一枚を電子レンジに入れる。「作業は進んでる？」

「順調よ」わたしは冷蔵庫から水のボトルを一本取り出し、テーブルに座った。「やっぱりあなたのいうとおりだった。あまりにいろいろあって……二、三日はかかりそう」

ジェレミーはカウンターにもたれて、ピザがあったたまるのを待った。「夜型？」

「ええ。かなり夜遅くまで仕事をして、朝はゆっくり起きるの。迷惑にならない？」

「全然、大丈夫。実はぼくも夜型なんだ。ヴェリティの看護師は夕方、家に帰って、次の日の朝七時に戻ってくる。だからぼくが夜中まで起きていて、ヴェリティに夜の薬を飲ませる。看護師が出勤してきたら、彼女に引き継ぐ」ジェレミーは自分の皿をオーブンから出し、わたしの向かい側に座った。

ジェレミーと目が合わせられない。彼を見ると、どうしてもさっき読んだ原稿のことを考えてしまう。ステークンシェイクで、彼の手が彼女の脚の間に伸びて……。**やっぱり読まなきゃよかった。**彼のほうを見るたびに顔がほてる。ジェレミーは手もすてきだ。だからどうってわけじゃないけど。

なんとか他のことを考えなくちゃ。

今すぐに。

「ヴェリティのシリーズについて、彼女と何か話した？　登場人物をどんなふうにしようとか、結末はどうしようとか」

「話したかもしれないけど、思い出せないな」ジェレミーは皿に目を落とした。心ここにあらずといった表情で、ピザの一切れを弄《もてあそ》んでいる。「事故の前、しばらく彼女は何も書かなくなった時期があった。だから作品について話すことさえなかった」

「事故から、どのくらいたつの？」すでに答えは知っているけれど、ネットで家族の過去について検索したことを知られたくない。

「ハーパーが死んで間もなくだった。事故後しばらく、ヴェリティは薬で昏睡状態になってて、集中リハビリセンターに数週間入院した。家に帰ってきたのは、ほんの二、三週間前だ」

ジェレミーは一口ピザを食べた。この話題を持ち出したのはまずかったかもしれない。そう思ったけれど、彼が気を悪くした様子はなかった。

「母が亡くなる前、わたしはひとりで看病をしていたの。きょうだいもいないから。大変よね」

「たしかに」ジェレミーはうなずいた。「お母さんのこと、つらかったね。カフェのトイレで話を聞いたとき、そういったかもしれないけど」

わたしは満面の笑みを浮かべ、それ以上何もいわなかった。母についていろいろきかれたくない。彼とヴェリティの話を聞きたい。

頭の中で、わたしはまた例の自伝のことを考えていた。テーブルの向かいに座っている彼について、ほとんど知らないのに知っている気がする。少なくとも、ヴェリティが描く自伝の中のジェレミーについては。

ふたりはどんな結婚生活を送っていたのだろう？　それが知りたい。そしてヴェリティがなぜ、第一章をあんな言葉で終わらせたのかも。「彼が、わたしより大切なものを見つけるまでは」

不吉な終わり方だ。まるで次の章で、彼に関する、恐ろしくて、邪悪な秘密が明らかになることをほのめかしているように。けど、もしかしたら単に読者を翻弄することを狙っただけで、彼が聖人のような性格で、彼女よりもはるかに多くの愛情を子どもに注いでいたことが明らかになるのかもしれない。

それが何を意味するにせよ、ジェレミーを見ていると、次の章が読みたくてたまらなくなる。やらなきゃならないことが山ほどあるのに、やりたいのはただ一つ、ソファの上で丸くなって、ヴェリティとジェレミーの結婚生活について読むことだ。自分で自分にあきれる。

もしかしたら、それはふたりについての物語じゃないのかもしれない。知り合いにも、小説を書くとき、登場人物にこれと思う名前を思いつくまではとりあえず自分の夫の名前をつけておく作家がいる。もしかしたらヴェリティの場合も、あの原稿はフィクションで、とりあえずジェレミーの名前を使っているのかもしれない。

一つだけ、わたしが読んだものがフィクションかどうか、確かめる方法がある。

「ヴェリティとはどうやって出会ったの？」

ジェレミーはペパロニを口にほうりこみながら、いたずらっぽい笑みを浮かべた。

「パーティーだ」椅子の背もたれに体を預ける。ようやく彼の顔から悲しみが消えた。「ヴェリティは最高にゴージャスなドレスを着てた。真っ赤で、裾を引きずるほど丈が長い。すごくきれいだった」切ない声だ。「パーティーを抜け出すと、外にリムジンが停まっていた。だからその中にもぐりこんで、少し話をした。運転手が戻ってきて、リムジンが自分のものじゃないと白状するまでの間ね」

本来なら、わたしが知らないはずの情報だ。わたしはむりに笑い声をあげた。「自分のリムジンじゃなかったの？」

「ああ、ただ彼女にすごいと思わせたかったんだ。でも、そのあとすぐに大あわてで逃げ出す羽目になった。運転手にひどい剣幕でどなられて」ジェレミーはまだ笑っている。まるで魅力的すぎる赤のドレスを着たヴェリティとともに過ごした、その夜に戻ったかのように。「それ以来、ぼくたちは離れられなくなった」

当時のふたりがどんなに幸せで、そしてその後のふたりの人生がどう変わったのかを考えて、わたしはぎこちなく笑った。ヴェリティの自伝には細かな経緯が書いてあるのだろうか？　ふたりが、どうやってそのときから今にたどりついたのかについて。自伝の冒頭で、ヴェリティはチャスティンの死について書いていた。それはつまり、チャスティンの死のあとで、彼女がその原稿を書いた、あるいはその部分を付け加えたということだ。いったい、ヴェリティはいつからあの原稿を書いていたのだろう？

「出会ったとき、ヴェリティはすでに作家だったの？」

「いや、まだ大学院生だった。そのあと、ぼくが一時的にロサンジェルスで仕事をすることになって、その数カ月の間に、彼女が最初の作品を書いた。はじめはそれが、ぼくがニューヨークに戻るまでの単なるひまつぶしだと思っていた。実際しばらくはどの出版社も見向きもしなかったけれど、あの原稿が売れると、すべてが……一気に動きはじめた。ぼくたちの人生は、文字どおり、一夜にして変わった」

「彼女は有名になって、とまどったりしなかった？」

「とまどったのは、彼女よりぼくのほうだ」

「いきなりたくさんの人の注目を浴びて？」

「ぼくが引っ込み思案だって、なんでわかるの？」

わたしは肩をすくめた。「わかる。わたしも同じだから」

ジェレミーは声をあげて笑った。「ヴェリティはきみの考える、いわゆる典型的な作家じゃない。スポットライトを浴びるのが好きだった。華やかなイベントも。ぼくはそういうものはすべて苦手だ。子どもたちと一緒に家にいるほうがいい」自分が複数形で話したことに気づいて、ジェレミーの表情がかすかに変わった。「つまり、クルーとね」ジェレミーはいい直した。

ジェレミーは頭を振り、それから首の後ろに両手をあてて、体をぐっと後ろに伸ばした。ストレッチしたわけじゃなく、居心地が悪くなったのだろう。「ときどき、たまらなくなる。ふたりがもうここにいないことを思い出して」静かな声。その目はわたしを通り越し、はるか彼方《かなた》を見つめている。「今でも、ソファで娘たちの髪の毛を見つけることがある。乾燥機の中の靴下とか。何か、ふたりに見せたいものがあるときには、もうふたりが階段を駆け下りてくることはないのを忘れて、大きな声で名前を呼んでしまう」

わたしは彼をじっと観察した。サスペンス作家としては、まだ納得できない。何かが起こるとき、疑わしい人物はほとんどの場合、その現場に居合わせる。ふたりの娘に何があったのかききたい。だが、できるだけ早く、この場を離れたい気もする。

でもこの瞬間、わたしの目の前にいるのは、同情を買うために茶番を演じる男じゃない。はじめて、自分の思いを声にして分かち合おうとしている男だ。

ジェレミーの告白に、わたしも自分のことを打ち明けたくなった。

「母の死はそれほど前じゃないけど、その感覚はわかる気がする。母が亡くなった週は、起きて、母の朝食を作ってから、もうそれを食べる本人がいないってことを思い出した」

ジェレミーはテーブルに腕を置いた。「これがいつまで続くのかな？　それとも永遠にこのまま？」

「時間がたてば、きっと気持ちも少しは癒えるわ。けど、引っ越しも悪くないかも。もともと彼女たちがいなかった家に引っ越せば、新生活ではふたりがいないことが新しい当たり前になるから」

ジェレミーは無精ひげの伸びたあごをなでた。「それはどうかな。ハーパーとチャスティンが感じられないことを当たり前にしたいかどうか……」

「たしかに、それもそうね」

ジェレミーはわたしを見つめたままだ。静かなまなざし。誰かとあまりに長く見つめあうと、心が揺さぶられ、目をそらさずにはいられなくなる。

わたしは目をそらした。

目の前の皿を見つめ、その縁飾りを指でなぞる。彼のまなざしに、瞳を通して、心の中を見つめられている気になる。彼にそのつもりはなかったにしても、それはひどく親密な感じがする。目と目が合った瞬間、心の深い部分を探られているような気がした。

「仕事に戻らなくちゃ」わたしはほとんど聞こえないほどの声でいった。

しばらくの間、ジェレミーはじっとしていた。だが次の瞬間、まるでトランス状態が解けたかのように、ぱっと椅子を引いて背筋を伸ばした。「そうだったね」立ちながら、皿を取り上げる。「ヴェリティの薬を準備しなくちゃ」ジェレミーは皿をシンクに運び、わたしがキッチンを出る瞬間にいった。「おやすみ、ロウ」

その呼び方に、返事がのどにひっかかる。わたしはただ笑みらしきものをちらっと見せて、キッチンをあとにすると、ヴェリティの仕事部屋に急いだ。

ジェレミーと一緒に時間を過ごせば過ごすほど、早く戻ってあの原稿に没頭したくなる。彼のことをもっと知りたい。

ソファの上にあった原稿を持ち、仕事部屋の明かりを消して、寝室へ向かう。ドアには鍵がない。ベッドの足元にあった木のチェストを移動させ、ドアを封鎖した。

長いドライブのあとでくたくただ。それにシャワーも浴びなきゃならない。けれど眠る前に、少なくともあと一章分は読みたい。

読まなくちゃ。

Chapter 2

ジェレミーと付き合いはじめた最初の二年については、何冊でも本が書ける。ただし売れないだろうけれど。ジェレミーとわたしの間に大したドラマはなかった。ほとんど喧嘩《けんか》もせず、これといった悲劇も起こらなかった。甘すぎるサッカリン・ラブの二年、ふたりとも、ただ互いのことしか見えていなかった。

彼に　心を　奪われた
彼に　溺れた

それ――彼への共依存――が健全だとは思わない。でも、今もまだ、その関係は変わっていない。人間は自分の人生の否定的な要素を帳消しにしてくれる誰かを見つけたら、その人を食い物にしないでいるのはむずかしい。自らの魂を生きながらえさせるために、わたしはジェレミーを食い物にした。彼に出会う前、わたしの魂は飢え、しおれかけていた。けれど彼の存在がわたしに生きるための糧を与えた。ときどき思う。もしジェレミーがいなかったら、わたしは何もできなかっただろう。

二年近く付き合った頃、ジェレミーがロサンジェルスに一時的に転勤になった。当時、わたしはひそかにジェレミーと同棲《どうせい》をはじめていた。わたしは〝ひそかに〟自分の家に帰るのをやめ、水道料金や光熱費を払うのをやめ、家賃を払うのをやめた。もはやわたしには自分の家がない、わたしがアパートメントを引き払った二カ月後、ようやくジェレミーはそれに気づいた。

ある夜、セックスの最中にジェレミーはわたしに引っ越してこないかといった。ジェレミーはときどきそういうことをする。ファックの最中に、わたしたちの人生にとって重大な決断をするのだ。

「一緒に住もう」彼はそういいながら、ゆっくりとわたしの中に入ってきた。唇と唇が近づく。「住んでいる部屋を引き払えばいい」

「むり」わたしはつぶやいた。

彼は動くのをやめ、体を引いてわたしを見下ろした。「どうして？」

わたしがお尻に手を添えてうながすと、彼はふたたび動きだした。「だって二カ月前にすでに引き払ってるから」

彼はまた動きを止め、黒々としたまつ毛に縁どられた深い緑の瞳でわたしを見つめた。今、その目にキスをしたら、きっとリコリスの味がするはずだ。「ぼくたちはもう一緒に住んでたってこと？」

わたしはうなずいた、意外にも、彼は不意をつかれた表情だ。

まずい――話題を変えて、彼の気をそらせなきゃ。そんなの大騒ぎするようなことじゃないと思わせたい。「いったと思ってた」

彼がわたしの中からペニスを引き抜いた。まるで罰を与えるみたいに。「一緒に住んでるなんて、そんなの聞いてない。聞いてたら、忘れるはずがない」

わたしは彼の前で膝をつき、彼と顔を突きあわせた。彼のあごを持ち上げ、息がかかるほど顔を近づける。「ジェレミー」わたしはささやいた。「この六カ月間、わたしたち、一晩だって離れたことはないでしょ。それって、もう一緒に住んでるのも同じよ」わたしは彼の肩をつかんで、押し倒した。頭をぐっと枕に押しつける。彼にキスしたい。けれど、彼は憮然とした表情だ。まだ話は終わっていない、そんな顔をしている。

これ以上、話したくない。早く、いかせて。

わたしは彼の顔の上にまたがり、自分自身を彼の舌に近づけた。わたしのお尻を彼がつかみ、自分のほうに引き寄せる。至福の瞬間にわたしは大きく体をのけぞらせた。これ、これがあなたのところに越してきた理由よ、ジェレミー。

わたしは体を前に倒し、大声を出すまいと、ヘッドボードをつかんで歯を立てた。

話はそこで終わった。

わたしがかつてないほどハッピーな気分で過ごせたのは、彼が転勤になるまでのことだった。たしかに転勤は一時的なものだ。しかし、生きるための唯一の手段を奪われたら、生きていくのはむずかしい。

唯一の魂の栄養源から、引きはがされた……そんな感じだ。電話やビデオチャットを使って、エロティックな会話でちょっとした栄養補給をしたりもした。だが、それまでふたりで寝ていたベッドで、たったひとりで過ごす夜は拷問だった。

時には、自分で自分を慰めながら、彼がいるつもりで、枕やヘッドボードを噛みしめたりもした。けれど、達したあとはいつも、ひとりきりのベッドに寝そべって、天井をぼうっと見つめながらむなしい思いにとらわれた。今まで彼がいなかった時間をどう生きてきたのだろう？

もちろん、彼には、そんなことはおくびにも出せなかった。頭の中は彼で一杯だ。でも、ひとりの男を永遠につなぎとめておきたいと思ったら、あんたなんか一日で忘れられるというふうにふるまうことが必要だ。

そうして、わたしは作家になった。

来る日も来る日もジェレミーのことを考えた。もし彼が戻ってくるまでの間、自分の時間を埋める方法が見つからなければ、彼が恋しくてたまらないことを知られてしまう。わたしはフィクションのジェレミーを作り、彼をレーンと名付けた。そしてジェレミーが恋しくなるたびに、レーンについて一章を書いた。二、三カ月がたつうちに、ジェレミーのことを考える時間は減り、レーンについて考える時間が増えていった。ある意味、レーンもジェレミーだけれど、ずっと考えてばかりいるより、それについて書くことははるかに生産的に思えた。

彼がいなくなった数カ月の間に、わたしは一冊の小説を書いた。彼がわたしを驚かせようと、ロスからいきなり戻って、玄関に現れたとき、わたしはちょうど最後のページの推《すい》敲《こう》を終えたところだった。

それは運命だった。

わたしはすぐさまフェラで彼の帰宅を祝い、あまりの嬉しさからはじめて飲み込んだ。

ごくりとそれを飲み下してから、優雅な笑みを浮かべて、彼を見上げた。ジェレミーは服を着たまま、ジーンズを膝まで下げて突っ立っている。わたしは立ち上がり、彼の頬にキスをした。「すぐ戻るわ」

バスルームに入り、ドアに鍵をかけると、洗面所の水を流しっぱなしにして、便器にすべて吐いた。彼がわたしの中で果てたとき、どれだけそれを飲み続けなければならないのか、わたしにはわからなかった。彼の昂《たか》ぶりをくわえたまま、平気な顔をしているのはつらかった。

歯を磨いて、寝室に戻ると、ジェレミーがわたしのデスクに座っていた。原稿の数ページを手にしている。

「これ、きみが？」彼は椅子に座ったまま振り返って、わたしを見た。

「ええ、でも読まないで」手のひらが汗ばむ。その汗をみぞおちのあたりでぬぐいながら、わたしは彼に近づいた。すばやく身を乗り出し、彼の手から原稿を取り上げようとしたとたん、彼が立ち上がった。頭の上、わたしの手の届かない高さに原稿を掲げる。

「どうして読んじゃだめなの？」

わたしは飛び跳ねながら、なんとか彼の腕を引き下げて、原稿を奪おうとした。「まだ推敲が必要だから」

「かまわない」彼があとずさる。「それでもいいから読みたいんだ」

「読まれたくないの」

ジェレミーは原稿をすべて集めて、胸の前で抱え込んだ。どうしても読むつもりだ。なんとか止めなきゃ、わたしは必死だった。心配、いや恐怖を感じる。その作品がいいかどうかわからない。もしつまらないと思われたら、それを書いたわたしにも幻滅してしまうかもしれない。わたしはベッドの向こうにいるジェレミーに飛びついて、原稿を奪おうとした。だが、彼はバスルームに駆け込み、中から鍵をかけた。

わたしはドアを激しく叩いた。

「ジェレミーッ!」大声で叫ぶ。

返事はなかった。

それから十分ばかり、ジェレミーはそのまま閉じこもり、わたしはクレジットカードを使って、ドアをなんとかこじあけようとした。ヘアピンも試してみた。もう一回フェラしてあげるといってみたりもした。

さらに十五分ほどたった頃、中から物音が聞こえた。

「ヴェリティ?」

そのとき、わたしは背中をバスルームのドアにもたせかけ、ぐったりと座り込んでいた。

「何?」

「すばらしいよ」

わたしは無反応だった。

「傑作だ。きみはすごい」

わたしはほほ笑んだ。

それははじめての味だった。自分が書いたものを、読者が心から楽しんでくれたときの喜びの味だ。ジェレミーのシンプルで甘い一言で、わたしは彼に全部読ませることを決めた。彼を残し、ベッドにもぐりこむと、ほほ笑みながら眠りについた。

二時間後、彼に起こされて目が覚めた。彼の唇が肩先をかすめ、指がウエストからヒップへと見えない線をたどっていく。ジェレミーはわたしの体を後ろから包み込むと、ぴたりと体を密着させた。ずっと待ち焦がれていた感触だ。

「起きてる？」彼はささやいた。

返事の代わりに、わたしは低くうめいた。

耳の下にキスをしながら、ジェレミーはいった。「すごいよ、きみは最高だ」わたしをあおむけにし、顔にかかった髪の毛を払いのける。「準備はできてる？」

「なんの？」

「有名になる準備」

わたしは声をあげて笑った。でも彼はまじめな顔だ。ジェレミーはジーンズを脱ぐと、わたしの下着も取り去った。わたしを貫きながら、彼はいった。「ぼくが冗談をいってると思う？」キスをしながら話し続ける。「この小説が世に出たら、きみはきっと有名になる。すばらしい作品だ。できることなら、きみの才能とファックしたい」

彼の愛撫に応えながら、わたしは喘ぎ声交じりに笑った。「そんなふうにいうのは、本当にそう思っているから？　それともわたしを愛しているから？」

彼はすぐには答えなかった。動きがゆっくり、慎重になる。彼はじっとわたしを見つめた。「結婚してくれ、ヴェリティ」

一瞬、頭の中が真っ白になった。聞き違いだと思ったからだ。ジェレミーがわたしに結婚を申し込んだ？　でも彼の思いつめたような表情で、真剣な気持ちが伝わってきた。すぐにイエスというべきだ。わたしもそれを望んでいる。でも、その代わりに、いった。

「なぜ？」

「なぜって」彼はにんまりした。「ぼくはきみの一番のファンだから」

わたしは声をあげて笑った。次の瞬間、彼の笑顔が消え、わたしをファックしはじめた。強く速い彼の動きが、わたしを高みへと追いつめていく。ヘッドボードが壁にあたり、枕が頭からはずれてどこかへ飛んでいった。

「結婚してくれ」ジェレミーはわたしの口に舌を入れた。それは数カ月ぶりに、わたしたちが交わした本物のキスだった。

その瞬間、わたしたちは狂おしく互いを求めあった。くんずほぐれつ、キスを交わすのもままならないほどに。「いいわ」わたしはささやいた。

「よかった」ため息交じりに彼がいった。それは声というより、息に近い。ジェレミーはフィアンセになったわたしをファックし続け、最後にはふたりとも汗にまみれ、口の中に血の味を感じた。ジェレミーが噛んだ、わたしの唇の傷から流れた血。あるいはわたしが彼の唇を噛んだのかもしれない。どっちがどっちかわからないけれど、今はもうどうでもいい。彼の血はわたしの血だ。

彼はコンドームをつけないまま、わたしの中で果て、その間も舌をわたしの口に差し入れ続けた。彼の息遣いがわたしののどをすべりおりていく。わたしの永遠が彼の永遠と重なって一つに溶けた。

すべてを解き放つと、ジェレミーはベッドから手を伸ばして、床に落ちたジーンズを拾いあげた。そしてもぞもぞと体をくねらせながら戻ってくると、わたしの手を持ち上げて、指に指輪をそっとはめる。

彼は最初からプロポーズをするつもりでいた。

わたしは指輪を見ることさえしなかった。手を頭の上にあげ、目を閉じた。なぜなら彼の手はわたしの脚の間にあって、わたしがいくところを見たがっているとわかっていたからだ。

わたしは彼の期待に応えた。

それから二カ月、わたしたちはいつもその夜を、自分たちが婚約した夜として振り返った。二カ月の間、わたしは指輪を見るたびににんまりし、結婚式のことを考えては目を潤《うる》ませた。わたしたちの結婚式の夜はどんなものになるのだろう？

だが、婚約の夜はわたしたちが子どもを授かった夜になった。

ここからはじまる現実がわたしの自叙伝の中核だ。他の作家なら、ライティングを調整して、自分がよく見えるようにするはずだ。わたしのように、レントゲンの下に身を投げ出すようなことはしない。

わたしたちがこれから向かう場所に光はない。これは最後の警告だ。

ここから先は闇だ。

6

ヴェリティの仕事部屋ですばらしいのは、窓からの眺めだ。床から天井まで届くガラスがはめ込まれ、眺めをさえぎるものは何もない。巨大で堅牢《けんろう》なガラスを通して、すべてを見通すことができる。誰がこのガラスを磨くのだろう？　どこかに傷とか、汚れがないか、わたしはガラスを丹念に見た。

ヴェリティの仕事部屋の欠点もまた、その窓からの眺めだ。看護師はいつも、家の裏のポーチ、ちょうど仕事部屋の前にヴェリティの車椅子を止める。そのせいでポーチの西を向いて座るヴェリティの横顔が見える。今、看護師はヴェリティの前に座り、彼女のために本を音読している。ヴェリティの目はうつろに宙を見つめている。いったい彼女は何を理解できるのだろうか？　できるとしたら、どのくらい理解できるのだろう？

まるで幽霊につまびかれたかのように、ヴェリティの細い髪がそよ風になびいた。

ヴェリティを見ていると、やるせなくなる。だから彼女を見たくない。でも、この窓がある限りそれはむりだ。看護師が何を読んでいるのかは聞こえない。おそらく窓も、この仕事部屋の他の部分と同じく防音仕様になっているのだろう。けれど、そこにいるとわかっていると、仕事に集中できない。どうしてもちらちらと目をやらずにはいられない。

シリーズに関するメモはまだ見つかっていないけれど、ここにある資料の一部にはざっと目を通すことができた。今朝は一冊目と二冊目に関して、登場人物ごとにメモを書きとめていくつもりだ。自分のためのファイリングシステムを作って、ヴェリティと同じくらい、登場人物について知る必要がある。彼らの目的が何で、何がきっかけになって、道を踏みはずしたのか、を。

窓の外に動きを感じた。顔をあげると、看護師が勝手口に向かって歩いていくところだった。わたしはヴェリティを見つめた。看護師が本を読むのをやめたら、彼女はどうするだろう？ だが、ヴェリティは微動だにしなかった。膝の上に手を置き、首を傾げたままだ。首が痛くなる前に背筋を伸ばせという信号さえ、脳が送れないかのように。

聡明《そうめい》で才能にあふれたヴェリティはそこにはもういない。事故で生き延びたのは、彼女の体だけ、今の彼女は卵、ぐしゃりとつぶれて中身が出たあとの卵だ。残ったのは粉々に砕けた殻のかけらだけだ。

デスクに目を戻して仕事に集中しようとする。ジェレミーはこの事態をどう受け止めているのか、考えずにはいられない。彼は、一見、コンクリートの柱だけれど、中は空洞のはずだ。彼の人生を考えると、心が重くなる。黄身のない卵の殻を世話し続ける人生を……。

あまりに残酷だ。

こんな残酷なことはいいたくない。けど……どうだろう。もし彼女が交通事故で死んでいたら。一家にとっては、まだそのほうがよかった気もする。彼を見ていると母の看病にかかりっきりだった最後の数カ月を思い出さずにはいられない。母だって、癌に侵されて、つらい闘病生活を送るよりは死にたいと思っていただろう。ただし、それは母の……そしてわたしの人生のほんの二、三カ月の間だった。だがジェレミーにとっては、この状態が一生続くことになる。もはや妻とは名ばかりの女性の世話をし、家庭とも呼べない家庭に縛りつけられる毎日。ヴェリティ自身も、ジェレミーがこんな生活をするのを望んでいるとは思えない。自分だって子どもと遊ぶことはおろか、話をすることもできない生活を。

せめてヴェリティに意識がありませんように。彼女のためにわたしは祈った。想像できない。意識ははっきりしているのに、脳に受けたダメージのせいで、まわりの音や光に反応を示したり、自分の思いを言葉にする術をすべて奪われて生きるなんて。わたしはふたたび顔をあげた。

ヴェリティがこっちを見ている。

はじかれたように立ち上がった拍子に、デスクの椅子が木の床を後ろへすべっていく。窓越しにヴェリティがわたしを見ていた。頭をわたしのほうに向けて、こちらの目をじっと見つめている。わたしは口元に手をあて、あとずさった。

ヴェリティの視線から逃れようと、左のドアの方向へじりじりと移動しても、視線はあとをついてくる。まるでモナ・リザだ。部屋を横切って移動しても、それはまだそこにあった。だが、ドアまで来ると、ようやく目が合わなくなった。

わたしを目で追っていたわけじゃなかった。

わたしはドアノブにかけた手をおろし、壁にもたれかかった。エイプリルがタオルを手に外に出てきた。ヴェリティのあごをぬぐい、彼女の膝の下から小さな枕を引き抜くと、彼女の頭を持ち上げて、肩と頬の間にその枕をあてがった。頭の位置が固定されると、彼女の目はもう、窓を向いていなかった。

「ばかみたい」誰にともなくつぶやく。

わたしが怖がっているのは、ほとんど動くことも、話すこともできない女性、自分の意志で頭の向きを変えて、自分から目を合わすどころか、誰かを見ることもできない女性だ。

水が飲みたい。

ドアをあけた瞬間、デスクの上に置いた携帯が鳴って、わたしは小さな悲鳴をあげた。**まったく。**アドレナリンなんかくそくらえだ。脈が速くなる。電話を取る前に、大きく息を吸って気持ちを落ち着けた。知らない番号だ。

「もしもし」

「ミズ・アシュリーですか?」

「はい」

「クリークウッド・アパートメントのドノバン・ベイカーです。数日前、入居申し込みをされましたね?」

他に考えることができて、パニックが収まった。窓のそばに戻ると、エイプリルが車椅子を移動させたせいで、今はヴェリティの後頭部しか見えない。「ええ、どういうご用件でしょう?」

「ご連絡したのは、提出された申込書の審査結果をお知らせするためです。残念ながら、アシュリーさんの名前で退去勧告を受けたことが確認されたため、入居をお断りすることになりました」

今になって？　もうアパートは二、三日前に引き払っている。「でも、申し込みはすでに受理されていて、来週には引っ越す予定にしています」

「それは予審です。本審査の前のね。今日行なわれた本審査を経てはじめて、引っ越しの手続きがすべて完了します。私どもでは、最近の退去勧告の履歴がある方の入居は認めていません。どうかご了承ください」

わたしはうなじをさすった。お金が入ってくるのは二週間後だ。「お願い」できるだけ必死に聞こえないようにいった。「これまでは家賃を滞納《たいのう》したことなんてなかったはずです。新しい仕事は決まったし、もし入居させていただけたら、二週間後には一年分の家賃をまとめて払うと約束します」

「審査の結果について、不服を申し立てることはできます」とドノバン。「二、三週間はかかるかもしれませんが、事情を考慮して、申し込みが認められた例もないわけじゃありません」

「その二、三週間の猶予がないんです。前に住んでた部屋はもう引き払ったから」

「申し訳ありません」ドノバンはいった。「メールで決定通知をお送りします。そのメールの最後に、不服を申し立てる際の電話番号が書いてあります。では、ごきげんよう」

ドノバンは電話を切った。わたしはうなじに手をあて、耳に携帯を押しつけたまま立っていた。夢なら覚めてほしい、今すぐに。まったく……やってくれるわね、母さん。いったい、これからどうすればいいの？

遠慮がちなノックの音に振り向いて、ふたたびどきりとする。今日はさんざんなことばかりだ。ジェレミーが仕事部屋の入り口に立って、気の毒そうな顔でわたしを見ていた。

電話が鳴ったとき、ドアは開いていた。ジェレミーはさっきの会話をすべて聞いていたに違いない。今日という日をいい表す表現のリストに〝痛恨の極み〟って言葉が加わりそうだ。

わたしは携帯をデスクに置くと、どさりと椅子に腰をおろした。「人生がいつも、こんなにはちゃめちゃってわけでもないの」

ジェレミーはくすりと笑い、部屋の中に入ってきた。「ぼくの人生も似たようなものだ」

その言葉がうれしい。「大丈夫」携帯を見つめ、くるっと回す。「なんとかするわ」

「エージェントからアドバンスが振り込まれるまで、お金なら貸すよ。ヴェリティとの共同口座から引き出すのに三日はかかるけど」

こんなに決まりが悪い思いをするのははじめてだ。きっとジェレミーは、わたしが背中を丸め、デスクに肘をついて、頭を抱え込んでいるところも見たに違いない。

「ありがとう。でも、さすがにあなたからお金を借りるなんてできない」

ジェレミーはしばらく無言のまま、ソファに座った。リラックスした様子で両手を組み、わずかに体を前に倒している。「それならアドバンスが入るまでここにいればいい。一、二週間だろ」仕事が進んでいないことを確かめるように、部屋をぐるりと見回す。「ぼくはかまわない。きみは全然邪魔にならないし」

首を振るわたしに、ジェレミーはさらにいった。

「ローウェン、きみが引き受けた仕事は簡単じゃない。明日ニューヨークへ戻って、もっと長くいればよかったと思うより、長すぎるほどここで過ごして、これからの仕事に備えてくれたほうがいい」

たしかに、もっと時間が必要だ。けど、二週間もこの家で？　自分が恐れる女性と、読むべきではない原稿と、寝室での赤裸々な姿を知りすぎている男性と一緒に？

だめ。それは絶対にむりだ。

もう一度、首を横に振ろうとした瞬間、ジェレミーが押しとどめた。「いろいろ考えすぎるのはやめるんだ。恥ずかしがる必要もない。ただ〝オーライ〟っていえばいい」

わたしは彼の後ろに目をやった。壁に沿って、いくつもの箱が並んでいる。まだ手をつけてもいない。二週間あれば、彼女のこれまでの作品を全部読んで、必要な情報をメモして、次の三冊の構想を考えて……いろいろできるかもしれない。

わたしはほっとため息をついた。「オーライ」

ジェレミーはほほ笑み、立ち上がって、ドアに向かっていく。

「ありがとう」

ジェレミーが振り返って、わたしを見た。その瞬間、声をかけなければよかったと思った。なぜなら、その表情にかすかな後悔が見えたからだ。彼は口を開いた。「どういたしまして」とか「大丈夫だよ」とか何かいいたげだ。だが、瞬時に彼は口をつぐみ、むりに笑顔を作ると、ドアをしめて出ていってしまった。

わたしは数時間前、山の向こうに太陽が姿を消す瞬間に外に出てみろとジェレミーにいわれていたことを思い出した。〝ヴェリティがなぜ自分の仕事部屋の壁を、ガラス張りにしたのか、その理由がわかるよ〟

わたしは彼女の本を一冊持ち、裏のポーチに出た。十脚ほど並んだ椅子から、パティオテーブルのそばの一つを選んで座る。ジェレミーとクルーが湖のほとりで、桟橋から古くなった床板をはがしている。ほほ笑ましい光景だ。ジェレミーに渡された板をクルーが持ち、古い床板が積み上げられている場所へ運んでいく。そしてまた、ジェレミーのもとに戻り、次の床板を受け取る。ジェレミーが床板をはぎ取るよりも、クルーが行って帰ってくるスピードははるかに遅い。だが、ジェレミーはクルーをじっと待っている。いかにも父親らしい忍耐強さだ。

ジェレミーを見ていると、父のことを思い出す。父はわたしが九歳のときに死んだ。けど、怒ったところを見たことがない。とげとげしい物言いで、何かと癇癪《かんしゃく》を起こす母に対しても、声を荒らげるようなことはなかった。そんな父をわたしは歯がゆく思っていた。当時のわたしには、母に対する忍耐が父の弱さに感じられた。

クルーとジェレミーを眺めつつ、手にした本を読もうとする。でも、数分前に、ジェレミーがシャツを脱いだせいで、何も頭に入ってこない。カフェのトイレでもシャツを脱いだ彼を見たけれど、そのときにはアンダーシャツを着ていた。むき出しの体を見るのははじめてだ。かれこれ二時間以上も桟橋で作業を続けたせいで、肌に玉のような汗が光っている。ハンマーで床板をはがすたびに、背中の筋肉が大きく動く。その動きにヴェリティの自伝を思い出す。ふたりのセックスライフについての事実があけすけに綴《つづ》られていた。そこからわかったのは、ふたりがすごく〝熱心〟だったってことだ。わたしの過去のどんな関係よりも。

もはやそのことを考えずに、彼を見ることはできない。だからといって、彼とセックスしたいかといわれるとそれも違う。**ホントはしたいけど。**作家としての興味だ。ヴェリティの作品に登場する男性の何人かは、ジェレミーがモデルになっている。残りの三冊を仕上げるにあたって、彼を知ることで何かしら創作の糸口が見つかるかもしれない。つまり……それは最悪のことじゃない。ヴェリティの立場になって、これからの二年間、執筆のたびにジェレミーを頭に思い浮かべるのも悪くない。

裏口のドアが大きな音を立ててしまる音に、わたしはジェレミーから視線を離した。エイプリルがパティオに立ち、こちらを見つめている。その目線は、わたしから、わたしの視線の先へ、そしてまたわたしへと戻ってきた。新しい雇い主を見つめているところを、エイプリルに見られた。ばつが悪い。

どのくらいの間、エイプリルはジェレミーを見つめるわたしを眺めていたのだろう？　この本で顔を覆ってしまいたい。その代わりにわたしは、何も悪いことはしていないといわんばかりににっこり笑った。実際、何もしていない。

「じゃあ、今日はこれで」エイプリルはいった。「ヴェリティをベッドに寝かせて、テレビをつけておいたわ。夕食と投薬は済ませたから、ジェレミーにきかれたらそう伝えて」

なぜわたしにそれを？　わたしにはまったく関係のないことなのに。「わかった。おやすみなさい」

エイプリルは返事もせず、家の中へ姿を消した。やがて低いエンジン音が聞こえ、彼女の車がドライブウェイから木立へと消え去っていくのが見えた。わたしはジェレミーとクルーを見た。ジェレミーはさらにもう一つ、床板をはがしている。

クルーは朽ちた床板の山の脇に立ち、わたしを見つめている。ほがらかな笑みを浮かべ、手を振りながら。わたしも手を振り返そうと手をあげる。だが、そこでクルーが手を振っている相手はわたしじゃないと気づいて、手を止めた。彼の視線はわたしの頭のはるか上、右の方向に向けられている。

クルーが見上げているのは、ヴェリティの寝室の窓だ。

すばやく振り向き、上を見る。その瞬間、彼女の寝室のカーテンがさっとしまるのが見えた。テーブルの上に本を落とした拍子に、水のボトルが倒れる。わたしは立ち上がり、三歩、後ろに下がって、窓をもっとよく見た。だが、そこには誰もいない。あっけにとられて振り向くと、クルーはジェレミーから次の床板を受け取ろうと、桟橋へ歩いていくところだった。

幻？

でも、なぜクルーはヴェリティの寝室の窓に向かって手を振っていたの？　そこに彼女がいるはずはないのに、なぜ手を……？

わけがわからない。交通事故以来、ヴェリティが話すことも歩くこともできないでいるのを考えれば、もし窓辺に彼女を見つけたら、クルーはもっと大げさな反応をするはずだ。

あるいは、クルーは理解していないのかもしれない。自分の母親が窓際まで歩いてくるのが奇跡だということが。なんといってもまだ五歳だ。

わたしは水びたしになった本に目を落とした。本を拾い上げ、しずくを払う。一日中パニック寸前の状態が続いているせいで、呼吸が荒い。ヴェリティが自分を見ているのではと思った、さっきの動揺も収まっていない。そのせいでカーテンが揺れているように見えたのだろう。

もう忘れよう。仕事部屋にこもって、これから寝るまで仕事に没頭したい。でもそう思っても、ヴェリティの様子をチェックしないことには、落ち着いて仕事ができそうもない。それが幻だと確かめたい。

わたしはポーチのテーブルに本を広げると、家の中に戻り、階段へ向かった。とくに理由はないけれど、自然と忍び足になる。おそらく、彼女は何が起こっているのかほとんど理解できない。だから、足音で部屋に近づいていくのを知られる心配もない。それでも階段では足音を忍ばせ、できるだけ静かに廊下を通って、彼女の寝室のドアの前に行った。

ドアはわずかに開いていて、裏庭を見下ろす窓が見える。わたしはドアを手で押してあけ、下唇を噛みながら、そっと頭を差し入れた。

ヴェリティはベッドに横たわっていた。目を閉じ、ブランケットの上、体の脇に両腕を置いている。

思わずほっとため息がもれた。ドアをもう少しあけて、ヴェリティのベッドから裏庭を望む窓へと風を送る扇風機を見つけて、さらにほっとする。扇風機が窓のほうに向くたびに、カーテンが揺れている。

わたしはさらに大きなため息をついた。**扇風機のせいだ。しっかりしてよ、ローウェン。**

わたしは扇風機のスイッチを切った。部屋は寒すぎるくらいだ。なんだってエイプリルは扇風機をつけたままにしていたのだろう。もう一度、ヴェリティをちらりと見ても、彼女は静かに眠っている。わたしはドアまで戻って、ふと立ち止まった。ドレッサーの上にテレビのリモコンがのっている。壁かけ式のテレビはついていない。

エイプリルが帰る前につけたといっていたテレビが消えている。

わたしはもう、ヴェリティを振り返ることもせず、ドアをしめ、階段を駆け下りた。もう二度とあの部屋には行きたくない。自分で自分を怖がらせて、この家でもっとも無力な人間を恐れるなんて、ばかばかしいにもほどがある。彼女は仕事部屋の窓越しにわたしを見つめていないし、二階の窓辺に立って、クルーを見ていたりしない。それにテレビを消したりもしない。たぶんタイマーがかけてあった。あるいはエイプリルがうっかり電源のボタンを二度押して、テレビをつけたと勘違いしたのかもしれない。

すべてはわたしの頭の中の妄想だ。にもかかわらず、わたしは仕事部屋に戻ると、ドアをしめ、彼女の自伝の続きの章を手に取った。彼女の視点から読み進めれば、ヴェリティが誰かに危害を及ぼすことのない人間だと安心できるだろう。とにかく落ち着く必要がある。

妊娠した。それがわかったのは、胸が今までにないほど見事な形になったからだ。自分の体のことはよくわかっているつもりだ。それが何からできていて、どんな栄養を与えて、どう手入れをすればいいのか。母の腰回りが怠惰《たいだ》からどんどん膨張《ぼうちょう》していくのを見ながら育ったわたしは、毎日エクササイズを欠かしたことはない。時には日に二度エクササイズをするときもある。

わたしは人生のごく早い時期に、人間は一つではなく、二つのものからなると学んだ。一つは意識。それには知性や感情、そして目には見えないもののすべてが含まれる。そしてもう一つは、その意識を宿すための肉体。ハードウェアとしての体だ。体をずさんに扱えば、人は死ぬ。手入れを怠っても、人は死ぬ。体が死んでも意識は生き続ける。そう思っている人がいるけれど、そういう人は死ぬ前にそれは間違いだとわかるだろう。

実にシンプルなことだ。ただ体をよく手入れし、欲望のいいなりになるのではなく、必要とするものを与えればいい。心の欲求に屈すると、結局は体のためにならない。それは弱い親が子どもを甘やかしてしまうようなものだ。〝あら、何か嫌なことがあったの？

クッキーをひと箱全部食べたい？　いいわ。好きなだけ食べなさい。ソーダも飲んで〃

自分の体を気遣うことは、子育てのようなものだ。時にはつらく、うんざりする。投げ出したくなることもある。でも投げ出したら、十八年後にそのつけを払うことになる。

わたしの母がまさしくそのいい例だ。母は自分の体をずさんに扱い、わたしのこともずさんに扱った。母はまだ体に無頓着《むとんちゃく》で、太っているのだろうか？　ときどき考えるけれど、それを知る由はない。もう何年も母とは話もしていない。

ここで母のことを話すつもりはない。向こうもわたしのことは話していない。ここで書きたいのは、赤ん坊がわたしから奪った最初のものについてだ。

ジェレミーだ。

最初は盗まれたことにも気づかなかった。

婚約の夜が子どもを授かった夜になったとわかっても、はじめは幸せだった。ジェレミーが幸せなら、わたしも幸せだ。その時点では、胸が大きくなる以外、わたしが細心の注意を払って手入れしてきた体に、妊娠がどれほど大きなダメージを与えるのか、まだ実感がなかった。

妊娠がわかって数週間後、わたしは自分の体の変化に気づきはじめた。わずかなふくらみ。だが、それは確実にそこにあった。シャワーから出て、鏡の前に立ち、自分の姿を横から眺める。手のひらをお腹の上に置くと、これまでにない違和感を覚えた。かすかに突き出ている。

気分が悪い。わたしは日に三度、エクササイズをすることに決めた。妊娠が女に何をもたらすか、これまでもさんざん見てきた。だが、ほとんどのダメージは最後の三カ月に起こることも知っている。もし早め……三十三週目、三十四週目あたりに出産できる方法があれば……。そうすれば大半のダメージを回避することができるかもしれない。医学は目覚ましく進歩しているし、早産の子どももほとんどは元気に育つはずだ。

「すごい」

手をおろし、入り口を見ると、ジェレミーがいた。ドア枠にもたれかかり、胸の前で腕を組んでいる。幸せそうな笑顔だ。「少し目立ってきたね」

「でもないわ」わたしは息を吸って、お腹をひっこめた。

ジェレミーは笑って近づいてくると、後ろから腕の中にわたしを包み込んだ。両手をわたしのお腹の上に置いて、鏡の中のわたしを眺めている。それから肩にキスをした。「最高にきれいだ」

わたしを慰めるための嘘だ。わかっていても嬉しかった。彼の手を握り、くるりと向きを変えたわたしに、彼はキスをして、そのままカウンターへと押しやった。そしてカウンターに乗せると、両脚の間に自分の体を入れた。

彼は仕事から帰ったばかり、わたしはシャワーから出たばかりで真っ裸だ。わたしたちを隔てるのは、彼のズボンとわたしがひっこめ続けているお腹のふくらみだけだ。

ファックはカウンターの上ではじまって、ベッドで終わった。

彼がわたしの胸の上に頭を乗せ、お腹を丸く手でさすっているときに、お腹がごろごろ鳴った。咳ばらいで、その音をごまかそうとするわたしに、彼は笑いながらいった。「誰かさんが腹ぺコみたいだ」

首を振ろうとしたけれど、彼は顔をあげて、わたしを見つめた。「何を食べたいのかな？」

「何も。お腹なんかすいてない」

ジェレミーはもう一度笑った。「きみじゃないよ、彼女だ」わたしのお腹を優しく叩く。「妊娠中は、お腹の赤ん坊のせいで、女性は妙なものが好きになったり、のべつまくなしに食べるんじゃなかったっけ？　きみはほとんど食べない。そしてきみのお腹は鳴っている」ジェレミーはベッドの上で体を起こした。「ぼくのかわい子ちゃんたちに何か食べさせなきゃ」

かわい子ちゃんたち？

「まだ女の子かどうかもわからないでしょ」

ジェレミーは目尻を下げた。「女の子だよ。ぼくにはわかる」

あきれてくるりと目を回したい気分だ。厳密にいえば、今の時点でそれは何者でもない。男でも、女でも。ただの小さな塊だ。わたしのお腹の中にいるこれが、お腹をすかせたり、食べ物を要求したりすると考えること自体ばかげている。けれどまともにとりあう気にもならない。ジェレミーは赤ん坊に夢中だ。彼がそれを実体以上の存在として扱っても、気にならなかった。

彼の喜びは、わたしの喜びだ。

それからの数週間、彼が喜んでいるおかげで、わたしもなんとか過ごすことができた。

お腹が大きくなればなるほど、彼はわたしを愛した。そして夜、ベッドで寝ているとき、前にもましてキスをするようになった。

朝は朝で、わたしがトイレで嘔吐《おうと》する間、彼は後ろで髪を束ねて持っていてくれた。仕事中には、赤ん坊の名前の候補をメールで送ってよこした。彼はわたしが彼に心を奪われるのと同じくらい、わたしの妊娠に夢中になった。最初の検診にも付き添ってくれた。

二度目の検診に、彼がついてきてくれたのはさいわいだった。なぜならそれはわたしの世界が大きく変わる日になったからだ。

双子です。

ふたりも！

クリニックを出たわたしの口数は少なかった。ひとりの赤ん坊の母親になるのも不安でたまらなかった。ジェレミーが愛するものを、わたしも愛するよう無理強いされるのではと考えて。なのに、それがふたりで、しかもふたりとも女の子だなんて。自分がジェレミーにとって、突然、三番目に大切なものになるなんて耐えられない。

双子について話すジェレミーに、わたしは作り笑顔で応じた。お腹をなでる彼に、自分も喜びで一杯だというふりをした。けれど、彼が喜んでいるのはお腹に双子がいるせいだと思うと、気分が悪くなる。双子となれば、たとえ早産になったとしても、わたしの体はさらに大きなダメージを負うことになる。双子がわたしの中でどんどん大きくなり、わたしのお腹の皮を伸ばし、胸やウエストのくびれや、あろうことか、ジェレミーが夜ごと崇《あが》めるわたしの脚の間の神聖な場所までも台無しにすることを考えると、寒気がした。

それでもまだ、ジェレミーはわたしを求めるだろうか？

四カ月目になると、わたしは流産を待ち望んだ。トイレに行くたびに、出血があることを願った。双子を失ったあと、ジェレミーがふたたびわたしを一番の大切な存在として扱うさまを想像した。きっとわたしをより一層愛し、崇拝し、気遣うはずだ。しかもそれは、わたしの中で育ちつつあるもののせいじゃない。

ジェレミーの目を盗んで睡眠薬を飲み、仕事で留守の間にワインを飲んだ。彼をわたしから遠ざける、その邪魔者を駆逐《くちく》するためにできることはなんでもやった。でも、何をしても効果はなかった。それは育ち続け、わたしのお腹はふくらみ続けた。

五カ月目に入ると、横向きに寝るようになったわたしを、ジェレミーは後ろからファックした。左手でわたしの胸をつかみ、右手をお腹にあてがう。セックスの間、ジェレミーにお腹をさわられるのは不快だった。赤ん坊のことを考えさせられて、ムードが台無しになる。

彼がはたと動きを止めたとき、てっきりオーガズムに達したのだと思った。でも、そうじゃなかった。お腹の中でふたりが動くのに気づいたのだ。彼は自身を引き抜き、わたしをあおむけにすると、お腹に手をあてた。

「さっきの、わかった？」彼の目に興奮が躍る。もう彼のものはすっかり硬さを失っていた。彼はわたしとはまったく関係のない理由で胸を躍らせている。ジェレミーはわたしのお腹に耳をあて、もう一度、どちらかひとりが動くのを待った。

「ジェレミー？」わたしはささやいた。

彼はお腹にキスをして、わたしを見上げた。

手を伸ばし、指で彼の髪の毛を取る。「ふたりを愛してる？」

彼はにっこり笑った。わたしがイエスという答えを期待していると信じきった笑顔だ。

「何より愛しているよ」

「わたしよりも？」

ジェレミーは真顔に戻った。わたしのお腹の上に手を置いたまま、体をずらし、わたしの首の下に腕を差し入れた。「きみへの愛とは違う」頬にキスをする。

「違う、そうね。けど、わたしよりも？　わたしに対する愛よりも、ふたりに対する愛のほうが強いの？」

彼はまじまじとわたしの目を見た。〝まさか〟彼が笑いながら、そういうのを期待していたのに、その表情は真剣そのものだ。「もちろん」

嘘でしょ？　彼の答えに打ちのめされて、息ができない。わたしの中で何かが死んだ。

「そういうもんだろ？」彼はいった。「きみもぼくよりふたりを愛してるからって、ぼくに悪いとは思わないだろ？」

わたしは返事をしなかった。本気でわたしが、あなたより双子を愛していると思っているの？　まだふたりの顔さえ見ていないのに。

「悪く思う必要がある？」ジェレミーはいった。「むしろ、ぼくよりふたりを愛するのが当然だ。夫婦の愛は条件付きだけれど、子どもへの愛は無条件だ」

「わたしのあなたへの愛は無条件よ」

ジェレミーは笑みをこぼした。「いや、違うね。ぼくはきみが許せないことをするかもしれない。けれど子どもになら、きみは何をされても許すはずだ」

ジェレミーは間違っている。わたしはふたりが存在することさえ許していない。ふたりのせいで自分が三番目に追いやられること、あの記念すべき婚約の夜をわたしたちから奪ったこと。それらの何一つ許していない。

まだ生まれてさえいないのに、ふたりはすでに、わたしから多くのものを奪っている。

「ヴェリティ」ジェレミーはわたしの目から思わずこぼれた涙をぬぐった。「大丈夫？」

わたしは首を振った。「信じられない。まだ生まれてもいないのに、ふたりをそんなに愛しているなんて」

「そうだね」ジェレミーはにっこり笑った。

別にほめたつもりはない。けれど、彼はそれをほめ言葉と受け取った。ジェレミーはもう一度、わたしの胸に頭を乗せて、お腹をさすった。「生まれてきたら、嬉しくてめろめろになっちゃいそうだ」

彼は声をあげて泣くのだろうか？

ジェレミーがわたしのために泣いたことはない。わたしが原因で、わたしのことについて。

まだ喧嘩もあまりしていない。

「トイレに行ってくるわ」わたしは小声でいった。用を足したいわけじゃない。ただジェレミーから離れたい。そして彼がそこらじゅうに振りまいているのに、なぜかわたしには振りまかない愛から離れたかった。

ジェレミーはわたしにキスをして、わたしがベッドからおりたとたんに、寝がえりを打って背を向けた。そしてセックスが途中だったことを忘れた。

トイレで針金のハンガーを使って、彼の娘たちをかき出そうとしている間に、彼は眠りに落ちていた。三十分ばかりその試みを続けると、最後には吐き気が起こり、脚の間から血が流れ出た。しばらくすれば、さらに症状が進むはずだ。

わたしはベッドに戻り、流産の瞬間を待った。腕が震え、長く中腰でいたせいで脚がだるい。胃が痛み、吐き気がする。でも、わたしはベッドから動かずにいた。それが起こる瞬間、ベッドで彼のそばにいたかった。彼を起こして、取り乱した様子で、流れ出る血を見せたい。彼をパニックにして、心配させて、わたしをかわいそうだと思わせたい。わたしのために泣いてほしかった。

わたしのために。

7

わたしは最後のページを取り落とした。

それはちり一つない木の床にひらりと落ち、まるでわたしの手から逃れるかのように、デスクの下に消えた。床に膝をつき、その一枚を見つけて、隠そうと決めた自伝の元の位置に差し入れる。でも……どうすれば……?

ヴェリティの仕事部屋の真ん中で膝をついたままのわたしの目に、思わず涙がこみあげる。大きく息を吸って、どうにかその涙をこらえた。きしむような膝の痛みに神経を集中させ、気持ちを紛らす。これが悲しみなのか怒りなのかわからない。わかるのはただ、これがひどく心を病んだ女性によって書かれたものだということ、そしてその女性の家にわたしが今、いるということだ。わたしはゆっくり顔をあげ、天井を見つめた。この瞬間、彼女はそこにいる。二階にいて、眠って、食べて、あるいはうつろな目を宙に向けているのかもしれない。そしてわたしのことを疎ましく思っているのだろう。

きっとこの原稿は事実だ。

母親なら、事実でもないのに、自分自身や娘についてこんなことを書くはずがない。一度もそんな感情や考えを持ったことがなければ、夢にも思わないはずだ。ヴェリティが作家としてどれほど才能にあふれていたとしても、まったく経験してもいないのに、こんな恐ろしいことを書いて、母親としての自分を自ら貶《おとし》めるはずがない。

心の中に、不安、悲しみ、恐れが渦巻く。もし彼女が本当にそれをやった――母の嫉妬で、娘の命を奪おうとした――としたら、他に何をやってもおかしくはない。

双子に何が起こったのだろう？

しばらく考えたあげく、その原稿を引き出しの底にしまった。これをジェレミーの目に触れさせたくない。この家を出る前に処分していかなくてはならない。もし彼がこれを読んだらどう思うだろう？　ふたりの娘の死で、すでに悲しみに打ちひしがれているのに、そのうえ、彼女たちが母親からの残虐な仕打ちに耐えていたことを知るなんて。

このあとの章で、双子が生まれたあと、ヴェリティがいい母親になればいいけれど……。けれど、動揺のあまり読み続けられない。いやそれより、その先を読みたいのかどうかもわからない。

何か飲みたい。水やソーダやフルーツジュースじゃない何かを。わたしはキッチンに行き、冷蔵庫をあけた。だがワインは見当たらない。冷蔵庫の上のキャビネットの中にも、アルコールどころか何もなかった。シンクの下のキャビネットも空だ。もう一度冷蔵庫をあけたが、目に入るのは、この気持ちを振り払うために役に立ちそうのない、フルーツジュースや水のボトルばかりだ。

「大丈夫？」

振り向くと、ダイニングテーブルに何か書類らしきものを広げて、ジェレミーが座っている。

心配そうな顔だ。

「この家にアルコールってないの？」わたしは腰に両手をあてて、自分の指の震えを隠そうとした。**ジェレミーは、本当はヴェリティがどんな人間なのかわかっていない。**

　彼はしばらくわたしを見つめると、パントリーへ向かい、棚の一番上にあったクラウンロイヤル（アルコール度数の高いカナディアン・ウイスキー）のボトルを取ってきた。「座って」ジェレミーはいった。心配そうな表情はそのままだ。テーブルに座り、両手で顔を覆うわたしをじっと見つめている。

　コーラの缶をあけ、ウイスキーと混ぜる音がする。しばらくすると、ジェレミーがグラスをわたしの前に置いた。あわてて口元に運んだせいで、中身が少しテーブルにこぼれた。ジェレミーは椅子に戻り、わたしを見つめている。

「ローウェン」ジェレミーの声に、無表情でウイスキーコークを飲み込もうとしたとたん、かっとのどが熱くなり、わたしは思わず顔をしかめた。「何があった？」

　あのね、ジェレミー。脳にダメージを負ったあなたの奥さんと目が合ったの。彼女、ベッドルームの窓に歩いていって、あなたの息子に手を振ってた。あなたが寝ている間に、あなたの子どもを堕ろそうとしたのよ。

「あなたの奥さんの……」わたしはいった。「ヴェリティの本に、なんていうか……ぞっとするような場面があって、怖くてたまらなくなったの」

　ジェレミーはまじまじとわたしを見て、やがてほがらかに笑った。「ほんとに？　本を読んだだけで？」

　わたしは肩をすくめ、もう一口ウイスキーコークを飲んだ。「彼女、すごい作家ね」グラスをテーブルに置く。「ま、わたしは怖がりすぎだけど」

「ヴェリティと同じサスペンスを書いてるのに？」

「自分の作品を書いていても、ときどき怖くなるときがあるわ」わたしは嘘をついた。

「じゃ、ロマンスに転向したほうがいいね」

「そうね。この契約が終わったらそうする」

ジェレミーはもう一度笑うと、首を振りながら、目の前に広げた書類をまとめた。「夕食、よかったらどう？　まだあたたかいよ」

「ええ。何か食べないと」たぶん、そうすれば気分も落ち着くだろう。わたしはウイスキーコークを持ってコンロの前に行った。ホイルをかぶせたチキンキャセロールがある。キャセロールをよそい、冷蔵庫から水を取り出して、テーブルにもう一度座った。「これ、あなたが作ったの？」

「ああ」

一口食べる。「すごくおいしい」

「そりゃよかった」ジェレミーはまだわたしを見つめている。今はもう、心配は消えて、楽しそうだ。その様子にこっちまで幸せな気分になる。この瞬間を楽しめたらどんなにいいだろうと思うけれど、どうしてもヴェリティに対する疑問が頭をもたげる。今の彼女はどんな状態にあるのだろう？　脳機能障害は本物なのだろうか？

「きいてもいい？」

ジェレミーがうなずいた。

「余計なお世話なら、そういってね。でもヴェリティが完全に治る見込みはあるの？」

ジェレミーは首を振った。「医者の話じゃ、これまでの経過を見ても、彼女がもう一度歩いて話せるようになる可能性はないって」

「麻痺《まひ》しているの？」

「いや、脊髄《せきずい》の損傷《そんしょう》はない。だが、脳は……乳児と同じ状態だ。基本的な反射はある。食べて、飲んで、瞬きとほんの少しなら動くこともできる。でも、それは自分の意志によるものじゃない。リハビリを続ければ、少しはよくなるんじゃないかと思っているけど――」

クルーが階段をおりてくる音にはっとして、ジェレミーははっとキッチンの入り口を見た。すぐにつま先まで覆われたスパイダーマンのパジャマを着たクルーが現れ、角を回ってジェレミーの膝に飛び乗った。

クルー。原稿を読んでいる間、クルーのことをすっかり忘れていた。もしヴェリティが出産前と同じように、出産後もふたりの娘を疎ましく思っていたとしたら、もうひとり子どもを産むことに同意するはずがない。

きっと彼女も双子に愛情を感じていたに違いない。だからこそ、あの原稿を書いたのだろう。結局のところ、彼女もジェレミー同様、双子を愛するようになった。妊娠中にあの原稿を綴ることは、ヴェリティにとってセラピーのようなものだったのかもしれない。カトリック教徒が懺悔《ざんげ》をするのと同じだ。

そう考えると、彼女のけがに関するジェレミーの説明とも相まって、ようやく気持ちが落ち着いた。彼女は今、肉体的にも精神的にも新生児並みの能力しかない。きっとわたしの考えすぎだ。

　クルーはジェレミーの肩に頭をもたせかけ、ｉＰａｄを操っている。ジェレミーはジェレミーで、ｉＰｈｏｎｅの画面をスクロールしている。ふたりが寄り添う姿は実にキュートだ。

　この家族の暗い部分ばかりに目を奪われていたけれど、まだ残っている明るい部分にも目を向ける必要がある。その一つは間違いなく、ジェレミーとクルーの絆《きずな》だ。クルーはダディが大好きで、いつも彼のそばで笑って、穏やかな時間を過ごしている。ジェレミーもまた、息子に対する愛情を隠そうともしない。今もクルーの頭にキスをしたばかりだ。

「歯を磨いた？」ジェレミーがたずねた。

「うん」とクルー。

　ジェレミーは立ち上がり、クルーを軽々と抱き上げた。「ってことはおやすみの時間だね」ひょいと肩にかつぐ。「ローラにおやすみをいって」

　クルーはジェレミーの肩の上からわたしに手を振り、ふたりは部屋の角を曲がって二階に消えた。

　ジェレミーは、誰かがいる前ではわたしをこれから使うペンネームで呼ぶけれど、ふたりでいるときにはローウェンと呼んでくれる。嬉しく思うべきじゃないのはわかっているけれど、嬉しい。

　ジェレミーが二階にいる間にキャセロールを食べ、シンクで皿を洗う。すべて終えると、いくらか気分がよくなった。アルコールのせい、それとも夕食を食べたせいだろうか。あるいはヴェリティが書いたあのおぞましい章が、次に来る感動的な章への布石だったと知ったせいかもしれない。あの双子が、実は神様からの贈り物だったことに彼女が気づく、というような。

キッチンから出ると、廊下の壁にかかっている何枚かの家族写真に目を引きつけられた。立ち止まって、写真を眺める。ほとんどの写真は子どものものだけれど、ヴェリティとジェレミー、ふたりだけの写真もある。双子はヴェリティにそっくりで、クルーはジェレミーに似ている。

非の打ちどころのない家族。あまりに完璧すぎて、見ていると気が滅入る。一枚一枚、写真を見ていくうちに、双子を見分けるのは簡単だと気がついた。ひとりは頬に小さな傷があり、満面の笑みを浮かべている。もうひとりはどの写真でもほとんど笑っていない。

わたしは手を伸ばし、写真の少女の傷に触れた。この傷はいつからあったのだろう？　なぜ、できたのだろう？　時をさきのぼって写真をたどる。昔の写真、よちよち歩きの頃の写真でも、彼女の頬には傷がある。それはごく幼いときからあったらしい。

写真を眺めていると、ジェレミーが二階からおりてきて、わたしの隣で立ち止まった。わたしは傷のある子を指さした。「この子はどっち？」

「チャスティンだ」ジェレミーはいった。それからもうひとりの少女を指さす。「これがハーパーだ」

「ふたりともヴェリティにそっくり」

横目に、彼がうなずくのが見えた。

「チャスティンはどうやってこの傷を？」

「生まれつきだ。ドクターがいうには、繊維組織から傷がついているって。よくある現象らしい。とくに双子にはね。一つの部屋に窮屈な状態で押し込められているから」

今度ばかりはジェレミーを見ずにいられない。本当にそれがチャスティンの傷の原因？　もしかしたら……それってヴェリティがふたりを堕ろそうとしたからじゃない？

「ハーパーも同じアレルギーがあったの？」わたしはたずねた。

しまった。わたしは思わず片手をあげ、あごに手をあてた。調べない限り、双子のうちのひとりにアレルギーがあったことを、わたしが知っているはずがない。チャスティンの死について検索したことがばれた。

「ごめんなさい」

「別にかまわない」ジェレミーは低い声でいった。「いや、チャスティンだけだ。ピーナッツにアレルギーがあった」

ジェレミーはそれ以上詳しくは話さない。けれど、視線を感じる。横を向くと、ジェレミーと目が合った。ジェレミーはしばらくわたしのまなざしを受け止めたのち、わたしの手を見た。華奢《きゃしゃ》な指でわたしの手を持ち上げ、手のひらを返す。「これはどうしてできたの？」ジェレミーは手のひらを横切る傷跡を親指でなぞった。

わたしは手を握りしめた。別に隠そうとしたわけじゃない。傷はごく薄くなっていて、自分自身もほとんど気にすることがなかった。というより、気にしないようにしていた。傷を隠したのは、彼が傷に触れた瞬間、その部分が熱くなって、穴でもあいてしまいそうな感じがしたからだ。

「思い出せない」わたしは早口で答えた。「夕食をごちそうさま。シャワーを浴びるわ」ジェレミーの肩越しに、後ろの寝室を指さす。ジェレミーは一歩譲って道をあけた。部屋まで行くと、わたしはドアをあけ、すばやくしめて中に入った。そしてドアに背中をもたせかけ、落ち着きを取り戻そうとした。

落ち着かない気分なのはジェレミーのせいじゃない。ジェレミーはいい人だ。不安になっているのは、あの原稿のせいだ。彼は三人の子どもと妻に、平等に愛を注いできた。それはずっと変わっていない。妻が脳機能障害になった今も、自分のことは二の次にして、彼女への愛を貫いている。

たしかに、ジェレミーはヴェリティのような女性が夢中になるタイプだ。わからないのは、なぜヴェリティがそれほどまでに彼への思いにとりつかれ、彼との間にもうけた子どもに嫉妬の炎を燃やすまで追いつめられていったのかだ。

けど、彼女が彼の虜になったのは、わかりすぎるほどわかる。

ドアから体を離すと、何かが髪にひっかかって、ぐっと引き戻されるのを感じた。いったい何？　髪の毛が何かに絡まっている。どうにか絡まりを解きほぐして自由になると、わたしは振り返って、自分をとらえたものの正体を見た。

スライド錠だ。

きっと今日、ジェレミーが取りつけたに違いない。やっぱり彼はいい人だ。わたしは手を伸ばし、ドアをロックした。

部屋に鍵をつけてほしいといったとき、ジェレミーはどう思っただろう？　もしかしてわたしが自分の身の危険を感じている……そう思っただろうか？　違う。わたしがそういったのは、万が一にも、自分が彼やクルーに危害を加えることを心配したからだ。

バスルームに入ろうと明かりをつけたところで、わたしは自分の手を見下ろし、傷を指でなぞった。

子どもの頃、わたしが眠っている間にベッドを出て歩き回るのを何度か見て、母は不安になった。そして睡眠薬よりも効果があることを期待して、セラピーを受けさせた。セラピストのアドバイスはこうだった。〝大事なのは、慣れた環境に身を置かないことだ。夢遊病の間にどこかへ行ってしまわないよう、簡単には突破できない障害物を作ればいい〟寝室に補助錠をつけるのもそうした障害物の一つだ。

それから十数年、眠る前には必ず寝室に鍵をかけるようにしている。まあ、そうしたところで、ある朝、目が覚めたら手首に傷があって、血まみれになっていた理由は結局、説明できなかったけれど。

8

もう今はこれ以上ヴェリティの原稿を読まない、そう決めた。ヴェリティが双子を堕胎《だたい》しようとしたくだりを読んでから、すでに二日がたっている。続きの原稿は今も、手つかずのまま、彼女のデスクの引き出しの底にある。けれど、たしかにその存在は感じる。ここでわたしと同じ部屋にいて、積み上げた書類の下で浅い息をしている。その原稿を読めば読むほど落ち着かなくなり、仕事に身が入らなくなる。二度と読まない……とまではいわないけれど、少なくともここでやるべき仕事を済ませるまでは、もうよそ見はしないつもりだ。

原稿を読むのをやめると、ヴェリティが近くにいても、数日前ほどの恐ろしさは感じられなくなった。実際、昨日は一日中仕事をしたあと、気分転換に部屋から出て、ヴェリティが看護師やクルー、ジェレミーと一緒に夕食のテーブルを囲んでいるところを見た。ここに来てからそのときまで、食事時にはいつも仕事部屋に引きこもっていたせいで、夕食時に彼らがヴェリティを連れてくることを知らなかった。家族の時間を邪魔しないよう、わたしは仕事部屋に戻った。

今日の看護師はいつものエイプリルじゃない、マーナだ。エイプリルより少し年上で、バラ色の頬にふくよかな体をした元気な女性だ。昔懐しいキューピー人形を思わせる。エイプリルよりはるかに感じがいい。まあ、エイプリルがとくに感じが悪いというわけじゃないけれど、わたしがジェレミーのそばにいることを、快く思っていないのは肌で感じる。なぜ、彼女がわたしの存在を快く思わないのか、その理由はわからない。けれど、患者の身の安全を守る立場からすれば、自分では何もできない患者の家にいる正体不明の女に、批判的な目を向けるのも当然かもしれない。エイプリルはきっと、毎晩、自分が帰ったあと、ジェレミーとわたしが主寝室に鍵をかけて、ふたりっきりでこもっていると思っているに違いない。彼女の思っているとおりだったら、嬉しいけれど……。

マーラは、エイプリルが休む金曜と土曜に出勤する。今日は金曜日で、本来ならわたしは新しい部屋に引っ越しているはずだった。でも、そうならなくてよかった。もし予定どおりなら、執筆の準備ができないままこの家を出ることになったはずだ。行きがかり上、思っていたより長くここに滞在することになって命拾いをした。この二日でシリーズの中のさらに二冊を読み、実際に楽しむことができた。悪役の視点を作品に盛りこむヴェリティの筆力のすばらしさを堪《たん》能《のう》し、今後シリーズを引き継ぐうえでの方向性もつかめた。でも参考のために、本来、手に入れるつもりだったメモ類も探しておきたい。

床に座り込んで、段ボール箱の中をあさっている最中に、コーリーからメッセージが届いた。

コーリー：パンテンが今朝、プレスリリースで、きみが共著者としてヴェリティのシリーズを引き継ぐと発表した。見たいかと思って、リンクをEメールで送った。

メールをあけたとたん、仕事部屋のドアをノックする音が聞こえた。

「どうぞ」

ジェレミーがドアをあけ、顔をのぞかせた。「やあ、食料品を買いにスーパーへ行くんだけど、必要なものをメモしておいてくれれば、なんでも買ってくるよ」

必要なものはいくつかある。そのうちの一つはタンポンだ。明日かあさってには生理も終わりそうだけど、これほど長くここにいると思っていなかったから、数が足りるかどうか心配だ。でも、ジェレミーにそれを頼みたいかどうかはわからない。わたしはジーンズについた埃を軽く払いながら、立ち上がった。「もしよかったら、一緒に行ってもいい？　そのほうが話が早いでしょ」

ジェレミーはドアをさらに広くあけていった。「もちろん。じゃあ、十分後に出発だ」


ジェレミーは、泥があちこちについた、ダークグレーのジープ・ラングラーの運転席に座っている。車高の高い、はじめて見る車だ、ずっとガレージにあったらしい。ジェレミーが運転するタイプの車だとは思わなかった。ジェレミーはいかにもビジネスマンが好みそうな、キャデラックCTXやアウディA8に乗っていると勝手に思っていた。なぜか彼に対しては、はじめて会ったときのスーツを着こなしたビジネスマンというイメージが頭を離れない。でも、実際の彼は毎日外に出てジーンズやスウェットパンツで作業をし、裏口に置きっぱなしにした泥まみれのブーツをとっかえひっかえ履いている。ジープ・ラングラーは、わたしが思っていたどの車よりも、彼に似合っている。

ドライブウェイから出て、公道を七、八百メートルばかり走ったところで、ジェレミーがラジオのボリュームを下げた。

「パンテン・プレスの今日のプレスリリースを読んだ？」ジェレミーがたずねる。

わたしはクラッチバッグの中の携帯をひっつかんだ。「コーリーがリンクを送ってきたわ。でも読むのを忘れてた」

〝〈パブリッシャーズ・ウィークリー〉のたった数行程度の記事だが、短くていい感じだった。きみの望みどおりの記事だ〟

わたしはメールをあけて、コーリーが送ってきたリンクをクリックした。だが、それは〈パブリッシャーズ・ウィークリー〉じゃなく、ヴェリティ・クロフォードの広報チームが運営するSNSのリンクだった。


パンテン・プレスからの朗報です。共著者にローラ・チェイスを迎えて、ヴェリティ・クロフォードの人気作、モラル・クイーン・シリーズの続行が決定！　ヴェリティもローラの参加に大喜び。ふたりのコラボで、忘れられないフィナーレをお届けすることを楽しみにしています！

ヴェリティが大喜び？　笑える。マスコミの情報なんて信用できないとは思っていたけど……。わたしは発表の下にあるコメント欄を読みはじめた。

「ローラ・チェイスって誰？」
「ヴェリティはなぜ自分の作品を他の誰かに託すの？」
「むり、むり、むり」
「これって出版界のお決まりのやり方？　B級作家が成功したら、さらにB級の作家を雇って執筆させるっていう？」

わたしは携帯を置いた。けど、それだけでは気持ちが収まらず、サイレントモードにしてバッグにつっこみ、ファスナーをしめる。「言いたい放題ね」

ジェレミーは笑った。「コメントは無視するに限る、ヴェリティはいつもそう言ってた」

これまではこの手のコメントに対応する必要もなかった。そもそも公の場やSNSからはできる限り距離を置いている。「アドバイス、ありがと」

店につくと、ジェレミーはジープからひょいと飛び降り、反対側に回って、助手席のドアをあけてくれた。慣れない扱われ方にどぎまぎする。けれど自分でドアをあけたら、それはそれで今度はジェレミーをとまどわせてしまうだろう。彼はきっとそういうタイプだ。まあ、ヴェリティの自伝によると……だけど。

思えば、男性にドアをあけてもらうなんてはじめてだ。ちっ！　三十二年も生きてきたのに！

ジェレミーがわたしの手を取ってジープからおろしてくれた瞬間、彼の手の感触に胸がざわついた。〝もっとさわって〟不埒《ふらち》な考えが頭をかすめる。

彼も同じ気持ちだろうか？

ここしばらくの彼の生活に、セックスはまったくなかったに違いない。けど、たまにはそれが恋しくなったりしないのだろうか？

きっとはじめはとまどったはずだ。セックスを中心に回る結婚をしていて、それが一夜にして奪われるなんて。

やだ。いったい、なんだって彼のセックスライフについて考えてるわけ？　しかもスーパーの中を歩いているときに。

「料理は好き？」ジェレミーがたずねた。

「嫌いじゃないけど。ずっとひとり暮らしだから、そんなにしょっちゅうはしないかな」

ジェレミーがカートを押し、わたしはあとをついて生鮮食品の棚を見て回った。「好きな食べ物は何？」

「タコス」

ジェレミーは笑った。「お安い御用だ」ジェレミーは次々とタコスに必要な野菜を入れていく。わたしはいつかパスタを作ると約束した。唯一、わたしが作れる得意料理だ。

ジェレミーがジュースの棚を見ている間に、わたしはすぐに戻るといって、その場を離れた。食料品以外に買わなきゃならないものがいくつかある。まずはタンポン、それからシャンプーに靴下、シャツを数枚……次々に手に取る。ここに来るときに、ほとんど何も持ってこなかった。

どうしてタンポンを買うのにこんなにドキドキするんだろう。ジェレミーだってタンポンくらい見たことがあるはずだ。っていうか、ヴェリティのために買ったこともあるはずだ。そんなのみっともないとか、あれこれ気にするタイプには見えない。

食品コーナーでジェレミーを見つけ、歩み寄ろうとした瞬間、カートを通路にほうり出したまま彼に話しかけているふたりの女性に気づいた。ジェレミーはといえば、アイスクリームが並んだ冷凍ケースにぴったり背中を押しつけている。自分もその中に溶けて、消えてしまえたらと思っているみたいに。わたしから見えるのはふたりの後ろ姿だけだ。けど、ジェレミーと目が合った瞬間に、ブロンド頭が振り向いて、ジェレミーの視線の先にいるわたしに気づいた。続いて振り返ったブルネットのほうが、まだ話しやすそうだとわたしは思ったけれど、彼女のじろりとした視線で考えが変わった。

わたしは野生動物よろしく、そろそろと注意深くカートに近づいた。持ってきたものをカートの中に入れるべき？　それだと余計に気まずくなる？　迷ったあげく、わたしは自分の物を上のカゴに置くことにした。はっきりと線引きをしたつもりだ。**わたしたち一緒にいるけど、一緒じゃないんです。**ブロンドとブルネットが同時にわたしを見た。わたしがカゴに品物を入れるたびに、ふたりの眉が吊《つ》り上がっていく。ジェレミーの近くにいたブロンドがタンポンをまじまじと見つめたあと、目をあげてわたしを見た。

「あら、あなたは？」

「ローラ・チェイスです」ジェレミーが答える。「ローラ、こちらはパトリシアとキャロライン」

ブロンドは、できたてほやほやのゴシップを手に入れた表情だ。「わたしたち、ヴェリティの友人なの」パトリシアはいった。あからさまに見下した表情だ。「お友達が来てくれたら、ヴェリティも元気が出るわね」探りを入れるようにジェレミーを見る。「それとも、ローラは〝あなた〟のお友達？」

「ローラはニューヨークから来た、ヴェリティの共著者です」

パトリシアはにっこりとほほ笑み、鼻にかかった声を出した。「共著ってどういうこと？　本を書くのは、孤独な作業だと思ってたけど」

「文学を知らない人はよくそういいますよね」ジェレミーはふたりに向かってうなずき、話を終わらせようとした。「では、また」カートを押して歩きだす。だがパトリシアの手がカートをつかんだ。

「ヴェリティによろしくね。お大事にって」

「伝えておきます」ジェレミーはパトリシアのそばをすり抜けた。「シャーマンにもよろしく」

パトリシアが顔をしかめた。「うちの夫はウィリアムよ」

ジェレミーはうなずいた。「ああ、失礼。ついうっかり」

その場を立ち去る瞬間、パトリシアがいら立ちまぎれに鼻を鳴らすのが聞こえた。隣の通路に移動してから、わたしはたずねた。「シャーマンって誰？」

「あの女が亭主に隠れて、ファックしてる相手さ」

わたしは唖然としてジェレミーを見た。にこにこ笑っている。

「何それ」わたしは声をあげて笑った。レジに並んでも、まだにやにやが止まらない。あんなに真っ赤になった顔を見たことはない。

ジェレミーがベルトコンベアに次々に品物を並べていく。「同じレベルにはなるまいと思ったけど、偽善者にはがまんできなくてね」

「たしかに。でも偽善者がいないと、さっきみたいなあてこすりは目撃できなかったわ」

ジェレミーはカートから残りの品物をつかみ出した。自分のものは分けようとしたわたしに、彼は支払いをさせようとはしなかった。

クレジットカードで精算を済ませるジェレミーから目が離せない。何かを感じる。それが何かはわからないけれど。これって恋？ それなら全然、納得できる。片思い……。病気の妻の介護に懸命で、今は誰のことも見えない相手に。おまけに彼は自分の妻が本当はどんな人間なのかも見えていない。

ローウェン・アシュリー、自分より、はるかに複雑なお荷物を抱えた、手の届かない相手に恋をした。

それはカルマだ。

9

五日前にここに来たばかりなのに、もっとずっと長くいた気がする。ここでは時間がゆっくり過ぎる。何もかもがあっという間のニューヨークとは大違いだ。

今朝、マーナがジェレミーに〝ヴェリティは熱がある、だから今日は一階におろせない〟と話しているのが聞こえた。やった。てことはつまり、今日は、仕事部屋から日光浴をするヴェリティの姿を目にしなくて済む。

今、窓の外にいるのはジェレミーだ。ひとり裏のポーチに座り、湖を見つめている。ロッキングチェアに背中をもたせかけてはいるけれど、椅子は十分以上、ゆらりとも動かない。ほんの少しも。ときどき、思い出したように瞬きをする以外、彼はずっとそこに座ったままだ。

知りたい。彼の心の中に、どんな思いが行き交っているのか。双子のこと？　ヴェリティのこと？　それともこの一年でがらりと変わってしまった自分の人生について？　この数日はひげを剃《そ》っていないせいで、無精ひげが濃くなっている。それがまたすてきだ。もっとも、何をしたらジェレミーがすてきじゃなくなるのかわからない。

わたしはヴェリティのデスクに肘をつき、手のひらにあごを乗せた。だが、すぐに動いたことを後悔した。ジェレミーが気づいたからだ。顔をこちらに向け、窓越しにわたしを見ている。

目をそらして、忙しいふりをしたい。でもこの姿勢を見れば、彼を見つめていたのは明らかだ。もしここで取りつくろったりしたら、そっちのほうが逆に不自然だ。仕方なく、わたしは彼に向かってほほ笑んだ。

　彼は笑顔を返さなかった。目をそらすこともしない。わたしたちは数秒間、見つめあった。彼のまなざしに心が揺さぶられる。わたしのまなざしは彼の中にどんな思いを引き起こしているのだろう？

　ジェレミーは大きく一つ息をつくと、椅子から立ち上がり、桟橋に向かった。そこでハンマーを取り上げ、まだ数枚残っている床板を引きはがしにかかる。

　おそらく、彼が求めていたのは心安らぐ時間なのだろう。クルーもヴェリティも看護師も、そしてわたしもいない、ひとりっきりの時間を。

　ザナックス（不安・緊張を抑える抗不安薬）が必要だ。もう一週間以上、一錠も飲んでいない。飲むと体がだるくなって、仕事に集中できなくなる。けど、この家の中で、今みたいに脈が速くなる瞬間にはうんざりしている。いったんアドレナリンが放出されると、それを回収するのは不可能だ。ジェレミー、ヴェリティ、あるいはヴェリティの本。この家には、わたしをパニックに陥れるものがいろいろある。そしていったんパニックになったら、ちょっとしただるさなんかじゃ済まなくなる。

　わたしは寝室へ行き、バッグの中のザナックスを探した。瓶をあけた瞬間、二階から悲鳴が聞こえた。

　クルーだ。

薬の瓶をベッドに投げ出し、部屋を出て階段を駆け上がる。泣き声が聞こえる。ヴェリティの部屋からだ。

本当は背中を向けて逃げ出したい。でも、クルーはまだ幼いし、何かあったのかもしれない。わたしはヴェリティの部屋へ向かった。

ノックもせず、勢いよくドアを押しあける。クルーは床にいて、あごを押さえていた。手と指が血まみれで、すぐそばにナイフが落ちている。「クルー？」わたしは手を貸してクルーを抱き起こすと、階下のバスルームへ連れていった。カウンターに座らせる。

「見せて」わたしはクルーの震える指をあごから離し、けがの具合を確かめた。血が滲み出しているけれど、傷はそれほど深くない。あごのすぐ下だ。倒れたとき、ナイフを持っていたのだろう。「ナイフで切ったの？」

クルーは大きく目を見開き、わたしを見つめている。そして首を振った。ナイフにさわったことを隠そうとしているのかもしれない。ジェレミーがクルーにナイフを持つことを許すはずはない。「ママがいったの。ナイフにはさわっちゃだめって」

わたしは凍りついた。「ママがそういったの？」

クルーの反応はない。

「クルー」タオルをつかむ。のどから心臓が飛び出しそうだ。わたしは手にしたタオルを水で濡らし、怯《おび》えた表情を見せまいとした。「ママがクルーにしゃべったの？」

クルーは身を固くして、ただ頭を横に振った。クルーのあごにタオルを押しつける。そのとき、階段をあがってくるジェレミーの足音がした。ジェレミーにもクルーの悲鳴が聞こえたに違いない。

「クルー!」ジェレミーが叫んだ。

「ここよ」

現れたジェレミーの瞳には不安の色が濃く浮かんでいる。わたしはクルーのあごをタオルで押さえたまま、邪魔にならないよう少し脇によけた。

「大丈夫か?」

クルーがうなずくと、ジェレミーはわたしの手からタオルを取った。かがんであごのけがを見てから、わたしに向き直る。「何があった?」

「自分で切ったみたい」わたしは答えた。「ヴェリティの寝室にいたの。ナイフが床に転がってた」

ジェレミーはクルーを見た。心配よりも失望に満ちた目だ。「ナイフで何をしていた?」

クルーは泣きやもうとはなをすすりながら、首を振った。「ナイフなんてさわってない。ベッドから落ちたんだ」

きまりが悪い。告げ口をした気分だ。わたしはクルーをかばおうとした。「ナイフは床に落ちてた。それを見て、わたしが勝手にナイフで切ったと思っただけよ」

クルーがヴェリティとナイフについていった言葉にまだ震えが止まらない。けど、考えてみれば、この家では誰もがヴェリティについて現在形で話す。看護師、ジェレミー、そしてクルーも。クルーは昔、ヴェリティからナイフで遊ぶなといわれたことを話したのだろう。そしてわたしは想像力で、それを実際以上の出来事にとらえただけだ。

ジェレミーはクルーの後ろにある戸棚をあけ、救急箱を取り出した。鏡張りの扉を閉じた瞬間、その鏡越しにわたしを見る。「行って、見てきて」ジェレミーは声を出さずにそういうと、頭をわずかに動かしてドアのほうを指した。

バスルームを出たものの、わたしは廊下で立ち止まった。たとえヴェリティがどんなに無力な状態でも、あの部屋に行きたくない。だけど、クルーがナイフを手にする必要があったとは思えない。わたしは重い足を引きずりながら、階段をあがった。

ヴェリティの寝室のドアはまだ大きくあいたままだ。足音を忍ばせて部屋に入る。彼女を起こしたくない。絶対に嫌だ。わたしはベッドの足元を大きく回って、クルーがいた場所へ向かった。

ナイフはない。

わたしはあたりを見回した。もしかしたらクルーを抱き起こした弾《はず》みに、どこかへ蹴り飛ばしたのかもしれない。床に這いつくばり、ベッドの下をのぞきこむ。そこにも何もない。うっすらと埃が降り積もっているだけだ。介護用ベッドの脇にあるナイトテーブルの下も手で探ったけれど、何も見つからなかった。

でも、たしかにナイフはあった。頭がどうかしたわけじゃない。

本当に？

マットレスにぐっと手をつき、立ち上がろうとした瞬間、わたしはヴェリティの視線を感じてあわてて手を離した。彼女の頭がさっきとは逆、わたしのほうを向いている。

やだっ！　わたしは恐怖に息をのみ、腰を抜かしたままあとずさった。ベッドから離れる。

手をついた重みで、ヴェリティの頭の向きが変わっただけだ。だが、逃げろと本能の声がする。どうにか気を取り直し、ドレッサーを支えに立ち上がると、わたしは彼女から目を離さないよう、後ろ歩きでドアへ向かった。絶対にヴェリティに背を向けたくない。大丈夫、そう自分にいいきかせる。けれど、彼女が床から拾ったナイフを手に、いつ襲いかかってこないとも限らない。

ヴェリティの部屋のドアをしめ、わたしはドアノブを握ったまま立ちつくした。パニックが収まるまで、ゆっくりと深呼吸を繰り返す。ナイフはなかった、そういってジェレミーのところへ戻ったときに、瞳に浮かぶ恐怖を見られたくない。

けど、たしかにナイフはあった。

手が震えている。ヴェリティも、この家も信用できない。最高の作品を書くためにここに来たけれど、あと一晩この家で眠るくらいなら、ブルックリンの路上に停めたレンタカーの中で一週間過ごすほうがいい。

わたしはうなじをさすり、緊張を和らげながらバスルームに戻った。ジェレミーがクルーのあごに絆創膏《ばんそうこう》を貼っている。

「よかった、縫う必要はなさそうだ」ジェレミーはそういうと、クルーに手についた血を洗い流させ、遊びに行っていいと告げた。クルーはわたしのそばをすり抜け、ヴェリティの部屋に戻っていった。

ｉＰａｄでゲームをしている間、クルーはずっとヴェリティのベッドの上にいる。普通じゃないとは思うけれど、きっと母親のそばにいたいのだろう。ま、勝手にすればいい。わたしは彼女に近づくのはごめんだ。

「ナイフは見つかった？」タオルで手をふきながら、ジェレミーがたずねた。

まだ声に残る怯えをなんとか気取られまいとする。「見つからなかったわ」

ジェレミーはいぶかしげな表情だ。「たしかに見たんだろ？」

「見たと思ったの。でも見なかったのかもしれない。とにかくナイフはなかった」

ジェレミーはわたしのそばを通り、バスルームから出た。「見てくる」そういってヴェリティの部屋へ歩いていく。だがドアの前で立ち止まり、くるりと振り返った。「クルーを助けてくれてありがとう」急にいたずらっぽい笑顔を浮かべる。「わかるよ。今日はずっと忙しそうだったからね」ジェレミーはわたしにウインクをすると、ヴェリティの部屋へ姿を消した。

わたしは目を閉じ、気まずさをこらえた。ああいわれるのも当然だ。たぶんジェレミーはわたしが一日中、ただ仕事部屋から外を眺めていたと思っているのだろう。

ザナックスは二錠にするべきかもしれない。

ヴェリティの仕事部屋に戻ると、日が暮れはじめていた。まもなくクルーはシャワーを浴びて、ベッドに入るだろう。ヴェリティは朝まで寝室から出てこない。ようやくほっとできる。理由がどうであれ、わたしが恐れているのはヴェリティだけだ。そして夜の間は、ヴェリティはわたしの近くにはいない。実際に夜はこの家で、わたしの一番好きな時間だ。もっともヴェリティの姿を目にせず、もっともジェレミーを見ていられる。

彼に恋してなんかいない、いつまでそういい続けられるか自信がない。それにヴェリティが、本当はそれほど邪悪な人間じゃないといつまで思っていられるかも。彼女のシリーズをすべて読破した今、彼女のサスペンス小説がこれほどの成功を収めた理由は、それが悪役の視点から書かれているからだとわかってきた。

批評家もその点で彼女を高く評価している。実際、わたしもドライブ中に彼女のオーディオブックを聞いたとき、語り手がちょっとばかりサイコなのが気に入って、彼女はどうして、こんなにも悪役の心情に寄り添うことができるのだろうと思った。だが、それもあの自伝を読んで、実際の彼女を知るまでの話だ。

厳密にいえば、わたしはまだヴェリティを知らない。けど、あの自伝を書いたヴェリティのことは知っている。悪役の視点から書くという手法が、彼女にとっては思いもつかないものでなかったのは明らかだ。結局、作家は自分の知っていることを書く。ヴェリティが悪役の視点から書くのは、彼女自身が悪役の視点を持っているからだ。邪悪であること、それが彼女の知るすべてだ。

少しばかり邪悪な自分を感じながら、わたしは引き出しをあけ、二度と読まないと誓った自伝を取り出して、次の章を読みはじめた。

Chapter 4

双子はなんとしても生きるつもりらしい。わたしはふたりにチャンスを与えることにした。

わたしの試みはことごとく失敗した。自らの手による堕胎、薬の乱用、偶然の階段からの転落。そしてその一つが、双子のうちのひとりの頬に小さな傷となって残った。きっとわたしのせいだ。その傷について、ジェレミーが何もいわないはずはなかった。

出産――さいわいにも帝王切開だった――後、ふたりがわたしのもとに連れてこられて二、三時間がたった頃、小児科医が病室に様子を見に来た。わたしは目を閉じ、まどろんでいるふりをした。小児科医と話すのが怖かったからだ。自分という人間を見透かされ、この二つの物体の母親になる心構えが何もできていないことが露呈するのではないかと思った。

病室を出ていこうとするドクターに、ジェレミーは傷についてたずねた。だが、ドクターは取り合わず、一卵性双生児が子宮の中で互いをひっかくのはよくあることだといった。ジェレミーは食い下がった。「でも、ただのひっかき傷にしては深すぎます」

「繊維組織から傷がついているのかもしれませんね」ドクターは答えた。「心配しなくても大丈夫。時がたてば消えるはずです」

「見た目のことを心配しているわけじゃないんです」ジェレミーは言い訳がましくいった。

「もっと何か深刻な問題があるんじゃないかと……」

「ありません。お嬢さんたちは完璧な健康体です。ふたりともね」

ほらね、やっぱり。

ドクターが出ていき、看護師もいなくなった。ジェレミー、ふたりの娘、そしてわたしだけだ。双子のうちのひとりは、ガラスの小さなベッドの中で眠り、ジェレミーがもうひとりを抱いていた。ジェレミーはわたしが目をあけたことに気づき、腕の中の子に向かってほほ笑んだ。

「やあ、ママ」

ママなんて呼ばないで。

わたしはむりに笑顔を作った。ジェレミーは実に父親らしく見える。幸せそのものだ。その幸せにわたしが無関係なことなど、気にもしていない。けれど、双子に嫉妬はしていても、彼に感謝することはできる。たぶん、彼はいい父親になる。おむつを替え、ミルクをやるのを手伝うだろう。きっとわたしも、いずれは彼のそういうところをありがたいと思うはずだ。ただしその前に慣れる必要がある。母親であることに。

「その傷のある子をここに連れてきて」

わたしの言い方にジェレミーが顔をしかめた。変な呼び方だけれど、まだ名前がないのだからしょうがない。今のところ、傷が唯一の彼女のアイデンティティだ。

ジェレミーはその子を連れてきて、腕に抱かせてくれた。わたしは彼女を見下ろし、さまざまな感情があふれ出る瞬間を待った。だがあふれるどころか、一滴の感情も出てこない。彼女の頬に触れ、指でその傷をなぞる。たぶん針金のハンガーが柔らかすぎたのかも。簡単に曲がらないようなものを使えばよかった。たとえば編針とか。でも、それだと長さが足りなかったかもしれない。

「ドクターの話じゃ、ひっかき傷だって」ジェレミーが笑った。「生まれる前から姉妹《きょうだい》げんかをしたらしい」

わたしは赤ん坊に向かってほほ笑んだ。ほほ笑みたかったからじゃない。ここでほほ笑むべきだと思ったからだ。ジェレミーと違って、赤ん坊にまったく愛情を感じていないことを彼に知られたくない。わたしは彼女の手を取り、自分の小指を握らせた。「チャスティン」わたしはささやいた。「姉にいじわるされちゃったのね。かわいそうだから、あなたにかわいいほうの名前をあげるわ」

「チャスティン」ジェレミーはいった。「いいね」

「もうひとりはハーパー。チャスティンとハーパーよ」

どちらもジェレミーが前に候補として送ってきて、わたしも悪くないと思った名前だ。ジェレミーが何度か口にするのも聞いて、とくに気に入っているらしいと思ったものを選んだ。もてあますほどの愛をジェレミーに注げば、彼はきっとわたしの愛情が欠落している二つの部分には気づかないはずだ。

チャスティンが泣きはじめた。わたしの腕の中で身をよじっている。どうすればいいのかわからない。軽く揺すってみるけれど、傷口が痛くてやめた。泣き声はどんどん大きくなっていった。

「お腹がすいてるのかも」ジェレミーがいった。

わたしが課した試練をふたりが生き抜くはずがない。そう思い込んでいたせいで、生まれたあとのことはほとんど考えていなかった。もちろん母乳が最善の選択だとわかっている。でも胸の形が崩れるのは絶対に嫌だ。とくにふたりいればダメージは倍になる。

「誰かさんがお腹をすかせてるみたいね」看護師が弾むような足取りで病室に入ってきた。「母乳にします?」

「いいえ」わたしは即座に答えた。今すぐ出ていって、看護師にそういいたい。

ジェレミーの顔が曇った。「ほんとに?」

「ふたりもいるもの」わたしは答えた。

がっかりしたジェレミーの表情にいら立ちを覚える。これからはこれが日常になるのだろうか? ジェレミーがいつも双子の側に立って、わたしのことなど気にもかけない日々が。

「哺乳瓶より簡単なのよ」はずみ足の看護師がいった。「便利だしね。試してみたらどう?」

わたしはうらめしげにジェレミーを見つめ、彼がその拷問から救い出してくれるのを待った。他にいくらでも手段があるのに、彼が母乳にこだわるのを見ると絶望的な気分になる。でも、渋々うなずいて、ガウンの片袖を抜いた。ジェレミーを喜ばせたい。彼にはわたしが母親になる幸せを感じていると思ってほしい。わたし自身は少しも嬉しくないけれど。

わたしはガウンをはだけ、乳首をチャスティンに含ませた。頭を前後に振りながら、小さな手でわたしの肌を押して母乳を吸いはじめたチャスティンを、ジェレミーはじっと見つめていた。

こんなの間違ってる。

以前はジェレミーが吸っていたものを、今はこの赤ん坊が吸っている。毎日子どもが母乳を吸うのを眺めて、それでもジェレミーはわたしの胸を魅力的だと思うだろうか？

「痛い？」ジェレミーはたずねた。

「ううん、大丈夫」

ジェレミーは片手でわたしの頭をなでた。

「なんだか痛そうな顔をしているから」

痛くはない、ただムカついているだけ。

母乳を吸い続けるチャスティンを、わたしは見つめた。吐きそうになる気持ちを彼に悟られまいとしているうちに、胃が痛くなってきた。中には、この瞬間を美しいと思う母親もいるのだろう。でも、わたしにはただうっとうしいだけだ。

「むり」わたしはつぶやいて、頭を枕に沈めた。

ジェレミーが手を伸ばし、チャスティンを引き取った。チャスティンから自由になった瞬間、わたしはほっと息をついた。

「もういい」ジェレミーは慰めるようにいった。「粉ミルクを使おう」

「本当に？」看護師がいった。「うまくいきそうだったのに」

「いや、粉ミルクにします」

看護師はしぶしぶ引き下がり、粉ミルクの缶を取ってくるといって部屋を出ていった。

わたしはにっこり笑った。ジェレミーが味方をしてくれた。わたしの気持ちを最優先に考えてくれた。嬉しくてたまらない。「ありがとう」

ジェレミーはチャスティンのおでこにキスをして、わたしのベッドの端に腰をおろした。そしてチャスティンを見つめ、奇跡だとでもいいたげに首を振りながらいった。「まだ顔を見て数時間しかたってないのに、何をしてもふたりを守らなきゃと思うとは」

ジェレミーに思い出してほしい。彼がずっと守ってきたのは、わたしだということを。でも、今はそのタイミングじゃない気がした。この父と娘の絆に、わたしが加わることは永久にない。のけ者にされた気分だ。彼はすでにわたしよりも、ふたりの娘に強い愛情を感じている。いずれ、わたしが何をいっても、娘の肩を持つようになるのだろう。事態は想像していたよりはるかに悪い。

ジェレミーは顔に手をあて、涙をぬぐった。

「やだ、泣いてるの？」

わたしの言葉に、ジェレミーははっとしたようにこっちを見た。しまった、ついうっかり……。「変に聞こえたかもしれないけど」わたしは取りつくろった。「いい意味でいったの。あなたがふたりをそんなに愛してくれるなんて嬉しくて」

それを聞いて、ジェレミーの緊張が一気に解けた。彼はあらためてチャスティンを見下ろしていった。「誰かをこんなに愛しいと思ったのははじめてだ。これほど誰かを愛することができるなんて、考えたことがある？」

わたしはくるりと目を回し、心の中で考えた。もちろん、あるわ。こんなに愛しているのよ、ジェレミー。あなたのことを。この四年間ずっと。ありがとう、ようやく気づいてくれて。

10

引き出しに自伝を入れたとき、なぜ驚いたのか、自分でもわからなかった。怒りをこめて引き出しをしめると、中身がガタッと音を立てた。どうしてこんなに腹が立つんだろう？　わたしの人生でもないし、わたしの家族でもない。ここに来る前にヴェリティの本に対するレビューを読んだけれど、読後は壁に向かって投げつけたくなる、というのが大方の意見だった。今のわたしは、まさにその気分だ。この自伝を投げつけたい。双子の誕生とともにヴェリティが光を見出すことを願っていたのに、彼女は光どころか、さらなる闇を見つけた。

あまりに冷酷で救いがない。けど、わたしは子どもを産んだことがない。出産直後にこんなふうに感じる母親は多いのだろうか？　たしかに、母親は本音を口にしない。たとえばお気に入りの子がいても、どの子もみんなかわいいふりをしたりする。誰もおおっぴらにはそのことを語らない。たぶんその気持ちは母親になってみるまで、わからないものなのだろう。

あるいはただ、ヴェリティが母親に向いていないだけなのかもしれない。わたしだって、時には子どもを持つことについて考える。もうすぐ三十二になるし、今後妊娠する可能性があるのか、不安がないといえば嘘になる。でも、これから子どもの父親になってほしいと思う誰かと付き合うとしたら、それはまさしくジェレミーのような男性だ。それなのにヴェリティは、ジェレミーがすばらしい父親であることに感謝するどころか、腹を立てている。

ジェレミーの娘に対する愛は、ふたりが生まれたその瞬間から本物に見える。今もそれは変わっていない。忘れていたけれど、彼が双子を失って、まだ半年たらずだ。ジェレミーは悲しみも癒えないなか、ヴェリティを介護し、クルーの世話をし、家族が路頭に迷わないよう収入のことも考えている。その一部でさえ、ひとりの人間が担うにはあまりに重すぎる役割なのに、彼はすべてを一手に引き受けている。

今週、ヴェリティに関するものを探している最中に、仕事部屋のクローゼットで写真の入った箱を見つけた。棚から箱をおろしたものの、まだ中身は見ていない。これもまたプライバシーの侵害だ。この家族、少なくともジェレミーはわたしを信じて、このシリーズを託してくれた。なのに、わたしはヴェリティにとりつかれて、寄り道ばかりしている。

でも、もしヴェリティがシリーズの中に、自分のパーソナリティを持ち込んでいるとしたら、彼女についてできるだけ多くのことを知る必要がある。これは単なるのぞき趣味じゃない、リサーチだ。ほらね、正当化は完璧だ。

わたしは箱をキッチンのテーブルの上に運び、そこでふたをあけた。写真を一束取り出す。スマホの発明のおかげで、今どき、フィルムから現像した写真を持っている人は珍しい。でも、この箱には数えきれないほどの子どもの写真が入っている。わざわざこの写真をすべて現像して、保存しているのは、ジェレミー以外に考えられない。

わたしはチャスティンのアップを手に取った。しばらくの間、頬の傷をじっと眺める。昨日もずっと彼女のことが頭を離れず、堕胎を試みたせいで、子宮の中の子どもにダメージが及ぶ可能性があるのかどうかを、ネットで検索した。

その結果、もう二度とこの手のことは調べない。そうわたしは心に決めた。悲しいことに、多くの赤ん坊が堕胎の危機を乗り越え、深刻なダメージを負って生まれていた。頬の小さな傷などかわいいものだ。実際、チャスティンはラッキーなほうだ。チャスティンも、そしてもちろんハーパーも。

まあ、それもふたりが悲劇に見舞われるまでだけど。

ジェレミーが階段をおりてくる足音が聞こえた。わたしは写真を隠そうとはしなかった。見るなら堂々としていたほうがいいと思ったからだ。

キッチンに入ってきたジェレミーに、わたしはほほ笑み、写真を見続けた。彼は冷蔵庫に向かおうとして、一瞬立ち止まり、ちらりとテーブルの上の箱に目をやった。

「ヴェリティが何を考えていたのか、知る助けになると思って」わたしは説明した。「作品を書くときにね」彼から目をそらし、写真ではほとんど笑顔を見せないハーパーの写真を見る。

ジェレミーはわたしの隣に座り、チャスティンの写真を一枚、手に取った。

「なぜハーパーは笑わないの？」

ジェレミーは軽く前に身を乗り出し、わたしの手からハーパーの写真を取り上げた。「ハーパーは三歳のとき、自閉症スペクトラムと診断されたんだ。感情を表に出すことが苦手だった」

ジェレミーはハーパーの写真を人差し指でなぞり、脇に置くと、箱からさらにもう一枚、ヴェリティと双子が写る写真を取り出した。それをわたしに渡す。三人はおそろいのパジャマを着ている。もしヴェリティが本当は娘たちを愛していないとしたら、女優並みの演技力だ。

「クルーが生まれる前のクリスマスに撮った一枚だ」ジェレミーはさらに数枚の写真を取り出し、一枚一枚眺めた。双子の写真には手を止めるけれど、ヴェリティの写真はすばやくやりすごす。

「ほら」ジェレミーは束の中から一枚の写真を抜き出した。「これがぼくのお気に入りだ。珍しくハーパーが笑顔を見せている。動物が大好きだったハーパーのために、五歳の誕生日に、庭に移動動物園を呼んだときの一枚だ」

わたしはその写真を見下ろしながらほほ笑んだ。写真を眺めるジェレミーの顔が見たことがないほど嬉しそうだったからだ。「ふたりはどんな子どもだったの?」

「チャスティンは守り神、ちっちゃな火の玉だ。幼いながらも、ハーパーが自分とは違うことをわかっていて、どんなときも母親のようにハーパーを気遣った。ぼくとヴェリティに、親なるとはどういうことかを教えてくれた。そして……クルーが生まれた。いずれぼくたちはクルーの世話を彼女にゆずることになるだろうと思った。あの子はクルーに夢中だった」ジェレミーはさっき見たチャスティンの写真を手に取った。「きっと将来、すばらしい母親になったはずだ」

ジェレミーはハーパーの写真を取り上げた。「ハーパーはぼくにとって特別な存在だった。ぼくと違って、ヴェリティは彼女のことを理解していなかったんじゃないかと思うことがある。でもぼくには、ハーパーが何を求めているのかすぐにわかった。なんていうか……通じあうものがあった。ハーパーはうまく感情を表せないけれど、彼女が不可解な行動をとるときにはいつも理由があった。その理由がぼくにはよくわかった。そして何が彼女を喜ばせて、何が彼女を悲しませるかも。たとえ彼女自身がそれをどう表せばいいのか、わからないときでもね。彼女はたいていご機嫌だった。ただしクルーにはあまり興味を示さなかった。クルーも三、四歳になるまでは、ハーパーと遊ばなかった。それ以前は、ハーパーにとって、クルーはただそこにある置物みたいな存在だったんだと思う」ジェレミーは双子とクルーの写真を手にした。「ふたりが亡くなったあと、何が起こったのか、クルーは一言もたずねない。ただの一度も。ふたりの名前さえ口にしていない」

「心配？」

ジェレミーはわたしを見た。「わからない。心配するべきなのか、それとも安心するべきなのか」

「たぶん両方ね」わたしはいった。

ジェレミーはヴェリティとクルーが写った一枚を取り上げた。生まれてまもないクルーの写真だ。「クルーは数カ月セラピーに通った。でも一週間に一度、クルーにあの悲劇を思い出させることになるのが怖くて、ぼくがやめさせた。もしもう少しクルーが大きくなって、セラピーが必要な兆候が現れたら、すぐに受けさせるつもりだ。あの子が大丈夫だってことを確かめたい」

「あなたは？」

ジェレミーはあらためてわたしを見た。「ぼく？」

「あなたは大丈夫？」

ジェレミーは目をそらさず、じっとわたしを見つめた。「ぼくの世界はチャスティンが死んだときに、がらりと変わった。そしてハーパーが死んで、完全に終わった」ジェレミーは写真の入った箱を見つめた。「とどめはヴェリティの事故を知らせるあの電話だ……ぼくの中には怒りしか残っていなかった」

「誰に対して？　神様？」

「違う」ジェレミーは静かにいった。「ヴェリティに対してだ」

ジェレミーはもう一度わたしを見た。彼がなぜヴェリティに腹を立てているのか、理由はいわなくてもわかる。ヴェリティがわざと車を木にぶつけたと思っているに違いない。

長い沈黙のあと、部屋……いや家じゅうが静けさに満ちている。ジェレミーの息遣いさえ聞こえない。ジェレミーが椅子を引いて立ち上がった。わたしも席を立つ。ジェレミーが誰かに対して、おそらく自分自身にさえ、その怒りを認めたのははじめてに違いない。わたしに背を向け、頭の後ろで手を組んでいるのを見ると、自分が何を考えているのか知られたくないのだろう。彼がそれを望んでいるかどうかはわからないけれど、わたしは回り込み、彼の前に立った。彼の腰に腕を回し、胸に顔をうずめて、抱きしめる。彼は深いため息とともに、わたしの背中に手を回し、引き寄せた。ずっと、彼もこの瞬間を待っていたに違いない、そんな気がした。

ハグと呼ぶには長すぎるほど、わたしたちはそのままの姿勢でそこに立っていた。どちらも、あってはならないことだとわかっている。なのに彼の手が緩むと、いつしかそれはハグではなく、抱擁に変わった。ふたりとも、どれだけ長い間、この感触に飢えていたかを感じながら。

家の中は静かだ。静かすぎて、彼が息をひそめようとしているのさえわかる。とまどいながらも、彼の手がゆっくりとわたしの後頭部に回された。

目を閉じる。でもやっぱり彼を見ていたくて、目をあけた。わたしは体を少しそらして、彼の顔を見つめた。

彼もわたしをじっと見つめている。わたしにキスをする？　それとも体を引く？　どうするかはわからない。どっちにしても手遅れだ。わたしを抱きすくめ、息をひそめるその仕草で、彼が口にするまいとしている思いのすべてが伝わってきた。

ジェレミーがわたしを引き寄せ……次の瞬間、彼は目を大きく見開き、さっと手をおろした。

「やあ、起きたの？」ジェレミーはわたしの後ろに目をやると、あとずさり、さっと手をおろした。彼が体を離したとたん、体の重みが倍になった気がして、わたしは椅子の背をつかんだ。

部屋の入り口では、クルーがわたしたちをまじまじと見つめていた。無表情。写真のハーパーによく似た表情だ。クルーはテーブルの写真に気づくと、突進といってもいいほどの勢いで駆け寄ってきた。

わたしはクルーのその動きに驚き、あわてて脇に飛びのいた。クルーは写真をつかみ、怒ったように箱に入れはじめた。

「クルー」ジェレミーが優しく声をかけ、彼を制しようと手首をつかんだ。だがクルーはすばやく手を引いた。「おい」ジェレミーがさらに近づく。とまどった声だ。クルーのそんな一面をはじめて見たかのように。

クルーは叩きつけるようにして、写真をすべて箱に戻しながら、声をあげて泣きはじめた。

「クルー」動揺を隠せないまま、ジェレミーはいった。

「写真を見ていただけだよ」クルーを抱き寄せようとするけれど、クルーはもがき、その腕から逃れようとしている。ジェレミーはもう一度クルーをとらえ、しっかりと抱きしめた。

「写真を戻せ！」クルーはわたしに向かって叫んだ。「見たくない！」

わたしは残りの写真をかき集めて、箱の中に入れた。ふたをしめ、その箱を胸の前で抱える。その間もクルーは身をよじり、ジェレミーから逃れようと懸命だ。ジェレミーはクルーを抱え、あわてた様子でキッチンから出ていった。ふたりが二階に行ってしまうと、わたしはひとり取り残され、呆然とキッチンに立ちつくした。ショックで体が震える。

どういうこと？

二階からはなんの物音も聞こえてこなかった。クルーが暴れたり、叫んだりする様子もない。どうにか収まったようだ。膝が震え、頭が重い。横になりたい。ザナックスを二錠も飲んだのが悪かったのかも。家族の写真を持ち出して、まだ悲しみから立ち直れないでいるふたりの前で広げたことが、あるいは既婚者の男性とキスしようとしたことが、まずかったのかもしれない。額をさすると、突然、強い思いがこみあげた。この悲しみの家から出て——逃げ出して——二度と戻ってきたくない。

ここで、わたしは何をしているのだろう？

11

日中、太陽が世界のこの場所を見守っているときでさえ、この家には不気味な何かが感じられる。今は午後四時だ。ジェレミーは今日も桟橋で作業をし、クルーはそのそばの砂浜で遊んでいる。

家じゅうに飛び交うエネルギー、それはいつもここにあって、けっして振り払うことができない。夜にはいっそう激しさを増し、より不気味で強烈なものになる。わかっている。それはわたしの妄想にすぎない。けど、だからといって安心はできない。それは心の中に忍び込み、形ある脅威と同じように害を与えることができる。

昨日の夜、トイレに起きたとき、廊下を歩く音が聞こえた。ジェレミーよりは軽く、クルーよりは重い足音だ。それはすぐに階段のきしむ音に変わった。まるで誰かが足音を忍ばせて、一歩ずつ階段を上っていくように。それからしばらくは眠れなかった。この大きさの家なら、床や柱が鳴るのはよくあることだ。それに作家の想像力をもってすれば、どんな物音も脅威になりうる。

わたしはびくっと顔をあげて仕事部屋のドアを見た。どんな音にも飛び上がりそうなほど、まだ神経が高ぶっている。キッチンでエイプリルが誰かに話しかけている。なだめ、元気づける、ヴェリティに話しかけるときのいつもの口調だ。ジェレミーが妻に話しかけるのを聞いたことはない。ジェレミーはヴェリティに怒りを感じていると認めた。まだヴェリティを愛しているのだろうか？ 彼女の部屋に座り、きみの声が聞けなくて寂しい……そう彼女に語りかけたりするのだろうか？ 以前ならそんなこともあったに違いない。けど、今はどうだろう？

ジェレミーはヴェリティの世話をして、時には食事も食べさせたりする。けれど彼女に話しかけない。もはや彼女の意識はそこにないと信じているからだろうか？ 彼の態度を見ていると、妻ではなく、誰か赤の他人を世話しているように思えるときがある。

ヴェリティに対する怒りや失望を、自分が世話をすべき相手とは切り離すことができるのかもしれない。もはや、彼女はかつての妻とはまったく別人になってしまったのだから。

わたしはキッチンへ向かった。空腹を感じたからだ。でも、同時にヴェリティに話しかけているエイプリルを見たい気持ちもある。エイプリルの言葉にヴェリティがどんな反応を示すのかを見たい。

エイプリルはテーブルでヴェリティに軽食を食べさせていた。冷蔵庫をのぞきつつ、横目にその様子を観察する。ヴェリティのあごが不自然に動く。まるでロボットのような動きだ。エイプリルがスプーンですくっているのはマッシュドポテトだ。ヴェリティの食事は、いつもやわらかく調理したものばかり。マッシュドポテト、アップルソース、つぶした野菜。味気はないけれど、消化にはいい。わたしはクルーのために買ってあるプディングを一つ手にして、ふたりのいるテーブルに座った。エイプリルはちらりとわたしを見てうなずいた以外、とくに反応を示さなかった。

プディングを数口食べたところで、わたしと会話をしようとはしないエイプリルと話をしてみようと思い立った。

「看護師になってどのくらいたつの？」

エイプリルはヴェリティの口からスプーンを引き抜き、それをポテトの山に刺した。「長いわ。定年まであと十年もないくらいね」

「ベテランなのね」

「あなたはわたしの一番のお気に入りの患者よ」エイプリルはヴェリティにいった。「誰よりも」

質問をしたのはわたしなのに、ヴェリティに返事をしている。

「ヴェリティを担当してどのくらい？」

ふたたび、エイプリルはヴェリティに向かっていった。「わたしたち、どのくらい一緒にいるかしらね？」まるでヴェリティが答えるとでも思っているかのようだ。「四週間？」エイプリルはわたしを見た。「そうね。正式に雇われてからは四週間かしら」

「この一家とは知り合いだったの？　ヴェリティが事故にあう前から」

「いいえ」エイプリルはヴェリティの口元をぬぐい、食べ物の入ったトレイをテーブルに置いた。「ちょっといい？」エイプリルは目顔で廊下を示した。

一瞬、わたしはたじろいだ。なぜ、話をするのに、キッチンを離れる必要があるの？　それでも立ち上がり、エイプリルのあとについていく。わたしは壁に背中をもたせかけ、もう一口、プディングを口に運ぶと、エイプリルは医療着のポケットに両手をつっこんだ。

「たぶんヴェリティみたいな人が身近にいなければ、知らないと思うけど……彼女のような状態の患者の前で、まるで本人がそこにいないかのように話をするのは、その人の尊厳を傷つける行為よ」

わたしは口から引き抜こうとしていたスプーンを握りしめた。しばらく動きを止め、スプーンをカップに戻す。「ごめんなさい。気がつかなくて」

「みんなやってしまいがちなの。とくにその人が自分のことを認識していないと思ったときにはね。たしかにヴェリティの脳は以前のように動いてはいないけれど、どの程度の情報を処理できるのかは誰にもわからない。彼女の前では言葉に気をつけて」

わたしは壁から背中を離し、背筋をまっすぐ伸ばして立った。それが侮辱になるとは、考えてもいなかった。

「もちろん」わたしはうなずいた。

エイプリルはにっこり笑った。今度は心からの笑顔だ。

さいわい、わたしとエイプリルの気まずい雰囲気は、クルーによって破られた。クルーが勝手口のドアから駆け込んできて、丸めた両手の中に何かを持ち、わたしとエイプリルの間をすり抜けてキッチンへ向かっていく。エイプリルがあとを追った。

「ママ」はしゃいだ声だ。「ママ、ママ、カメを見つけたよ」

クルーはヴェリティの前に行くと、手の中のカメを見せ、甲羅《こうら》をなでた。「ママ、見てよ」

クルーはさらに手を高くあげ、ヴェリティの目線にカメを持ち上げる。もちろんヴェリティが反応するはずはない。クルーはまだ五歳だ。母親が、もはや自分に話しかけ、自分を見て、自分の喜びに反応できない理由を、たぶん理解できずにいるのだろう。ヴェリティが完全に回復するのを待つクルーの気持ちを思うと、胸が痛んだ。

「クルー」わたしはクルーに歩み寄った。「わたしにも見せて」

クルーは振り向き、わたしに向かってカメを持ち上げた。「この子はカミツキガメじゃないよ。前にダディに教えてもらった。嚙みつく種類のカメは首に模様があるんだ」

「へえ」わたしはいった。「よく知ってるのね。外に出て、何かその子を入れるものを見つけない？」

クルーは大喜びで飛び跳ね、わたしのそばをすり抜けて外に出ていく。あとを追っていくと、クルーは庭をひとわたり見回し、古びた赤いバケツを見つけた。そして芝生の上にぺたんと座ると、膝の上にバケツを置いた。

わたしはクルーの隣に座った。彼をかわいそうに思う気持ちもあったけれど、何より庭のこの場所にいれば、桟橋で作業をしているジェレミーを眺めることができる。

「ダディがもうカメは飼っちゃだめっていうんだ。前に一度、死なせちゃったから」

わたしははっとしてクルーを見た。

「死なせたの？　どうやって？」

「家の中で迷子にさせちゃった」クルーはいった。「ママが見つけたときには、ソファの下で死んでた」

なんだ、そういうことね。心のどこかで、もっと恐ろしいことを考えていた。一瞬、クルーがカメを殺したのかと思った。

「芝生に逃がしてあげる？」わたしはいった。「そうすれば、その子がどっちの方向に行くか見ることができるわ。あとをついていったら、その子の秘密の家族に会えるかも」

クルーはバケツからカメをひょいとつかみ出した。「奥さんがいると思う？」

「かもね」

「赤ちゃんもいるのかな？」

「かもね」

クルーは芝生にカメを置いた。怯えたカメは動かない。しばらく見ていると、カメはようやく甲羅から手足を出した。横目に、こちらに向かって歩いてくるジェレミーが見える。彼がそばに来た瞬間、わたしは片手を目の上にあて、日差しを遮《さえぎ》りながら彼を見た。

「何を見つけた？」

「カメだよ」クルーが答えた。「大丈夫。飼ったりしないから」

ジェレミーはありがとうという代わりに、わたしに向かってほほ笑んだ。それから芝生の上、クルーの隣に腰をおろした。クルーがジェレミーに身を寄せる。だが、ジェレミーの腕をつかんだとたん、クルーはさっと身を引いた。「気持ち悪い。汗だらけだ」

たしかにジェレミーは汗をかいている。けど、気持ち悪くは見えない。

クルーが芝生に手をついて立ち上がった。「お腹がペコペコだ。今日は外でごはんでしょ？もう何年もレストランに行ってないよ」

ジェレミーが笑った。「何年もは大げさだな。一週間前にマクドナルドに行ったろ」

クルーはいった。「そうだけど、お姉ちゃんたちが死んじゃう前には、もっといっぱいお出かけしてた」

クルーの言葉に、ジェレミーの肩がこわばる。双子の死以来、クルーがふたりのことを一切いわなくなった、そうジェレミーは話していた。だとしたら、この瞬間はまさに大事な一瞬だ。

ジェレミーは深く息を吸うと、クルーの背中を軽く叩いた。「たしかにな。手を洗って、準備をして。エイプリルが帰るまでには戻ってこなくちゃ」

カメのことはすっかり忘れて、クルーが家に駆け込んでいく。しばらくの間、ジェレミーは遠い目で、その後ろ姿を追った。そして立ち上がると手を差し伸べ、わたしをひっぱって立たせた。「一緒にどう?」

ジェレミーがわたしを誘った! 子どもも一緒のカジュアルな食事だけれど、それでも沈みがちだったわたしの心は、デートに誘われたみたいに弾んだ。わたしはにっこりして、ジーンズのお尻についた芝生を払った。「喜んで!」


ここに来て以来、おしゃれをする必要もなかった。でも今回は出かける前に、がんばりすぎない程度にメイクをした。マスカラとリップグロスを施し、前髪を下ろす。ジェレミーはわたしの努力に気がついたに違いない。レストランについて、わたしのためにドアをあけた瞬間にささやいた。「すてきだよ」

彼のお世辞はわたしの胃の中にすとんと落ち、食事が終わってもまだそこにとどまり続けた。クルーはブースの向かい側、ジェレミーの隣に座っている。デザートをたいらげると、クルーはなぞなぞを披露しはじめた。

「もう一つあるよ」クルーはいった。「E.T.は、何を縮めたのでしょう?」もう何度も聞いたからと、ジェレミーは答えようとしない。わたしはクルーに笑顔を向け、答えを知らないふりをした。

「縮めたのは脚でーす」クルーはそういうと、そっくりかえって大声で笑った。ジョークそのものより、自分で自分のなぞなぞに笑うクルーに、わたしは声をあげて笑った。

　クルーは次の問題を出した。「なぜ、ジャングルでポーカーをしちゃいけないんでしょう?」

「わからないわ、なぜ?」

「いかさま師《チーター》だらけだからね!」

　クルーがジョークをいいはじめてから、わたしは笑いっぱなしだ。

「そっちの番だよ」とクルー。

「わたし?」

「そうさ、何かなぞなぞをいって」

　困った。五歳児からプレッシャーをかけられてる。「いいわ、えっと」数秒後、わたしは指を鳴らした。「オーケー、思いついた。緑色で、毛だらけで、もし木から転がり落ちたら、人を殺すかもしれないものは何?」

　クルーはテーブルに肘をつき、あごを手に乗せて、考えこんでいる。「うーんと、わかんない」

「毛だらけの緑のピアノ」

　クルーはきょとんとしている。ジェレミーも同じだった。最初は。

やがて数秒後、ジェレミーがぷっと吹き出す音に、わたしはにっこり笑った。

「わかんないや」クルーがいった。

ジェレミーはまだ、頭を振って笑っている。

クルーはジェレミーを見上げた。「何がそんなにおもしろいの？」

ジェレミーはクルーに腕を回した。「おもしろくないよ」ジェレミーがいった。「おもしろくないからおもしろいんだ」

クルーがわたしを見た。「そんなのなぞなぞじゃない」

「いいわ、じゃあ、これはどう？　赤くて、青いバケツの形をしているものはなーんだ？」

クルーが肩をすくめた。

「赤く塗られた青のバケツ」わたしはいった。

ジェレミーは笑いをこらえようと、自分のあごをつねっている。笑っている彼を見るのは、ここに来て以来起こった一番すてきな出来事だ。

クルーは鼻にしわを寄せた。「ローラはあんまりなぞなぞが得意じゃないね」

「嘘、おもしろいでしょ」

クルーはがっかりした顔で、頭を左右に振った。「本には書かないほうがいいと思うよ」

ジェレミーはウエイトレスが伝票を手に近づいてくるのを見て、笑いをこらえ、シートにもたれて脇腹を抱えている。「今日はおごるよ」伝票を受け取り、どうにか声を絞り出した。

家に帰ると、クルーは一足先に家の中に駆け込んでいった。「二階に行って、エイプリルに戻ったって知らせてくれ」ジェレミーがクルーの後ろ姿に向かって叫んだ。

ジェレミーはガレージのドアをしめた。家に入る手前で、わたしたちはどちらからともなく一瞬立ち止まった。階段の近くの暗がりの中にそっと身を沈めたけれど、キッチンからもれた一筋の光が彼の顔を照らしている。

「ごちそうさま。楽しかった」

ジェレミーはジャケットを脱いだ。「ああ」ジェレミーも笑顔で、ドアのそばにあるハンガーにコートをかけた。今日のジェレミーはどこか違って見える。いつもほどは疲れて見えない。「もっとクルーを外に連れていってやらなきゃね」

わたしはうなずき、パンツの後ろのポケットに手を差し入れた。次の数秒間、濃密な沈黙が流れた。まるでリアルなデートで、キスをするべきか、ハグをするべきか、迷っているときみたいに。

もちろん、デートじゃないから、この場合はどっちも正解じゃないけれど。

どうしてデート気分になるんだろう？

クルーが階段をおりてくる音に、わたしたちはあわてて目をそらした。ジェレミーが足元に目線を落とし、小さく息を吐いた。まるであとから悔いるであろう間違いを犯すのを、クルーが阻止してくれたことにほっとしたみたいに。わたし自身はその間違いを絶対に後悔しないけれど。

大きなため息をつくと、ヴェリティの仕事部屋へ向かい、ドアをしめる。気分転換が必要だ。ぽっかりと心に穴があいた気分――その痛みは消えそうにない。彼ともっと一緒にいたかった。けど、その望みはかなえられないし、かなえられるべきじゃない。

わたしはジェレミーが愛を交わす濃厚なシーンを探して、ヴェリティの原稿をぱらぱらとめくった。

今、この瞬間にそんなことをするなんて、自分で自分にあきれる。これを読むのは、いろんな意味で間違っている。それでも、彼と実際に一線を越えるよりはましだ。

現実では、彼を手に入れることはできないけれど、妄想の中で楽しむために、ベッドの中で彼が何をどうするのかを知ることはできる。

Chapter 5

わたしはすり切れる寸前だった。あるいは燃えつき、癇癪《かんしゃく》、ヒステリーといってもいい。そのどれも、適切な言葉ではないけれど。

もうこれ以上はむりだ。ふたりのうち、ひとりが泣いていなければ、もうひとりが泣いている。ひとりがお腹をすかせていなければ、もうひとりがお腹をすかせている。ジェレミーは協力的で、世話のほぼ半分を引き受けてくれる。これが双子じゃなければ、その間に一息つくこともできる。でも、ふたりいると、結局はたったひとりで育児をしているのと同じだ。

双子が生まれたとき、ジェレミーはまだ不動産の仕事をしていた。彼は二週間の育休をとって、双子の世話を手伝ってくれた。だがその二週間が終わると、仕事に戻らなくてはならない。一冊目のアドバンスもまだ微々たる額で、当時のわたしたちにベビーシッターを雇う余裕はなかった。彼が毎日、仕事に行っている九時間の間、赤ん坊ふたりと家に取り残されるなんて、考えただけで寒気がした。

ところがふたをあけてみると、ジェレミーの復職は、わたしにとって最高にご機嫌な展開になった。

ジェレミーは朝、七時には家を出る。わたしは彼とともに起きて、ジェレミーの前で母親らしく双子の世話をする。彼が出かけると、ふたりをベッドに戻し、ベビーモニターの電源を抜いて自分のベッドに戻る。出産直後よりたっぷり睡眠時間を確保できるようになった。わたしたちの家はアパートメントの角部屋で、子ども部屋はどの家とも壁を接していない。双子の泣き声を誰かに聞かれる心配もなかった。

わたしも双子の声は聞けなかった。耳栓をしていたからだ。

ジェレミーが復職して三日で、すっかり元の生活に戻れた気がした。昼間はたっぷり眠る。そしてジェレミーが戻ってくる時間の前に、双子にミルクを与え、沐浴《もくよく》させ、夕食の準備に取りかかる。夕方、彼が玄関を入ってくる頃には、ようやく世話をしてもらえた子どもたちはおとなしくなっている。キッチンから漂う夕食の匂いのなか、彼はわたしの完璧な母親ぶりに感動するという仕掛けだ。

そのときには、夜の授乳も大して苦にはならなかった。睡眠時間が逆転しただけだ。ジェレミーが仕事をしている間、わたしは十分に眠っている。昼間一日中泣いていた双子は、夜は疲れてぐっすり眠る。泣くことはたぶんふたりにとってもいい運動だったのだろう。わたしはみんなが寝ている間、思いっきり執筆に励むことができる。仕事の点でも、またとない環境だった。

たった一つの不満は寝室だ。まだセックスにドクターストップがかかっている。双子が誕生してまだ四週間だ。だが、結婚生活のその部分が健全に保たれなければ、あっという間に全体がだめになる。ずさんなセックスはウィルスのようなものだ。他のすべての点でうまくいっていても、セックスが死ねば、そこから夫婦関係全体が蝕まれていく。

わたしたちの結婚をそんなふうにはしない、わたしはそう心に決めた。

ドクターの許可が出る前に、わたしはジェレミーを誘った。だが彼はわたしの体を心配した。〝帝王切開だったとはいえ、それはそれで傷口が心配だ。ドクターからオーケーが出るまでは、指で触れることさえできない〟と。そんな記事をネットで読んだらしい。診察の予約はまだ二週間先だ。専門家の許可が出るまではと、わたしを拒んだ。

そんなに長く待つのは嫌だ。ジェレミーが恋しい、彼と一つになりたい。

午前二時、ジェレミーが目を覚ました。我慢できなくて、わたしが彼のペニスに舌を這わせていたからだ。寝ぼけながらも、それはもう十分な硬さになっていた。

目を覚ましているとわかったのは、彼がわたしの頭に手を置き、指で髪の毛をまさぐったからだ。それが、彼からの唯一のアクションだった。枕から頭を持ち上げて、わたしを見ようともしない。どういうわけか、わたしはそれが気に入った。彼が目をあけているのかどうかもわからない。わたしに舌で攻め続けられても、彼は動かず、声も出さなかった。

わたしは十五分ばかり彼を舌でつつき、いたぶり、弄び続けた。だが、一度も口に含むことはなかった。ジェレミーがどれだけ欲しているか、わかっているからだ。彼はどんどん落ち着かなくなり、すべてを解き放つ瞬間を待ち望みはじめた。でも、口の中はだめだ。数週間ぶりにわたしをファックして、わたしの中に解き放ってほしい。

ついに我慢できなくなったのか、彼はわたしの後頭部に手をあてがい、自分のペニスに押しつけようとした。無言のまま、それを口に含んでほしいと懇願する。わたしは拒否し、彼の手に抗《あらが》い続けた。キスをし、なめる。でも、口に含んでほしいという彼の願いはけっしてかなえなかった。

じらしにじらしたあげく、彼の欲望がわたしへの気遣いを上回ったのを見計らって、わたしは彼から離れた。彼は間髪いれず、その動きに応じた。わたしがあおむけになり、脚を開くと、早すぎるかどうかなんて考える余裕もなく、わたしの中に荒々しく入ってきた。まるでわたしの舌が彼を狂気へと駆り立てたかのように。何度も激しく突き上げられ、痛みを感じた。

ファックはそれから一時間半続いた。彼が達したあと、ふたたび硬くなるまで、わたしがすぐに舌を使ったからだ。二度のファックの間、どちらも一言も言葉を交わさなかった。彼が事を終え、彼が疲れきった体をどっとわたしに預けてきたときも、まだ無言のままだ。彼はごろりと寝がえりを打って、わたしの上からおりると、わたしを後ろから抱きしめた。シーツは汗と精液まみれだ。だが疲れきったわたしたちは、そのまま気にもせずに眠りに落ちた。

そのとき、わたしは確信した。きっとわたしたちは大丈夫だ。ジェレミーはまだ、わたしの体を以前と同じように崇拝している。

双子はわたしから多くのものを奪ったかもしれない。けれど唯一奪えないのが彼の欲望だ。それだけはいつだってわたしのものだ。

12

それはこれまでで一番、読むのがつらい章だった。いったい何をどうしたら、生まれてまもない赤ん坊が泣いているのに、母親が安らかに眠ることができるのか理解に苦しむ。ヴェリティには思いやりというものがないらしい。

最初はヴェリティが反社会的行為者《ソシオパス》なのかもしれないと思った。でも今は、精神病質者《サイコパス》に違いないと思いはじめている。

わたしは原稿を脇に置くと、ヴェリティのコンピュータでサイコパスの特徴についておさらいした。さまざまな特徴のリストをたどっていく。病的な嘘をつく、狡猾《こうかつ》で他人を操ろうとする、良心の呵責《かしやく》や罪悪感がない、冷酷で他人に共感できない、表面上は社交的。

すべてヴェリティに当てはまる。ただ不思議なのは、もしヴェリティがサイコパスだとしたら、ジェレミーに夢中になるだろうかということだ。サイコパスにとって、恋愛はもっとも苦手なことの一つのはずだ。誰かに恋をしても、その感情を持続することができない。けど、ヴェリティは心がわりをしない。彼女の執着はもっぱらジェレミーに向けられている。

だが、当のジェレミーは自分がサイコパスと結婚したことを知らない。なぜならヴェリティがひた隠しにしているからだ。

遠慮がちにドアをノックする音に、わたしはコンピュータのウィンドウを最小にした。ドアの外にはジェレミーがいた。洗ったばかりの髪の毛は濡れたままで、白いTシャツに黒いパジャマのズボンをはいている。

それはわたしのお気に入りの格好だ。裸足で、気取らず、リラックスしている。とてつもなくセクシーだ。自分でも嫌になるほど、彼に惹かれている。もしあの原稿で、彼の赤裸々な姿を知ることがなかったら、これほどまでに惹かれていただろうか？

「仕事中、悪いね。頼みがあるんだ」

「どうしたの？」

彼はわたしについてきてくれという手ぶりをした。「地下室のどこかに水槽があるはずだ。ぼくがその水槽を外に運び出す間、ドアを支えて、あけていてくれない？　クルーのために、水槽をきれいにしようと思って」

わたしはにっこり笑った。「カメを飼っていいっていうつもり？」

「ああ、ずいぶん喜んでいたからね。前よりは大きくなったし、もう餌《えさ》やりを忘れることもないだろう」地下室にたどりつくと、ジェレミーはドアをあけた。たしかに両手に物を抱えたまま、ドアをあけて外に出るのはむりだ。

ジェレミーは照明をつけ、階段をおりはじめた。地下室は家の中とはまったく違う雰囲気だ。打ち捨てられ、手入れもされていない、まるで育児放棄された子どもだ。階段はきしみ、壁沿いに取りつけられた手すりには埃が積もっている。普通なら、こんな不気味な地下室の中を歩きたいなんて、これっぽっちも思わないだろう。とくに、すでにわたしをびくつかせているこの家の中では。だが、地下室はこの家で、唯一まだわたしが見ていない場所だ。どうなっているのか興味がある。いったいヴェリティはそこに何をつめこんでいるのだろう？

ドアのそばにあるスイッチの照明は入り口部分を照らすだけで、下におりていく階段は暗い。階段をおりると、そこに地下室を照らす照明のスイッチがあった。一番下の段にたどりつくと、そこが思ったほど不気味な空間ではないことに、わたしはほっと安堵のため息をもらした。左手にあるデスクには、ファイルや書類がうずたかく積み上げられている。もうずいぶん長い間使われていないらしく、誰かがそこに座って仕事をするスペースというより、倉庫の一角のようだ。

右手にはふたりが共に過ごした年月の間にたまった品々の入った箱がある。ふたはあったり、なかったりだ。そのうちの一つから、ベビーモニターが飛び出している。わたしはさっき読んだ章で、ヴェリティが日中、赤ん坊の泣き声が聞こえないよう、電源を抜いていたと書いていたのを思い出し、身をすくめた。

ジェレミーは箱の後ろや積み上げられたものをごそごそと探っている。

「ここで仕事をしていたの？」わたしはたずねた。

「ああ、不動産会社を経営しているときに、ほとんど毎日、持ち帰った仕事をここでしていた」ジェレミーがシーツを持ち上げると、埃だらけの水槽が現れた。「ビンゴ」水槽の中身をひっかきまわし、必要なものがそろっているのを確かめる。

わたしはまだ、彼があきらめたとさらりといってのけたキャリアについて考えていた。「自分の会社を作ったの？」

ジェレミーが水槽を持ち上げ、部屋の反対側にあるデスクまで運ぶ。わたしは水槽が置けるよう、デスクの上に山積みになっていた書類やファイルを脇に押しやった。

「ああ、ヴェリティが小説を書きはじめたのと同じ年だ」

「仕事は楽しかった？」

ジェレミーはうなずいた。「楽しかったよ、忙しかったけどね。経営は順調だった」ふたたび伸びるコードをコンセントに差し込み、付属の照明がまだつくか確かめる。「ヴェリティの最初の本が出版されたとき、ぼくも彼女も、それは仕事というより、趣味みたいなものだと思っていた。本が売れても、まだ真剣には考えていなかった……。でも本は話題になって、どんどん売れた。二、三年後には、彼女の収入に比べたら、ぼくの収入なんか子どものお小遣い程度にしか見えなくなった」ジェレミーは笑った。まるでそれが楽しい思い出で、少しもつらいと思ったことはなかったかのように。「彼女がクルーを身ごもった頃には、ぼくはお金のためじゃなく、働くために働いていた。ぼくの収入がなくても、ライフスタイルにはまったく影響がなかった。仕事をやめたのは、それが唯一の選択肢で、一番いいと思ったからだ。仕事はぼくから多くの時間を奪っていたからね」

ジェレミーが水槽の照明のコンセントを抜くと、何かが弾けるような音がして、たった一つしかない地下室の照明が消えた。

真っ暗だ。ジェレミーが正面にいるのはわかっているのに、まったく見えない。脈が速くなる。だがすぐに腕に彼の手を感じた。「ここにいるよ」ジェレミーはわたしの手を自分の肩に乗せた。「ブレーカーが落ちたんだ。あとをついてきて。階段の一番上についたら、ぼくの前に回り込んで、ドアをあけてくれ」

手のひらの下で、彼の肩の筋肉が盛り上がるのを感じる。水槽を持ち上げたらしい。わたしは彼の肩に手を置いたまま、階段へ向かっていくジェレミーのすぐ後ろを歩いた。ゆっくり、ゆっくり、一段ずつ階段をあがる。わたしに歩調を合わせてくれているのだろう。やがて彼は立ち止まり、体の向きを変えると、壁を背にして立った。その前をすり抜け、手探りでドアノブをつかむ。ドアを引くと、一気にまぶしい光がなだれこんできた。

ジェレミーが外に出て、脇によけたとたん、わたしは勢いよくドアをしめた。震える息を吐くわたしを見て、彼は声をあげて笑った。

「地下室は苦手？」

わたしはうなずいた。「ええ、真っ暗なのはね」

ジェレミーは水槽をキッチンテーブルの上に置いて、眺めた。「埃だらけだ」もう一度水槽を持ち上げる。「きみの寝室のバスルームでこれを洗ってもいいかな？　キッチンのシンクで洗うのは骨が折れそうだ」

わたしはうなずいた。「もちろん」

ジェレミーは水槽をバスルームに運んだ。ついていって手伝いたいけれど、その気持ちを押しとどめる。代わりに仕事部屋に戻り、これから書くべきシリーズに集中しようとした。でも自伝を一章読み終えるたびにそうなるように、ヴェリティのことが頭に浮かんで考えがまとまらない。だが、それでも自伝を読まずにはいられない。それは列車事故の現場に似ている。見たくないけど、見たい。そしてジェレミーは自分がその事故に巻き込まれていることにさえ、気づいていない。

自伝は読まず、執筆を続ける。けど、ジェレミーが水槽を洗い上げても、ほとんど仕事は進まなかった。夜に執筆することにして、わたしは寝室に戻った。

顔を洗って、歯を磨くと、わたしはクローゼットの中にかかっている、自分のシャツを眺めた。どれも着る気がしなくて、ジェレミーが貸してくれた数枚のシャツを物色する。あの日、彼が貸してくれたシャツと同じ匂いだ。わたしはひとわたりクローゼットの中を眺めたのち、親指で触れて、パジャマにもってこいの柔らかさのTシャツを選び出した。左の胸に「クロフォード不動産」という小さなロゴがついている。

頭からTシャツをかぶり、ベッドへ向かう。ベッドに入る前に、ヘッドボードの歯形が目に入った。わたしは近づき、親指でその歯形をなぞった。

ヘッドボードには他にも歯形がある。全部で五つ、いや六つだ。近づかなければほとんど気づかないほどの薄い傷もある。

ベッドにあがり、ヘッドボードに向かって膝をつく。枕にまたがり、その姿勢――ジェレミーの顔の前に脚を広げた姿勢――を想像しながら、わたしはヘッドボードを握りしめた。目を閉じ、ジェレミーのTシャツの中に手を差し入れる。それが彼の手で、わたしのみぞおちをさすり、胸をまさぐっていると想像しながら。

唇をわずかに開け、息を吸う。だが頭上に響く音で我に返った。わたしは天井を見上げ、ヴェリティのベッドが動く、低い音に耳を澄ました。

脚の下にあった枕を引き抜き、その上に背中をもたせかけて、じっと天井を見つめる。今、ヴェリティの頭の中には、どんな思い――もし何か思いがあるとすればだけれど――が行き交っているのだろう？　あるいはそこは真っ暗な闇なのだろうか？　話しかける人の声は聞こえているのだろうか？　肌に降り注ぐ太陽の光を感じるのだろうか？　誰かに触れられて、それが誰の手かわかるのだろうか？

わたしは腕を体の脇にぴたりとつけて横たわった。自分で自分の動きがままならないという状況は、どんなものだろうかと想像しながら、そのままじっとしてみる。一分、また一分と時間が過ぎるごとに落ち着かなくなる。鼻をかきたい。ヴェリティは鼻がかゆくなっても、腕をあげてかくことはできない。あるいはもはや、彼女の体はかゆみを感じることさえないのだろうか。

わたしは目を閉じた。ヴェリティには、光も、動きも、音もない世界がお似合いだ。だが、サイコパスにしては、彼女はその動かない指の中にあまりに多くのものを握っている。

13

いつもと匂いが違う。わたしは目をあけた。音もいつもと違う。

ここはジェレミーの家だ、それはわかっている。ただ……自分の部屋じゃない。

わたしは壁を見つめた。主寝室の壁は明るいグレーだ。だがここの壁は黄色だ。黄色……二階の寝室の壁の色だ。

わたしの体の下で、ベッドが動きはじめた。ベッドにいる誰かが動いたわけじゃない。違う……それは……機械の動きだ。

わたしは目をつむった。**お願い、神様。ここがヴェリティの部屋だといわないで。**

体じゅうがひどく震える。ゆっくり目をあけ、さらにできる限りゆっくりと頭の向きを変える。ドア、ドレッサー、それから壁にかかったテレビ、ごろりと寝がえりを打つと、床に転がり落ちてしまった。あわてて壁に駆け寄り、壁に背中をぴったりとつけて立ち上がる。わたしはぎゅっと目を閉じた。今にも崩れおちてしまいそう。ヒステリー状態だ。

体が震え、自分が息をのむ音が聞こえる。やがてそれはすすり泣きになり、目をあけて、ベッドの上のヴェリティを見たとたん、まぎれもない悲鳴に変わった。

次の瞬間、わたしは自分の口を手のひらですばやく覆った。

外は暗い。皆眠っている。大声を出しちゃだめ。

もうずいぶん、こんなことはなかった。たぶん、もう何年も。けど、今、それが起こっている。怖い、なぜ自分がここにいるのか見当もつかない。ずっと彼女のことを考えていたせいだろうか？

〝夢遊病の発作にパターンはないの。意味もないわ。自分の意志とも関係ない〟

セラピストの声が聞こえる。だが、そんなことを考えているひまはない。ここから出なくちゃ。急いで、ローウェン。

少しでもベッドから遠いところを通ろうと、壁に背中をつけたまま横歩きでドアへ向かう。ドアにたどりついた瞬間、涙が頬を伝った。ノブを回して、寝室から飛び出す。

駆けつけたジェレミーの腕に、わたしはすばやく抱き止められた。

「おっと」ジェレミーはわたしを自分のほうに向かせた。頬に伝う涙、目に宿る恐怖を見て、彼がはっとしたように手を緩める。その瞬間、わたしは走り出した。廊下を走って、階段を駆け下りる。そのまま寝室のドアを叩きつけてしめると、ベッドに突っ伏した。

ベッドカバーの上で体を丸め、じっとドアを見つめる。手首が痛い。もう一方の手で手首を握って、その手を胸に押しつける。

いったい何？　どうなってるの？

寝室のドアがあいて、ジェレミーが入ってきた。上半身は裸で、赤いフランネルのパジャマのズボンをはいている。赤いぼんやりとした塊がわたしに向かって近づいてくる。次の瞬間、ジェレミーは膝をつくと、わたしの腕に手を置いて、目をのぞきこんだ。

「ローウェン、何があった？」

「ごめんなさい」わたしはかすれた声でいうと、涙をぬぐった。「ごめんなさい」

「何が？」

わたしは首を振り、ベッドの上で体を起こした。説明しなきゃ。真夜中に自分の妻の寝室でわたしを見つけるなんて、彼の頭の中には疑問が飛び交っているに違いない。もっとも、その疑問のどれにも、わたしは答えられないけれど。

ジェレミーは片脚をベッドの縁から垂らした格好で、わたしのほうを向いて、隣に座った。そしてわたしの両肩に手を置き、体をかがめ、心配そうにわたしの目をのぞきこんだ。

「何があった、ロウ？」

「わからない」わたしは体を前後に揺らした。「ときどき、睡眠中に歩き回ってしまうの。でも、もう長い間、発作はなかった。さっき二錠ザナックスを飲んだせいで、たぶん……わからない……」気持ちと同様、声も高ぶる。ジェレミーはわたしを引き寄せ、腕に力をこめて落ち着かせた。しばらくの間、何もいわず、わたしの頭の後ろを優しくなで続ける。彼に守られているようでいい気持ちだけれど、同時に罪悪感も覚える。わたしにはこんなふうに慰めてもらう資格なんかない。

ジェレミーが体を引くと、彼の口から、質問がいくつも転がり出てくるのが見える気がした。

「ヴェリティの部屋で何をしていた？」

わたしは首を振った。「わからない。目が覚めたらそこにいて、怖くなって、叫んで……」

ジェレミーがわたしの手をつかんで、握りしめる。「大丈夫」

大丈夫だと思いたい。けど、大丈夫なわけがない。あんなことがあったら、もうこの家で眠ることはできない。

かつても何度となく、思いがけない場所で目を覚ました。もっと頻繁に発作が起こって、寝室のドアに、鍵を三つもつけていたこともある。けど、他の人の部屋で目を覚ましたことはない。なぜ、よりにもよってヴェリティの部屋で？

「それでドアに鍵をつけてくれっていったんだね」ジェレミーがいった。「自分が出ていかないように」

わたしがうなずくのを見て、ジェレミーはなぜだか笑った。

「まいったな。てっきり、きみがぼくを怖がってるとばかり思ってた」

とても笑える状況には思えないけれど、彼がわざと明るくふるまってくれるのが嬉しい。

「やれやれ」ジェレミーはそっとわたしのあごに手を添えて、自分のほうを向かせた。「大丈夫だよ。大丈夫。夢遊病は無害だ」

わたしは首を振った。「違うの。無害じゃない」手首を握ったまま、胸に手をあてる。「昔は目が覚めたら、家の外にいたこともあった。眠っている間に、ストーブやオーブンのスイッチを入れたことも。それに……」わたしは一つ大きく息を吐いた。「眠っている間に、自分の手首を傷つけたの。でも次の日の朝に目が覚めるまで、何も気づかなかった」

眠っている間にしでかした不気味なことは他にもいろいろある。そのリストに、今度はどんな出来事が加わるのか、考えただけでアドレナリンが体の中を駆け巡る。無意識とはいえ、わたしはあの階段をあがって、あのベッドにもぐりこんだ。次は何をしでかすのだろう？

眠ったまま、ドアの鍵をあけた？　それとも鍵をかけ忘れていた？　それさえ思い出せない。わたしはベッドから立ち上がり、クローゼットに向かった。スーツケースを出し、ハンガーにかかっている数枚のシャツをつかみ出す。「出ていくわ」

ジェレミーは無言だ。わたしは荷物をまとめた。バスルームで洗面用具をかき集めている最中、ジェレミーが入り口に現れた。「どうしても行くの？」

わたしはうなずいた。「彼女の部屋で目が覚めたのよ。ドアに鍵をつけてもらったのに。またそんなことが起こったらどうするの？　クルーを怖がらせたりしたら？」わたしはシャワールームのドアをあけて剃刀《かみそり》をつかんだ。「ここに泊めてもらう前に、あなたにすべて話しておくべきだった」

ジェレミーはわたしの手から剃刀を取り上げ、洗面用具の入ったポーチをカウンターに置いた。そしてわたしの頭に手を添えると、自分のほうへ引き寄せて抱きしめた。「きみは夢遊病だ、ロウ」頭のてっぺんに優しくキスをする。「夢の中で歩き回る。そんなの大した問題じゃない」

大した問題じゃない？

わたしは彼の胸にもたれて、笑った。「母もそんなふうに思ってくれたらよかったのに」

わたしを見るジェレミーの目に心配が浮かんでいる。けれど、その心配はわたしのためなのか、あるいはわたしのせいなのか、どっちだろう？　彼はわたしを寝室に連れ戻し、ベッドに座らせると、さっきスーツケースに投げ込んだシャツを取り出して、クローゼットにかけはじめた。

「話してみない？」ジェレミーはいった。

「話すって、どの部分を？」

「なぜきみのお母さんが、それをそんなに大問題だと思ったのか」

それは嫌だ。わたしの表情がこわばったのを見て、ジェレミーはそれ以上何もいわず、もう一枚のシャツに手を伸ばした。だが、すぐにシャツをスーツケースに投げ入れ、ベッドに腰をおろした。

「こんなことはいいたくない」わたしをじっと見る。「けど、クルーもいる。きみがそんなに不安がっているのを見ると、ぼくまで不安になる。いったいなぜ、そんなに自分を怖がるの？」

黙って、自分を守りたい気持ちもある。けれど、それはむりだ。誰にも危害を加えたりしない、そういいきる自信はない。もう二度と睡眠中に歩き回ったりしない、とも。実際、ほんの二十分前にそれは起こった。今、いえるのはただ、わたしは彼の妻ほど危険な存在じゃないということだ。でもそれだって本当にそうなのかどうか、自分でも自信がない。

今は危険じゃないけれど、この先そうならないという保証はない。

わたしは彼にすべてを話そうと心を決めて、ベッドに目を落とし、ごくりと唾をのんだ。また、手首がずきずきと痛みはじめる。その手を見下ろし、傷を指でなぞった。「そのとき、わたしは自分の手首に起こったことをまったく感じなかった」わたしはいった。「十歳の頃、朝起きて目をあけると同時に、肩から手首にかけて鋭い痛みがあることに気づいたの。頭の中に火花が散りそうなほどだった。あまりの痛さに悲鳴をあげると、母が寝室に駆け込んできた。

ひどい痛みでベッドに横たわりながらも、部屋に入ってくる母の姿を見て、わたしはドアに鍵がかかっていなかったことに気づいた。その前の晩、たしかに鍵をかけたはずなのに……」

わたしは顔をあげ、ジェレミーを見た。「何があったのか、まったく思い出せなかった。でも、ブランケットも枕もマットレスも、そしてわたしも血まみれだった。一晩じゅう外にいたみたいに足も泥まみれだった。なのに、部屋を出たことさえ覚えていない。当時、家にはセキュリティーカメラがあって、家の玄関といくつかの部屋の様子を映していた。母はビデオをチェックする前にわたしを病院に連れていき、傷を縫って、手首のレントゲンを撮ってもらった。その日の午後遅くに家に戻ると、前庭の様子を映したビデオを探し、わたしは母と一緒にソファに座って、そのビデオを見た」

わたしはナイトテーブルに手を伸ばし、水のボトルをつかんでのどを潤した。ジェレミーがわたしの膝にそっと手を置き、大丈夫だよとでもいうように親指で膝をさする。わたしはその親指を見つめながら、話を続けた。

「午前三時に外を歩き回り、ポーチに出ていくわたしが映った。わたしは細いポーチの手すりに上り、そこに立った。それだけだった。ただ……立っていた。一時間もね。一時間ばかり、ずっと変わらないその映像を見て、カメラの故障か何かじゃないかと思った。そんなに長くバランスをとって立ち続けているなんて普通じゃないし、不可能よね。けど実際、わたしはまったく動かなかった。言葉も発しなかった。そしてついに……わたしはジャンプした。たぶんそのときに、落ちてけがをしたんだと思う。でも、ビデオの中のわたしはまったくの無反応だった。地面に両手をついて起き上がると、ポーチの段をあがった。そのときには手からすでに血が滴《したた》っていて、ポーチに血が点々とついていた。わたしは無表情のまま、すたすたと歩いて部屋に戻ると、眠りに落ちた」

わたしはジェレミーに視線を戻した。「そのことをまったく覚えてないの。そんなにひどい痛みを自分に与えて、どうやって何も気づかずにいたのか。どうやって一時間近くも、少しもぐらつかず、手すりの上に立っていることができたのか。けがそのものより、ビデオの内容のほうがわたしにはショックだった」

もう一度ジェレミーに抱きしめられ、わたしは彼にすがりついた。「母は精神科医の診断のために、わたしを二週間入院させた」彼の胸に向かって話し続けた。「退院して家に戻ると、母は自分の部屋を、廊下の一番奥、予備の寝室に移動させていた。部屋の内側に三つも鍵をつけてね。実の母がわたしのことを、まるでゾンビか何かみたいに忌み嫌っていた」

ジェレミーはわたしの髪に顔をうずめ、深いため息をついた。「かわいそうに」

わたしは目をきつく閉じた。

「きみのお母さんに、もう少し夢遊病の知識があればよかったのに。ショックだったね」

彼はわたしが今夜必要とするもののすべてを備えている。静かで思いやり深い声、力強い腕、彼の存在そのものが慰めになる。彼にずっとそばにいてほしい。ヴェリティの部屋で目覚めたことを考えたくない。眠っているとき、あるいは起きているときにも、自分で自分が信用できないことを考えたくない。

「また明日話そう」ジェレミーはそういって、わたしを放した。「どうしたらきみが安心できるか、考えてみるよ。でも今は少し眠ったほうがいい。いいね？」

ジェレミーはわたしの手をぎゅっと握って安心させると、ドアに向かって歩いていく。わたしはパニックになった。この部屋にひとりで残されて、もう一度眠るなんて考えられない。

「朝までどうすればいいの？　ドアの鍵を閉めるだけ？」

ジェレミーは目覚まし時計を見やった。五時十分前だ。しばらく時計を見つめながら考えたのち、わたしのもとに戻ってきた。「横になって」ベッドの上掛けを持ち上げる。わたしがベッドにもぐりこむと、彼もわたしのあとに続いた。

ジェレミーは後ろからわたしの体を抱きしめ、あごを頭に乗せた。「もうすぐ五時だ。ぼくが起きてる。きみが眠るまでここにいるよ」

ジェレミーはわたしの背中をさすったり、どこかをなでたりするようなこともしなかった。わたしの体に添えた腕はこわばったままだ。ベッドの上の姿勢で、少しの誤解も与えまいとするかのように。彼にとっては少しも心地よくないはずなのに、わたしを心地よくさせようとしてくれる、その気遣いが嬉しい。

目を閉じて、眠ろうとする。けれど、頭の中に浮かぶのはヴェリティの姿だけ、聞こえるのは二階のベッドが動く音だけだった。

六時を過ぎた頃、わたしが眠ったと思ったのだろう。腕を抜こうとして、彼の指がわたしの髪の毛に触れた。彼はわたしの頭の横にそっとキスをした。ほんの一瞬の仕草だ。けど、その一瞬のキスは、彼が寝室を出て、ドアがしまったあともずっとそこに漂い続けた。

14

その後、わたしは眠らなかった。それがまだ八時を回ったばかりなのに、キッチンで二杯目のコーヒーをいれている理由だ。

シンクの前に立ち、窓から外を眺める。朝方の五時頃、わたしがジェレミーとベッドに入って、眠ったふりをしていた頃から、雨が降りはじめていた。

エイプリルの車がぬかるんだドライブウェイに停まった。ジェレミーはエイプリルに、昨日の夜、何があったのかを話すだろうか。

今朝はまだジェレミーの姿を見ていない。おそらく二階にいるのだろう。ジェレミーはいつも、エイプリルが出勤してくるまで二階にいる。キッチンに入ってきたエイプリルと顔を合わせたくない。仕事部屋へ戻ろうと歩きだした瞬間、ジェレミーに出くわした。彼があわてて一歩下がり、わたしの肩をつかんで、うまく衝撃を和らげる。おかげでコーヒーがこぼれずに済んだ。

ジェレミーは疲れた顔をしている。もっともわたしにそれをどうこういう資格はない。わたしのせいだ。「おはよう《グッドモーニング》」ジェレミーはいった。でも全然〝いい《グッド》朝〟って感じじゃない。

「おはよう」思わず、声が低くなる。

ジェレミーは、まるで内緒話でもするようにさっとわたしに体を寄せた。「きみの寝室に鍵をつけるのはどう？」

わたしは面食らった。「もうついてるけど」

「ドアの外側にだ」

まじ？

「きみが寝室に入ったら、ぼくが外から鍵をかける。そしてきみが起きる前にあけておく。部屋から出たいときには、メールか電話をくれれば、すぐにあけに行く。部屋から出られないとわかっていたら、よく眠れるんじゃないかと思って」

どうだろう？　自分でもわからない。なぜドアの中の鍵より、外の鍵に身構えてしまうのだろう。どちらも目的は同じで、わたしを部屋から出さないためだ。二度と外に出られないわけじゃないとわかっているのに、あまり乗り気にはなれない。「いいわね、ありがとう」

家に入ってきたエイプリルがキッチンを通りかかり、ふと立ち止まった。だがジェレミーは彼女に見向きもせず、じっとわたしを見つめたままだ。「今日はゆっくりするといい」

わたしはエイプリルから、ジェレミーに目を戻した。「忙しくしていたほうがいいの」

彼はわたしをしばらく無言で見つめ、わかったというようにうなずいた。

「おはよう」玄関で泥のついた靴を脱ぎながら、エイプリルがいった。

「おはよう、エイプリル」ジェレミーは気さくに声をかけた。エイプリルのそばを通って裏口のドアに向かっていく。エイプリルはそこに突っ立ったまま、鼻眼鏡の縁からわたしをじっと見ている。

「おはよう」エイプリルの目に、わたしはジェレミーほど無邪気に見えなかったはずだ。まだ昨夜の出来事を整理できないまま、わたしは仕事部屋でその日の仕事に取りかかった。

午前中は手つかずのメールをチェックすることで過ぎた。コーリーがインタビューの質問を送ってきた。今までにはなかったことだ。質問はどれもこれも似たようなものだ。なぜヴェリティに雇われたのか？　どんな作品の構想を練っているのか？　わたしの過去の著作が、どうやって今の共著者というポジションにつながったのか？　ほとんどがコピペで答えることができた。

ランチのあとは、七冊目の本のアウトラインを考えた。もうヴェリティのメモを見つけることは考えず、一から自分で書くつもりだ。昨日の一件で疲れた頭にはつらい作業だ。ともすれば不安になるけれど、できるだけ考えないようにした。

夕方、キッチンからタコスの匂いが漂ってきた。ジェレミーはわたしの好物を作ってくれている、そう思うと頬が緩む。きっといつものように、わたしの分は別に取っておいてくれるはずだ。エイプリルがヴェリティに食事をさせる傍らで、ジェレミーやクルーと一緒に夕食のテーブルを囲むのは気が引ける。

わたしはヴェリティのことを考えた。なぜわたしは彼女をこれほどまでに恐れているのだろう？　彼女の原稿が入っている引き出しを見下ろす。**もう一章だけ、それでやめよう。**

Chapter 6

双子が生まれてからもう半年がたつというのに、わたしは今もなお、ふたりがいなければいいのにと願い続けている。

けれどふたりはそこにいて、ジェレミーは彼女たちを愛している。この生活を続ける価値があるのだろうか、そう思いながらもわたしは努力した。荷物をまとめ、家を出て、二度と振り返りたくないと思うときもあった。わたしをここにとどめる理由はただ一つ、ジェレミーだ。ジェレミーがいない人生なんて、わたしが望む人生じゃない。残された選択肢は二つだった。

・ジェレミーと、ジェレミーがわたしより愛する双子のいる暮らし
・ジェレミーのいない暮らし

その時点で、双子込みのパッケージしか考えられない。こんなはずじゃなかった。今はつくづくコンドームを使わなかったことが悔やまれる。うまくやれるはず、そう思っていたけれど、まったくうまくいかなかった。何一つうまくいかなかった。とにかく、わたしにとっては。わたしにとって、家族はスノードームのようなものだ。その中では何もかもがこぢんまりと完璧に収まっている。けれど、わたしはその中にいない。わたしは、その

スノードームを外から眺める傍観者だ。

その夜は雪が降っていたけれど、家の中はあたたかかった。なのに、震えを感じて目が覚めた。寒かったわけじゃない、恐ろしかったからだ。あまりに鮮明な夢だった。目が覚めてからも一時間ほどは呆然としていた。まだ悪夢の中にいる気分だ。

未来が見えた。双子とジェレミーとわたしの未来だ。ふたりは八歳か九歳くらいになっている。子どものことは詳しくないから、その外見はあいまいだ。けれど、目が覚めたときに、ふたりが八歳か九歳だったと感じた。

夢の中で、わたしはふたりの寝室の前を通りかかり、ふと中をのぞいて、目の前で繰り広げられる光景に呆然とした。ハーパーが馬乗りになり、チャスティンの顔に枕を押しつけている。もう手遅れかもしれない、そう思いながらわたしはベッドに駆け寄った。チャスティンの上からハーパーを押しのけ、枕を取り去る。チャスティンを見下ろした瞬間、わたしは息をのみ、手で口を覆った。

何もなかった。チャスティンの顔はのっぺらぼうで、まるでスキンヘッドの後頭部のようだった。傷も、目も、口もない。窒息しないわけだ。

ハーパーをちらりと見ると、その顔からは邪悪さが滲み出していた。「何をしたの?」

そこで目が覚めた。

愕然《がくぜん》としたのは、夢そのものじゃない。夢がまるで予言のように感じられたことだ。それは避けられないことに思えた。

ベッドの上で膝を抱え、体を前後に揺すりながら考えた。この感覚はいったいなんなのだろう？　痛み、そう、痛みだ。しかも……心を引き裂かれる胸の痛みだ。

夢の中で胸の痛みを感じた？　チャスティンが死んだと思ったとき、わたしはがっくりと膝をつき、泣き叫びたい衝動に駆られた。もしジェレミーが死んだら……そう考えたときと同じ感覚だ。きっとわたしは機能停止に陥るだろう。

わたしはそこに座り、こみあげる感情に声をあげて泣いた。ついにわたしの中にふたりに対する絆が宿ったのだろうか？　少なくともチャスティンには。これが母になるということ？　何かを愛しすぎたら、それを失うことを考えただけで、胸を引き裂かれるような痛みを感じるのだろうか？

それは双子を授かって以来、もっとも強い痛みだった。たとえふたりのうちのひとりに対してだけだったとしても、わたしにとっては大きな意味があった。

ジェレミーがベッドの上で寝がえりを打ち、目をあけて、膝を抱えて座るわたしを見た。

「大丈夫？」

その質問はされたくない。なぜならジェレミーは話を聞き出すのがうまいから。彼の手にかかると、ほとんどのことをしゃべってしまう。でも、これは知られるわけにはいかない。ようやく双子のひとりに愛情を感じるようになったなんて、それはつまり、今まで双子のどちらにもまったく愛情を感じなかったのを認めることになる。

なんとかしなくちゃ。あれこれきかれないうちに彼の気をそらしたい。これまでの経験でわかっているのは、フェラの最中には、彼はわたしから真実を聞き出すことはできないってことだ。

わたしは腹ばいで体を下にずらすと、彼のものに口を近づけた。もうすでに硬くなっている。わたしはできるだけ深く、それを口に入れた。

彼の喘ぎ声を聞くと、愛おしさに胸が締めつけられる。セックスの間、ジェレミーはあまり声を出さない。けれどときどき、無防備になった瞬間、こらえきれずに声をもらす。そのときの彼は恍惚《こうこつ》の表情だ。わたしと出会う前、何人の女がそのかすれ声を引き出したのだろう？　どれだけ多くの唇が、彼を包み込んだのだろう？

わたしはするりと彼の昂ぶりを口から出した。「今まで何人にフェラしてもらった？」

ジェレミーは肘をついて体を持ち上げ、とまどったようにわたしを見た。「まじできいてる？」

「もちろん」

ジェレミーは笑って、頭を枕に戻した。「さあね、数えたことなんてない」

「そんなにたくさん？」わたしはからかった。彼の体を這いのぼり、彼をまたぐ。ジェレミーがぐいっとわたしの太ももをつかんだ。「すぐに答えないってことは、五人以上ね」

「たしかに五人以上はいる」

「十人以上？」

「たぶん、おそらく、そうだね」

奇妙なことに、双子の場合とは違って嫉妬は感じなかった。だが、たぶんそれは、今、ふたりがわたしの生活に関わっているからだろう。昔付き合ったあばずれなんて、ただの……過去だ。

「二十以上？」

ジェレミーは下から伸ばした手で、わたしの胸を包み、もみしだいた。彼の顔に例の表情が浮かぶ。ファックの準備はできている、そんな表情だ。「ま、そんなところかな」ジェレミーはつぶやき、わたしを引き寄せた。そしてキスをしながら、下腹部に手を伸ばした。「きみのプッシーをなめた男は何人？」

「ふたりよ。あなたみたいにみだらじゃないから」

ジェレミーはキスをしながら、笑った。それからわたしをごろりとあおむけにした。

「でも、みだらな男と恋に落ちた」

「みだらだった男とね」わたしはいい直した。

彼のまなざしで準備ができたと思ったのは間違いだった。彼はその夜、わたしをファックしなかった。わたしを愛撫し、体じゅうにキスの雨を降らせた。静かに横たわらせ、じらし、拷問した。フェラがしたかったのに。身じろぎするたびに、彼はわたしを押さえつけ、動きを制した。

彼を悦ばせることに、なぜこれほどまで愉楽を感じるのか、自分でもわからない。けれど、わたしは悦ばせてもらうより、悦ばせるほうが好きだ。愛情表現の違いってところ？ま、ヤレるならそんなのどうでもいい。わたしにとって愛とは誰かに奉仕することで、ジェレミーにとっての愛は、自分のペニスをくわえてもらうことだ。わたしたちの相性は抜群だ。

ジェレミーがまさに達する直前、双子のひとりが泣きだした。ジェレミーは小さくうめき、わたしはくるりと目を回して、ふたり同時にモニターに手を伸ばした。彼は双子の様子を見るために。わたしはモニターをオフにするために。

中でジェレミーがたちまち萎えるのを感じて、わたしはモニターの電源を抜いた。まだ廊下の向こうから泣き声が聞こえてくる。けれど、彼がそのまま続きをはじめたら、ふたりのことなど、すぐに彼の頭の中から追い出してみせる自信があった。

「ちょっと見てくる」そういって、わたしの体からおりようとするジェレミーを、わたしはベッドに引き戻し、その上にまたがった。

「終わったら、わたしが見てくるわ。しばらくは泣かせても大丈夫。いい運動になるから」

ジェレミーは心配そうな様子だ。だが、彼のものを口に含むと、抵抗はしなかった。はじめてそれを飲み込もうとしたときよりも、ずっとうまくいった。彼はもう爆発寸前だ。わたしはむせるふりをした。自分のモノでわたしがむせると思うと、なぜだか欲情するらしい。男って、ばかだ。彼のうめき声に、わたしはもう一度のどを鳴らしながら、彼をさらに深く奥へと受け入れた。次の瞬間、彼は果て、わたしはそれをごくりと飲み込むと、口元をぬぐって立ち上がった。「寝てて。わたしが見てくる」

自ら進んで子どもの様子を見に行こう、そう思ったのははじめてだった。これまではふたりにミルクをやらなきゃと考えると、いら立ち以外の感情を覚えたことがなかった。それが今回は、チャスティンにミルクをあげたい、と思った。彼女を抱き上げ、あやしたい。ふたりの寝室に近づいていくにつれて、わたしの胸は高鳴った。

だが部屋に入り、泣いているのがハーパーだとわかったとたん、胸の高鳴りはいら立ちに変わった。

がっかりだ……。

ふたりのベッドは向かいあって置かれている。驚いたことに、ハーパーのけたたましい泣き声の中でも、チャスティンは平気で眠っていた。わたしはハーパーのベッドを素通りし、チャスティンを見下ろした。

その瞬間、痛いほどに感じた。どれほど自分がチャスティンを愛しているか。そしてどれほどハーパーを黙らせたいと思っているか。

わたしはチャスティンを抱き上げ、ロッキングチェアへ向かった。椅子に腰をおろすと、チャスティンが腕の中でかすかに動いた。さっき見たばかりの夢について考える。ハーパーがチャスティンを傷つけようとしたとき、とてつもない恐怖に駆られた。いつか、彼女を失う日が、あの夢が現実になる日が来るかもしれない、そう考えるだけで泣きだしたくなった。

それは母親の勘のようなものなのだろう。おそらく心の奥で、いずれチャスティンに何か恐ろしいことが起こるのを予感して、彼女に唐突で強烈な愛情を感じたのかもしれない。もしそれが、その娘にあらん限りの愛情を注げ、彼女はハーパーほど長くは手元にいないという、天の啓示のようなものだとしたら？

だからハーパーには、まだなんの愛情も感じないのだ。チャスティンはあまりに早く人生を終えようとしている。そうなったらあとにはひとり、ハーパーが残ることになる。

心のどこかで、わたしにはわかっていた。今はハーパーへの愛を封印しなくてはならない。チャスティンとの時間が終わったあとにそれはとっておくべきだ。

ハーパーの泣き声のせいではじまった頭痛に、わたしはぎゅっと強く目をつむった。もううんざり！　泣いて、泣いて、泣いてばかり！　わたしが愛しい娘との絆を深めようとしているのに！

それからさらに数分、わたしはその泣き声を無視しようとした。けれど泣き声がやまなければ、ジェレミーが心配するだろう。まだチャスティンが目を覚まさないことに驚きながら、しぶしぶわたしは彼女をベッドに戻した。チャスティンは本当にお利口だ。わたしはもう一つのベッドに移動し、怒りに満ちたまなざしで、ハーパーをにらみつけた。あの夢を見たのはハーパーのせいだ、なぜだかそんな気がした。

たぶん、わたしは夢の解釈を間違っているのかもしれない。それは啓示ではなく、警告かもしれない。手遅れになる前にハーパーをどうにかしなければ、チャスティンが死ぬという。

突然、胸に衝動がこみあげた。これから起こるであろう事態をリセットしたい。あれほど鮮明な夢を見たのははじめてだ。なんとかしなければ、あの悪夢が現実になる。チャスティンを失うなんて耐えられない。それはジェレミーを失うのと同じくらいつらいことだ。

どうしたら一つの命を終わらせられるだろう？　まして乳児の命を終わらせるなんて。以前も試みたけれど、ひっかき傷以上のものにはならなかった。でも、乳児突然死症候群《SIDS》について聞いたことがある。ジェレミーが見せてくれた記事に書いてあった。珍しいことじゃない。だが窒息とSIDSの違いを特定できる方法があるのかどうか、よくわからない。

眠っているときに自分の吐しゃ物をのどにつまらせる人がいる。それが意図的な行為によるものかどうか、判定するのはさらにむずかしいだろう。

わたしは指でハーパーの唇をつついた。頭が前後に細かく動く。哺乳瓶と勘違いしているのだろう。ハーパーはわたしの指をくわえて吸いはじめた。けれど満足しない。指を放し、足をばたつかせながらふたたび泣きはじめた。わたしは指をぐっと彼女の口に差し入れた。

ハーパーが泣き続けても、わたしは指を引かなかった。ハーパーはむせながら、泣き続けている。指一本じゃむりだ。

わたしは二本目の指をハーパーの口に入れ、さらにのどの奥へつっこんだ。拳が彼女の歯茎にあたるまで深く差し入れると、ついに泣き声がやんだ。小さな体をばたつかせ、腕を突っ張らせている。やがてしばらくすると脚も動かなくなった。

わたしがやらなければ、ハーパーが自分の妹に同じことをしていただろう。これはチャスティンの命を救うための行動だ。

「大丈夫？」ジェレミーの声が聞こえた。

くそっ、くそっ、くそっ、くそっ。

わたしはハーパーの口から指を引き抜き、抱き上げた。むせているのを聞かれないよう、ハーパーの顔を自分の胸に押しつける。「どうしたのかな」わたしはジェレミーを振り返った。ジェレミーがこちらへ近づいてくる。わたしはあわてた声を出した。「わたしじゃだめみたい。できることはやってみたけど」わたしはハーパーの後頭部を軽くなでた。自分がどれほど心配しているのかを、ジェレミーに見せつけたい。

次の瞬間、ハーパーがわたしに向かって吐き、同時に大声で泣きはじめた。悲鳴といってもいいほどの声。しゃがれた声で、泣きながらあえいでいる。今まで聞いたことのないほどの激しい泣き声に、ジェレミーはハーパーをあわてて抱きとり、なだめて落ち着かせようとした。

ジェレミーはハーパーがわたしに吐いたことを気にもかけていない。わたしを見ようともしなかった。心配そうに眉を寄せ、ハーパーの様子を見守っている。彼の心配はわたしではなく、ハーパーだけに向けられている。

わたしは息を止め、バスルームに駆け込んだ。吐しゃ物の匂いをかぎたくない。このおぞましい匂いのどろりとした液体、母親になるうえで、わたしがもっとも嫌悪していたことの一つだ。

わたしがバスルームにいる間にジェレミーはハーパーのためにミルクを作り、シャワーから出たときには、すでにハーパーを寝かしつけ、わたしたちのベッドの脇に置かれたベビーモニターの電源を入れていた。

ベッドに戻った瞬間、わたしは凍りついた。モニターをじっと見つめる。画面はハーパーとチャスティンの姿を完璧にとらえている。

モニターの存在を忘れていた！

わたしがさっきハーパーに何をしたかを、もしジェレミーが見ていたら、彼はわたしとの関係を終わりにするだろう。

なぜ、そんなうっかりを？

その夜はほとんど眠れないまま過ぎた。チャスティンを救うためにわたしがハーパーに何をしたかを、ジェレミーが万一見ていたらどうしただろうと考えながら。

15

どうしよう……。わたしは体を二つに折り、みぞおちをつかんだ。「お願い……お願い……」声に出していう。どういう理由で、誰に向かっていっているのかもわからない。

この家から出なくちゃ。息ができない。外に出て、さっき読んだすべての内容を頭から追い出したい。

ヴェリティの原稿を読みながら、よじれた胃をさすり続ける。五章以降の章にもいくつか目を通したけれど、自分の幼い娘を窒息させようとしたくだりを細かに描いた、この六章ほどおぞましいものはない。

七章からあとの中心人物はジェレミーとチャスティンで、ハーパーにはほとんど触れられていない。パラグラフを追うごとに、それは不快なものになっていく。チャスティンが一歳になった。チャスティンが二歳になって、はじめてジェレミーの実家で一晩お泊まりをした。最初はすべて〝双子〟が主語だったのに、話が進むごとに、それが〝チャスティン〟だけになった。もしこの家族をよく知らなければ、実際より早い時期にハーパーの身に何かが起こったと勘違いしたかもしれない。

娘たちが三歳になる頃、ヴェリティはふたたびふたりのことを書くようになった。だが、その章を読みはじめてすぐに、仕事部屋のドアに短いノックの音が聞こえた。

わたしはデスクの引き出しに、すばやく原稿をつっこんだ。「どうぞ」

ジェレミーがドアをあけたとき、わたしは片手をマウスに、そしてもう一方の手を膝の上に置いていた。

「タコスを作ったよ」

わたしはにっこり笑った。「夕食の時間？」

ジェレミーは声を出して笑った。「もう十時過ぎだ。夕食の時間は三時間も前だ」

わたしはパソコンで時刻を確認した。なぜ時間の感覚を失っていたのだろう？　自分の子どもを虐待するサイコ女の話を読んでいたせいだ。「八時くらいかと思ってた」

「もう十二時間、仕事部屋にこもりっきりだよ」ジェレミーはいった。「一息ついたほうがいい。今夜は流星群が見られる。何か食べなきゃ。きみのためにマルガリータも作った」

マルガリータとタコス。いい組み合わせだ。


わたしはポーチに座って、タコスを食べた。

ロッキングチェアに揺られ、流星群を眺める。最初はぽつりぽつりと間を置いて現れていた流れ星が、今は一分に一つの割合で空を横切っていく。

わたしはポーチから庭に移動し、芝生に寝転がって空を見上げた。ジェレミーもつられて、わたしの隣に横たわった。

「空がこんなふうだったって、忘れてた」わたしはしみじみといった。「ずっとマンハッタンにいたから」

「だからぼくはニューヨークを離れたんだ」ジェレミーが左側に見えた流星の尻尾を指す。ふたりしてそれが消えるまで目で追った。

「いつこの家を買ったの？」

「娘たちが三歳になった頃だ。ヴェリティの二冊目の本が出版されてベストセラーになったときに、思い切って家を買った」

「なぜ、バーモントに？　ふたりのどちらかがこのあたりの出身なの？」

「いや。父はぼくが十代のときに、母は三年前に亡くなった。ぼくはニューヨーク州で育った。アルパカの牧場でね。信じられないだろうけど」

わたしは笑いながら、ジェレミーを見た。「ほんと？　アルパカ？」

ジェレミーはうなずいた。

「アルパカを育てて、お金になるの？」

ジェレミーはわたしの問いに笑った。「ならないね。だからMBAをとって、不動産業をはじめたんだ。借金まみれの農場を受け継ぐなんて、まっぴらごめんだから」

「いずれまた、近いうちに仕事をはじめるつもり？」

わたしの質問に、ジェレミーは一瞬、押し黙った。「やりたいとは思っている。ずっとクルーにとって負担にならないタイミングを見計らっているけれど、今はそのときじゃない気がする」

もしわたしたちが友達だったら、わたしは彼を励ますために何かするだろう。手を取り、握りしめるとか、何かを。けど、わたしは彼の友達以上の存在になりたいと思っている。つまり友達にはなれない。ふたりの人間の間に惹かれあう気持ちがあるなら、選択肢はたった一つだ。友達以上になるか、ならないか。その間はない。

おまけに彼は結婚している……わたしは胸に手をあてたまま、彼に触れることはしなかった。

「ヴェリティの両親は？」わたしは質問を続けた。会話が途切れて、自分の息遣いを聞かれたくない。

ジェレミーは胸から離した両手をぱっと開いた。〝さあね〟というジェスチャーだ。「家族のことはほとんど知らない。ヴェリティが勘当される前から、義理の両親とはあまり付き合いがなかった」

「勘当？　ヴェリティが？　なぜ？」

「説明するのはむずかしいな」ジェレミーはいった。「ビクターとマージョリーは変わった人たちでね。狂信的なクリスチャンだった。ヴェリティがスリラーとかサスペンスの小説を書いていると知って、まるで彼女が自分たちの宗教を批判して、悪魔的なカルトの一員になったかのように大騒ぎした。そしてヴェリティに、もし小説を書くのをやめないなら、金輪際、家族と認めないといった」

信じられない。それって……ひどい。一瞬、わたしはヴェリティに同情した。彼女の母性の欠如は遺伝なのかもしれない。でも彼女がハーパーに何をしたのか思い出したとたん、その気持ちは消えた。

「両親との不仲はどのくらい続いているの？」

「どうかな。デビュー作の出版が十年以上前だから。少なくともそれよりは……長い間だ」

「まだふたりはヴェリティを勘当したままなの？　事故のことを知っても？」

ジェレミーはうなずいた。「チャスティンが死んだあと、ぼくはふたりに電話をして、留守番電話にメッセージを残した。でも折り返しの電話はかかってこなかった。ヴェリティが事故にあったときには、ビクターが電話に出た。ぼくが双子や、ヴェリティに何があったのかを話したとき、彼はただ黙っていた。そして最後にこういったんだ。『ジェレミー、神は邪悪なものを罰するんだ』って。ぼくは電話を切って、それ以来連絡は途絶えた」

わたしは胸に手をあて、信じられない思いで空を見上げた。「びっくり」

「だよね」

しばらくの間、ジェレミーもわたしも無言だった。二つ、星が流れていく。一つは南へ、もう一つは東へ。ジェレミーは無言のまま、その二つを指さした。それから肘をつき、体を半分起こして、わたしを見下ろした。

「クルーにセラピーを受けさせるべきだと思う？」

わたしは頭をもたげ、彼を見つめた。彼との距離は二十センチ、いや三十センチほどだ。あまりに近くて、彼の体が放つ熱まで伝わってくる。

「ええ」

ジェレミーはわたしの率直な意見に「オーライ」そういった。けど、芝生の上で体を起こしたまま、わたしをじっと見つめている。もっと何か他にききたいことがあるらしい。

「セラピーって受けたことがある？」ジェレミーがたずねた。

「ええ。自分の人生に起こった中で最高の経験だったわ」ジェレミーの反応を見たくなくて、わたしは空をあおいだ。「ビデオで、手すりの上にいる自分を見たあと、不安でたまらなくなった。また自分を傷つけたらどうしようと思って、数週間、眠気と闘い続けた。けど、夢遊病は意思とは無関係だっていう、セラピストの言葉で救われた。それから数年かかって、ようやくその言葉を信じるようになった」

「きみのお母さんも一緒にセラピーを？」

わたしは笑った。「いいえ。母はセラピーについてきこうともしなかった。わたしが自分の手首を傷つけた夜、何かがあったんだと思う。それ以来、母は、つまりわたしと母の関係は変わってしまった。どうしてもお互いに気持ちを通わせることができなくなった。母は似ているの。いろいろな点で――」わたしは口をつぐんだ。ヴェリティと……自分がそういおうとしていることに気づいて。

「誰に？」

「ヴェリティのシリーズの主役に」

「そんなに悪い奴なの？」ジェレミーがきいた。

わたしは笑った。「まだ読んでないんでしょ？」

ジェレミーはわたしから目をそらし、芝生の上に横たわった。「一冊目だけは読んだよ」

「なぜ次は読まなかったの？」

「それは……それがすべて彼女の想像力から生まれたものだと思うと不安になるから」

その不安はあたっている、そういいたい。なぜならヴェリティの考えは不気味に登場人物のものと似ている。でも、今の時点で、わたしの印象を彼に押しつけたくはない。いろいろあったとしても、彼には自分の結婚について、ポジティブなイメージを抱き続ける権利がある。

「かつてヴェリティは腹を立てていた。ぼくが彼女の本を読まなかったから。彼女はぼくにすごいと認められたかったんだ。たとえ読者や編集者や批評家、世間が皆、彼女を認めたとしても、ヴェリティがよりどころにするのはただ一つ、ぼくのほめ言葉だった」

それは彼女があなたに夢中だったからよ。

「きみの執筆のよりどころは？」ジェレミーがたずねた。

わたしはジェレミーに向き直った。「別に、とくには。わたしの本は人気じゃないし。好意的なレビューがついたり、ファンからのメールをもらったりしても、誰かと間違えているんじゃないかって思ってしまう。引きこもりだからサイン会も断ってきたし、写真も出さない。わたしの作品のファンがいるとしても、まだ面と向かって、あなたの作品で人生が変わった、なんていわれた経験はないしね」思わずため息がもれる。「いわれたら、やっぱり嬉しいでしょうね。誰かがわたしの目を見て、わたしの作品を認めてくれたら」

いい終わると同時に、流れ星がもう一つ、空を横切った。ジェレミーとわたしが見つめる中、星はきらきらと水面に輝きを放ちながら、湖の向こうへ消えた。わたしはジェレミーの後ろに広がる湖を見やった。

「いつ新しい桟橋を作りはじめるの？」ジェレミーはようやく今日、古くなった床板をすべて取りのぞいた。

「もう桟橋は作らない」ジェレミーはあっさりいい放った。「あれを見るたびに、吐き気がする」

　どういうこと？　もっと聞きたいけど、彼はそれ以上話したくなさそうだ。

　ジェレミーがこちらを見つめている。今夜、何度もジェレミーと目が合った。けど、この瞬間はちょっと違う、特別な一瞬だ。彼がわたしの唇をちらりと見たのがわかった。キスしてほしい。もしそうなっても、きっと拒まないだろう。罪悪感を覚えるかどうかもあやしい。

　ジェレミーは深いため息をつくと、芝生に頭を戻して、もう一度空をあおぎ見た。

「何を考えてるの？」わたしはささやいた。

「もう遅いなぁって。それからもうそろそろきみを部屋に閉じ込めなきゃなって」

　その言い方がおかしくて、わたしは声をあげて笑った。あるいはマルガリータを二杯も飲んだせいかもしれない。理由がなんであれ、わたしの笑いにつられて彼も笑った。彼がきっとあとから後悔するであろう一瞬が、たちまち安堵に変わった。

　ジェレミーが眠ったあとも仕事ができるよう、わたしはラップトップを取りに仕事部屋へ戻った。彼がキッチンの電気を消している間に、引き出しからヴェリティの原稿を一束つかみ出し、ラップトップと胸の間に挟んで寝室へ運ぶ。

　寝室の外には、はじめて見るスライド錠がついていた。それをじろじろ見たり、中からあけたりできるかどうかなど考えたくはない。無意識に覚えていて、どうにか抜け出る方法を考えたりしたら困る。

　ベッドの上で仕事をする準備を整えている最中、気づくとジェレミーが後ろにいた。

「必要なものは全部そろってる？」入り口からたずねる。

「大丈夫」わたしは中から鍵をかけるため、ドアのほうへ戻った。

「オーライ、じゃ、おやすみ」

「オーライ」わたしは笑顔でその言葉を繰り返した。「おやすみなさい」

わたしはドアをしめようとした。だが、ジェレミーが手をあげて、ドアを止めた。もう一度ドアをあける。ふたたびドアをしめようとした瞬間、彼の表情が変わった。

「ロウ」静かな声だ。ドアの枠に頭をもたせかけ、わたしを見下ろしている。「ぼくは嘘をついた」

わたしはうろたえた表情を彼に見せまいとしたものの、うろたえずにはいられなかった。彼の言葉に、すばやく今夜の会話、さっきどんな会話をしたかを考えてみる。「嘘？　何が嘘だったの？」

「ヴェリティはきみの本を読んでいない」

あとずさって、闇で失望の表情を隠してしまいたい。けど、わたしは左手でドアノブをきつく握りしめて、そこに立ちつくした。「なぜ、そんな嘘をつく必要があったの？」

ジェレミーは目を閉じ、息を大きく吸った。そして目をあけると、息を吐きながら背筋を伸ばした。「きみの本を読んだのはぼくだ。すばらしい作品だった。傑作だ。だから編集者にきかれたとき、きみの名前をあげたんだ」ジェレミーは体を前にかがめ、わたしの目をじっと見つめた。「ローウェン、きみの作品でぼくの人生は変わった」

ジェレミーは腕をおろすと、ドアをしめた。外からスライド錠をかける音がして、足音が二階へと遠ざかっていく。

わたしはドアに額を押しつけて、そこに立ちつくした。

笑みがこぼれる。作家としてのキャリアの中で、自分のエージェント以外から、はじめて作品を認めてもらった。

わたしは持ってきた一章分の原稿とともに、ベッドにもぐりこんだ。たった今、ジェレミーのおかげでハッピーな気分になったばかりだ。寝る前に彼の妻にほんの少し不愉快な気持ちにさせられたところで、そんなのなんでもない。

Chapter 9

チキン&ダンプリング（鶏肉と小麦粉の団子を煮込んだ家庭料理）。

それは、わたしが二週間の新居での生活でつくった、五番目の料理だった。

そしてジェレミーがダイニングの壁に向かって投げつけた唯一の料理だ。

この数日間、彼がわたしにいら立っているのは感じていた。毎日のようにセックスをしているけれど、それも今までとは少し違う。心が感じられない。セックスは単なる習慣で、わたしを求めているわけじゃない。

だからわたしは料理を作ろうと決めた。好物で彼を喜ばせる作戦だ。ジェレミーは新しい仕事に慣れるのに一生懸命だ。さらに悪いことに、わたしが相談もせず、ふたりの娘を託児所に入れた。それも不機嫌の理由らしい。

ニューヨークに住んでいるとき、本が売れはじめるとすぐに、わたしたちはベビーシッターを雇った。毎朝、ジェレミーが出勤して、シッターがやってくると、わたしは自分の仕事部屋に引きこもり、執筆に没頭した。夕方、ベビーシッターが帰る頃、ジェレミーが家に戻ってくると、仕事部屋から出て、彼と一緒に夕食を作った。

すべてがうまく回っていた。ジェレミーがいなくても、ベビーシッターがいれば、双子の面倒を見る必要はなかった。ところがこの辺鄙《へんぴ》な場所に越してくると、ベビーシッターを確保するのがむずかしくなった。最初の二日、ひとりでどうにかしようとした。しかし双子の世話で疲れきって、まったく仕事が進まない。へとへとになったわたしは、ふたりを車に乗せて街へ行き、最初に見つけた託児所に飛び込んで、入所の手続きをした。

ジェレミーがいい顔をしないのはわかっていた。でも、ふたりともが働き続けるには、それしか方法はないと彼もわかっていたはずだ。おまけに稼ぎは、わたしのほうがはるかにいい。もしどちらかが家にいて、日中、子どもの面倒を見るとしたら、それは絶対にわたしじゃない。

ふたりを託児所に入れれば、彼の手をわずらわせることはない。それにジェレミーも、託児所でふたりが他の子どもたちと交わるのは悪くないと思っているらしく、そのことばかり話している。でも、数カ月前に、チャスティンに強いピーナッツアレルギーがあることがわかった。そのせいで、ジェレミーは他人にチャスティンの世話をまかせることに賛成しなかった。託児所のスタッフのうっかりミスを心配しているらしい。わたしが愛するチャスティンをそんな危険にさらすわけがない。彼らがアレルギーについて、ちゃんと知識を持っていることは確認済みだ。

何が理由でいら立っているとしても、そんなことはダンプリングとファックですぐに忘れさせてみせる、わたしはそう思っていた。

その夜、わたしはわざと双子を寝かしつけてから、夕食をはじめることにした。さいわいふたりはまだ三歳で、七時には眠りにつく。八時前になるとテーブルを整え、ジェレミーを呼んで食事をはじめた。

できるだけロマンティックにしたつもりだ。しかしどうがんばったところで、チキン&ダンプリングがセクシーになるわけはない。わたしはテーブルの上のキャンドルに火をともし、ワイヤレススピーカーで携帯のプレイリストをかけた。服の下には、普段はめったに着ない、特別なときのためのランジェリーも身に着けた。

食事中の話題はたわいもないことにした。

「チャスティンはもうおむつがはずせたの」わたしはいった。「託児所でトイレトレーニングしてくれたのよ」

「そりゃよかった」ジェレミーは携帯の画面をスクロールしながら、もう片方の手で食事を口に運んでいる。

少しの間、わたしは待った。だが何を見ているのか知らないけれど、ジェレミーは携帯を放そうとしない。わたしは椅子に座り直し、もう一度彼の注意を引こうとした。双子の話は彼の大好きな話題のはずだ。

「今日ふたりを迎えに行ったら、先生が今週、あの子が色の名前を七つも覚えたって言うのよ」

「誰が?」ようやくジェレミーがわたしの目を見た。

「チャスティンよ」

ジェレミーはわたしを見つめ、テーブルに携帯をぱたんと置くと、もう一口チキンを食べた。

いったい何が気に入らないの？

ジェレミーが懸命に怒りをこらえようとしているのを見て、わたしは不安になった。彼が癇癪を起こすことはめったにない。たとえあるとしても、ほとんどの場合はすぐに理由がわかる。でも今回は違う。まったく心あたりがない。

しびれを切らしたわたしは椅子に深く座り直し、テーブルの上にナプキンを置いた。

「何を怒っているの？」

「別に」食い気味で彼が答える。

わたしは笑った。「いい加減にして」

ジェレミーは目を細め、首を傾げた。「なんだって？」

わたしは身を乗り出した。「いってよ。その陰険なだんまりはもうたくさん。気に入らないことがあるなら、男らしくいえばいいでしょ」

ジェレミーは握りしめた拳をぱっと開いた。そして次の瞬間、立ち上がったかと思うと、ボウルをつかみ、テーブルの向こうの壁に向かって投げつけた。彼がこれほど激しい怒りをあらわにしたのははじめてだ。わたしが驚きに目を見張り、体を固くするなか、大きな足音を立ててキッチンから出ていった。

寝室のドアが勢いよくしまった。そこらじゅうがダンプリングまみれだ。けれど、片付けるのは仲直りしてからにしよう。それを見れば、いくら最悪のクズ男だって、申し訳ないと思うはずだ。

わたしは椅子をテーブルの下に入れると、寝室に向かった。ジェレミーが部屋を行ったり来たりしている。わたしがドアをしめたとき、彼が目をあげて立ち止まった。何をどういおうか考えているに違いない。一生懸命作った料理を投げつけられて腹が立つけれど、料理をだめにしたことで彼が動揺しているのを見ると、ほんの少し良心が痛んだ。

「きみはいつもそうだ」ジェレミーはいった。「いつもチャスティンのことばかり。ハーパーのことは一言も話さない。ハーパーが何を覚えて、トイレトレーニングがどうなっていて、どんなかわいいことをいったのかだって大事なことだ。チャスティン、チャスティン、いつもチャスティンのことばかりだ」

しまった。隠そうとしても、ジェレミーには知られていた。「嘘よ」

「嘘じゃない。何もいうまいと思っていたが、いずれハーパーが自分はチャスティンとは違う扱いを受けていることに気づくだろう。フェアじゃない、と」

この状況をどう切り抜けるか、思いつかない。逆切れして、彼を責めることはできるかもしれないが、たしかに彼のいうとおりだ。だから彼に、自分が間違っていたと思わせる必要がある。彼が背を向けた瞬間、わたしは考えた。天をあおぎ、神に祈る。**助けてもらえるわけもないのに。**

わたしはおずおずとジェレミーに近づいた。「ねえ、別にチャスティンをひいきしているわけじゃない。ただあの子はハーパーより……利口で、だからなんでもハーパーより早くできるようになるの」

ジェレミーはさらに怒りをみなぎらせて、くるりと振り向いた。「チャスティンがハーパーより利口だなんてことはない。ふたりにはそれぞれ個性がある。ハーパーはとても知的な子だ」

「たしかにふたりは違うわ」わたしは彼にもう一歩、歩み寄った。ヒステリックに聞こえないよう、声のトーンを落として甘える。「そういう意味じゃないの。つまり……チャスティンのほうがわかりやすいから。あのとおり、感情表現も豊かで、わたしに似ている。ハーパーは違う。わたしもおおっぴらにはほめないけど、ハーパーのよさはわかる。ある意味、彼女はあなたに似ているのよね」

まだジェレミーのまなざしは変わらない。けれど、納得しかけているのがわかった。わたしはさらに言葉を継いだ。

「彼女がその気にならないのに、ハーパーをせかすつもりはないわ。そうね、たしかにチャスティンのことを話すほうが多いと思う。どうしてもあの子に目が行ってしまう。けど、それはふたりには個性があるし、必要なことも違うとわかっているからよ。それぞれの個性に合った母親でいたいの」

でたらめな言葉を吐くのは得意だ。だから作家になった。

ジェレミーの怒りはゆっくりと溶けていった。その表情から険しさは消え、髪をかき上げながら、わたしの言葉を噛みしめている。「ハーパーのことが心配なんだ」ジェレミーはいった。「神経質すぎるかもしれないけれどね。でも今後のことを考えると、ふたりを同じように扱わないのはまずい。ハーパーが気づくかもしれない」

一カ月前に託児所のスタッフのひとりが、わたしにハーパーに関する心配を口にしたことがあった。ジェレミーの言葉を聞くまで、すっかり忘れていたけれど、その瞬間に思い出した。ハーパーにアスペルガー症候群のテストを受けさせるべきだと、スタッフはいった。しめた。わたしの言い訳を正当化するのにもってこいの話だ。

「実は心配させたくないから、いいたくなかったんだけど……」わたしはいった。「託児所のスタッフがハーパーにアスペルガー症候群の検査を受けさせたほうがいいって」

とたんに、ジェレミーの不安が十倍に膨らんだのがわかった。今度はできる限りすばやくなだめにかかる。

「もう、専門家に連絡はしているの」明日、忘れないように電話をかけよう。「空きが出たら、連絡をくれるはずよ」

ジェレミーは携帯で考えられる診断結果の検索に夢中になっている。「ハーパーが自閉症スペクトラムってことか？」

わたしは彼の手から携帯を取り上げた。

「とにかく、今はまだ心配しすぎないほうがいいわ。まずは専門家の話を聞きましょう。ネットでどれだけ検索しても、わたしたちの娘に必要な答えは見つからないから」

ジェレミーはうなずき、わたしを抱きしめた。「ごめん」耳元でつぶやく。「今週は散々な週だった。今日、大口の顧客を逃した」

「仕事なんてしなくていいのよ、ジェレミー。もしそのほうがいいなら、あなたが双子と家でずっと過ごせるよう、わたしが稼ぐわ」

「仕事をしないと、おかしくなりそうだ」

「そうね。でも託児所に三人も預けるとなると高くつくし」

「金なら……」そこでジェレミーははっとしたように口をつぐみ、体を引いた。「今、三人……っていった？」

わたしはうなずいた。もちろん嘘だ。でも今夜の険悪なムードを吹き飛ばしてしまいたい。彼を幸せにしたい。また妊娠したと聞いたジェレミーは、ひどく幸せそうだ。

「本当に？　もうきみは子どもなんて欲しくないんだろうと思ってた」

「二、三週間前、ピルを飲み忘れたの。まだ初期よ。ごく初期だけど。今朝、気がついたの」わたしはわずかに口の端をあげ、それから満面の笑みを浮かべた。

「きみも喜んでいる？」

「もちろん。あなたは？」

ジェレミーは笑い声をあげ、わたしにキスをした。そしてすべてが元どおりになった。

やった、うまくいった！

わたしは彼のシャツをつかみ、さっきの諍《いさか》いを忘れさせたくて、ありったけの愛をこめてキスをした。そのキスで、わたしがキス以上のことを求めているのがジェレミーに伝わった。ジェレミーがわたしのシャツを脱がせ、自分のシャツも脱ぐと、わたしたちはキスとともに絡みあってベッドに倒れこんだ。下着を脱がせようとして、ジェレミーはわたしがとっておきのランジェリーをつけていることに気づいた。

「ぼくのために、これを？」わたしの首元に頭をうずめた。「それにぼくの好物も作ってくれた」ジェレミーは力なくいった。その申し訳なさそうな口ぶりの理由がわかったのは、彼が体を引き、わたしの顔にかかった髪をなでながら、こんなふうにいったときだ。「悪かったね、ヴェリティ。特別の夜にしようとしてくれたのに、ぼくはそれをぶち壊した」

ジェレミーがわかっていないのは、結局、たっぷり愛してくれれば、わたしにとってのその夜は、けっしてぶち壊しなんかじゃないってことだ。わたしだけを見つめてくれれば、あとはどうでもいい。

わたしは首を振った。「ぶち壊してなんかいないわ」

「壊したよ。皿を投げつけて、きみをどなりつけた」ジェレミーの唇がわたしの唇に重なる。「埋め合わせをするよ」

その約束どおり、彼はゆっくりと、時間をかけてわたしをファックした。セックスの間じゅう、左右の胸の先端に、かわるがわるキスの雨を降らせながら。もし母乳で双子を育てていたら、こんなふうにわたしの胸に喜んでむしゃぶりついてくれただろうか？

きっと違う反応を示したはずだ。双子を産んだあとも、下腹部の傷をのぞけば、わたしの体の大事な部分はどこも無傷のままだ。はりのある乳房も、ジェレミーが崇める脚の間の聖なる場所も、依然美しい形を保って、強く彼を締めつける。

オーガズムを迎える寸前、彼は自身を引き抜いた。「きみを味わいたい」ジェレミーはわたしの体を下り、舌でわたしの襞《ひだ》を押し開いた。

もちろん、わたしを味わいたいでしょ、わたしは思った。**あなたのためにその場所を守ったの。思う存分味わって。**

わたしが二度、絶頂に達するまで、ジェレミーはずっとわたしの脚の間にとどまり続けた。そしてわたしの体を這いのぼってくると、お腹の上で動きを止めてキスをし、わたしの中に入ってきた。「愛してるよ」キスの合間にささやく。「ありがとう」

妊娠したことで、彼がわたしに感謝している。

彼は最大限の気遣いと思いやりのこもった仕草で、わたしを愛した。またこんなふうに愛してもらえるなら、それだけでも絆を取り戻すために妊娠を偽装したかいはある。もし双子を妊娠して、いいことがあったとしたら、それはただ一つ、妊娠中は、ジェレミーがわたしのことを何よりも大切にしていると思えたことだ。そして三人目の子どもを身ごもったと信じている今、彼の愛が何倍にもふくらんでいるのを感じている。

心のどこかに嘘をついた罪悪感はある。でも、もしその週に妊娠しなくても、いくらでもやり方はある。流産も妊娠も、偽装するのはごく簡単だ。

16

ヴェリティの原稿を読みはじめて二週目にもなると、わたしはうんざりしはじめた。書いてあるのは同じことの繰り返しだ。ジェレミーとのセックスをこと細かに描いた章が続く。子どもたちのことはほとんど書いていない。

もはや嫉妬を感じはじめていた。ジェレミーのセックスライフについてなんて読みたくない。午前中、わたしは一章分を斜め読みすると、すぐに原稿を脇に置き、仕事に取りかかった。そしてその日のうちに最初の本のアウトラインを完成させ、フィードバックをもらうためコーリーに送った。コーリーからは、それをパンテンの編集者に転送するという返事が来た。まだヴェリティの本を読んでいないから、良し悪しを判断しかねるというのが理由だ。返事が来るまでは、二冊目のアウトラインを書きはじめるつもりはない。もしそこで変更を命じられたら、書いたものがむだになる。

ここに来て、もうかれこれ二週間がたつ。コーリーの話じゃ、今日にでもパンテンが払ったアドバンスがわたしの口座に入金されるらしい。編集者からフィードバックをもらったら、ニューヨークに戻ろう。今、この仕事部屋でやれることはすべて済ませた。アドバンスが入金されるまでにどこか行くあてがあれば、とっくにここを出ているところだ。

今日はもう何をする気も起きない。この二週間、必死で仕事を続けたせいで燃えつきた。自伝を読み進めることもできるが、彼女がどんなふうに夫のモノを口に含むかなんて知りたくもない。

テレビが見たい。二週間前にここに来て以来、リビングルームにはまだ足を踏み入れていなかった。わたしは仕事部屋から出ると、自分で作ったポップコーンを持ち、リビングルームのソファに座ってテレビをつけた。明日はわたしの誕生日だし、少しぐらいのんびりしてもいいだろう。ただし、ジェレミーにそれを教える気はないけれど。

階段がよく見えるソファに陣取り、何度か階段の上をちらりと見る。でもジェレミーの姿はない。この二、三日、あまり彼を見かけなかった気がする。あの夜、わたしたちは今にもキスしそうな距離まで近づいた。それが許されないことだとジェレミーもわたしもよくわかっている。だから互いに互いを避け続けている。

わたしはソファに腰をおろし、十五分ばかり住宅のリフォーム番組を見ていると、ようやくジェレミーが階段をおりてくる音が聞こえた。リビングにいるわたしを見つけ、階段の途中で一瞬、足を止める。やがてふたたび歩きだし、こちらに向かってくると、ソファの真ん中のわたしの隣に腰をおろした。ポップコーンには手が届くけれど、互いの体が触れ合う危険はない距離だ。

「リサーチ？」ジェレミーは自分の前のコーヒーテーブルに足を乗せた。

わたしは笑った。「もちろん。これも仕事のうちよ」

ジェレミーは手を伸ばし、ポップコーンをつかんだ。「ヴェリティは執筆に行きづまると、よくテレビばかり見て過ごしていた。そうしている間に新しいアイデアがひらめくって」

ヴェリティの話をしたくなくて、わたしは話題を変えた。「今日、アウトラインを書き終えたの。明日、編集者からオーケーが出たら、二、三日中にここを出るわ」

ジェレミーはもぐもぐと動かしていた口を止め、わたしを見た。「そうなの？」

わたしがいなくなるのをジェレミーが残念がっていると思うと、ちょっと嬉しい。「ええ。ずいぶん長く泊めてもらって感謝してる」

ジェレミーはわたしの目を見た。「ずいぶん長く？」ジェレミーはふたたび口を動かし、テレビを見た。「十分とは思えないけど」

ジェレミーが何をいいたいのかわからない。ここにいる間、わたしが十分な仕事をしなかったといいたいのか、わたしと十分長く一緒に過ごせなかったといいたいのか、どっちだろう。

ときどき、とりわけ今みたいな瞬間には、もしかしたらジェレミーはわたしに惹かれているのかもしれないと思うことがある。その一方で、わたしたちの間にある引力の正体がなんであれ、彼が全力でその存在を否定していると感じるときもある。もちろん、その気持ちもわかるけれど、ジェレミーはこの先、ずっとこんなふうに過ごしていくつもりだろうか？　自分の生活の大半を、人間の殻をかぶっているだけの妻の世話に費やして。

たしかに結婚式では皆、誓いを立てる。けど、その誓いの代償は？　結婚するとき、人は自分たちが共に長く、幸せな人生を歩むと思っている。けれど、なんらかの理由でどちらかが普通の生活ができなくなったとき、もう一方は、残りの人生をずっと、その誓いを守って生きていかなくちゃならないのだろうか？

そんなのおかしい。もしわたしが結婚して、自分の夫がジェレミーのような苦境に立たされたとしたら、夫にじっとそこにとどまってほしいとは思わない。まあ、そもそもヴェリティがジェレミーを思うように、わたしがひとりの男に夢中になるかどうかは疑問だけれど。

次の番組がはじまっても、わたしたちはふたりとも、しばらくは無言のままだった。何もいうことがないからじゃない。いいたいことはいろいろある。ただ、わたしは何かいえる立場にない。

「きみ自身のことを、まだほとんどきいてなかったよね」ジェレミーはソファの背に頭をもたせかけ、くつろいだ様子でわたしを見た。「結婚したことは?」

「ないわ。考えたことはあるけど、うまくいかなかった」

「何歳?」

よりにもよって、あと一時間で今の年齢が期限切れになるっていうときに、この質問をされるなんて……絶妙のタイミングだ。「たぶんびっくりするわよ」

ジェレミーは笑った。「なぜ?」

「もうすぐ三十二歳になるの、明日になったら」

「嘘だろ」

「嘘じゃないわ。免許証を見せてもいい」

「じゃあ、見せて。信じられない」

わたしはくるりと目を回すと、寝室に行き、クラッチバッグから運転免許証を取り出して、彼に渡した。

ジェレミーはそれをまじまじと見つめ、首を振った。「今年は最悪の誕生日だね。知り合ったばかりの人間と一緒に過ごして、一日中仕事をするなんて」

わたしは肩をすくめた。「ここにいなかったら、きっとひとりぼっちで自分の家にいたわ」

ジェレミーはもう一度、わたしの運転免許証を眺めた。親指でさっと顔写真をなぞる。その瞬間、わたしの体に震えが走った。実際に触れられたわけじゃない――ただ、免許証の写真に触れただけだ。それなのに、一気に体の芯が熱くなった。

どうかしてる。

ジェレミーは免許証を返すと、さっと立ち上がった。

「どこに行くの？」

「ケーキを作るよ」リビングから出ていく。

わたしはにっこり笑い、彼のあとについてキッチンへ向かった。ケーキを作るジェレミー・クロフォード、それを見逃す手はない。


わたしはキッチンの真ん中にあるカウンターの上に座り、ジェレミーがケーキにアイシングをかけるのを見守った。ここに来てから、楽しいと思ったのはこれで二度目だ。ヴェリティについても、つらい過去や契約についても話さない。ケーキが焼ける間、脚をぶらぶらさせながら、カウンターに座って待った。ジェレミーはカウンターにもたれ、わたしたちは映画や音楽の、それぞれの好きと嫌いについて話した。

わたしたちはようやく、自分たちを巡り合わせた契約とは関係なく、互いのことを知ろうとしている。クルーを連れて夕食に出かけた夜、ジェレミーはリラックスした表情だった。でもこの家の中で彼がくつろぐ姿を見るのははじめてだ。

完全にとはいえないけれど、ヴェリティが彼に夢中になる気持ちがわかる気がした。

「リビングに戻ってて」ジェレミーは引き出しからキャンドルを取り出した。

「どうして？」

「ケーキを持って入っていくから。それから『ハッピー・バースデイ』を歌うよ。ちゃんと誕生日を祝いたいんだ」

わたしはカウンターからおり、ソファに戻った。テレビをミュートにする。ジェレミーがわたしのために歌う『ハッピー・バースデイ』をノイズなしで聞きたい。リモコンのボタンを押して、何度も時間をチェックする。ジェレミーも、十二時ちょうどになる瞬間を待っているはずだ。

きっかり午前零時に、キャンドルの揺らめく炎が見え、ジェレミーが廊下を曲がって部屋に入ってきた。声をあげて笑うわたしの前で、ジェレミーがクルーを起こさないよう、低い声で歌いはじめた。

「ハッピ・バースディ・トゥーユー」ジェレミーはケーキを切ると、その上にキャンドルを一本立てた。「ハッピ・バースディ・トゥーユー」

わたしが声をあげて笑うなか、ジェレミーはケーキを倒したり、キャンドルが消えたりしないよう、膝をついてわたしのそばにそろりと座った。

「ハッピ・バースディ、ディア・ローウェン。ハッピ・バースディ・トゥー・ユー」

願いをこめて、キャンドルを吹き消すことができるよう、わたしたちはソファに向かいあって座った。けど、何を願えばいいのかわからない。もうすでに十分ラッキーだ。大きな仕事に恵まれて、これまで手にしたことのない額のお金がまもなくわたしの口座に振り込まれる。今、人生でたった一つ、欲しくても手に入らないものがあるとしたら、それはジェレミーだ。わたしは彼の目を見つめながら、キャンドルを消した。

「何を願った？」

「教えたら、かなわなくなるもの」

ジェレミーは笑顔を浮かべた。答えは知ってる、そういわんばかりだ。「じゃ、かなったら、教えて」

ジェレミーはケーキを渡さず、わたしの目の前にケーキを掲げ、フォークですくった。「さあ、問題です。このしっとりしたケーキを作るために使った、秘密の材料はなんでしょう？」

わたしは差し出されたフォークを受け取った。「何？」

「チョコレートプディングさ」

一口食べると、頬が緩んだ。「すごくおいしい」口いっぱいにほおばる。

「プディングだよ」彼はもう一度いった。

わたしは声をあげて笑った。

ジェレミーが皿を持ったままの状態で、わたしはもう一口食べた。フォークをジェレミーに差し出す。彼は首を振った。「キッチンで味見したから」

なぜだかわからないけど、彼が味見するところを見たい。それから彼のことも味見して、チョコの味がするかどうか確かめたかった。

ジェレミーは片手をあげた。「アイシングがついてるよ、そこ……」わたしの口元を指さす。その部分に手をやったわたしに、彼は首を振った。「ほら、ここ」ジェレミーはわたしの下唇を親指でさっとぬぐった。

ごくりとケーキを飲み込む。

親指は下唇にとどまったままだ。

やだ、息ができない。

彼と距離が近すぎて、体じゅうがむずむずする。だけどどうしていいかわからない。フォークも、ケーキの皿も、今すぐに全部を投げ出して、キスしてほしい。でも、この家の中で独身なのはわたしだけだ。こっちからきっかけを作るべきじゃないし、彼もきっかけを作るべきじゃない。けど、どうしても彼が欲しくてたまらない。

彼はケーキを投げ出さなかった。代わりに、わたしのほうに身を乗り出し、テーブルの端に皿を置いた。そしてごく自然な動きで、わたしの後頭部に手を添え、キスをした。待ち続けたキスは、期待以上の嬉しいサプライズだった。

目を閉じ、ソファのアームに背中をもたせかけると、床の上にぽとりとフォークを落とす。ジェレミーがキスをしながらわたしの体を這いのぼり、かすかに開いたわたしの唇に差し入れた舌の先で口の中を探る。つかの間のゆっくりとした動きで互いの味を確かめたとたん、わたしたちは激しく互いの唇を求めあった。閃光、爆発、ダイナマイト。危険度一〇〇%のキスだ。

何度も何度も、チョコレート味のキスを交わす。ジェレミーからわたし、わたしからジェレミーへ。彼の手がわたしの髪をつかみ、息もつかせぬキスが続くと、ソファの中に沈み込んだ体が一つになって、クッションの中に溶けそうになる。

彼の唇が唇を離れ、それ以外の場所をむさぼっていく。あご、首、胸の頂《いただき》、すべてを味わいつくそうとするかのように。まるで飢えた野獣だ。長い間、すべての肉の悦びを封印してきた男の飢えで、ジェレミーはわたしにキスをし、体をまさぐった。

ジェレミーの手がわたしのシャツをたくし上げる。あたたかな指が肌に触れるたびに、そこに熱いしずくが滴り落ちるような感覚が広がる。

ふたたび彼の唇が唇に戻る。だがそれはほんの一瞬だ。わたしの舌を探りあてると、ジェレミーは体を引き、シャツを脱いだ。わたしは彼の胸に手をあて、その手をみぞおちへとすべらせた。わたしがキャンドルを吹き消した瞬間に願ったものはこれよ、そう彼にいいたい。けど、その思いを言葉にしたとたん、彼が我に返って、こんなのだめだと思うのが怖い。だから何もいわなかった。

ソファのアームに頭をもたせかけ、さらに体をそらす。もっともっとわたしをまさぐってほしい。

望みはかなえられた。彼はわたしのシャツを脱がせ、ブラをつけていないむき出しの胸を眺めた。きれいだ、そう低い声でささやきながら。胸の頂を口に含んだ瞬間、わたしはかすかな喘ぎ声をもらした。

だが彼をよく見ようと顔をあげた瞬間、階段の踊り場に立ちつくす人影に気づいて、全身の血が凍りついた。彼女がそこに立って、わたしの胸に唇を這わせる夫を見つめている。

ジェレミーの体の下で、わたしは固まった。

ヴェリティは体の脇におろした手をぐっと握りしめ、自分の寝室に駆け込んでいった。

わたしは息をのみ、彼を押しのけようとした。「ヴェリティ」息ができない。ジェレミーはキスをやめ、頭をあげた。だが、動こうとはしない。「ヴェリティ」わたしはもう一度、切迫した事態を彼に知らせようとした。

ジェレミーは腕をついて体を持ち上げたまま、困惑の表情を浮かべている。

「ヴェリティ！」わたしはさらに切羽つまった声を出した。恐怖にとらわれ、息を吸って吐くのもやっとだ。

今のは何？

ジェレミーは膝をつき、ソファの背もたれを握って、わたしから体を離した。「すまない」

わたしは膝を抱え、すばやくソファの端に移動して、彼から離れた。口に手をあてる。「どうなってるの？」震える指の下で言葉が砕ける。

安心させようとしたジェレミーに腕をさすられ、思わず体がすくむ。「すまない」彼はもう一度いった。「キスなんかするんじゃなかった」

彼の誤解に、わたしは頭を振った。ジェレミーは自分が結婚しているから、わたしが罪悪感を覚えたと思っている。そうじゃない、ヴェリティだ。ヴェリティが立っていた。わたしは階段の上の踊り場を指さした。「彼女がいたの」あまりの恐ろしさに、まともに声が出ない。

「ヴェリティが階段の上に立っていた」

ジェレミーは怪訝《けげん》な表情を浮かべ、階段を振り返った。それからもう一度、わたしを見る。

「彼女は歩けないよ、ローウェン」

わたしの頭がおかしくなったわけじゃない。わたしは立ち上がり、腕で胸を隠しながらソファからあとずさった。そしてもう一度階段を指さし、今度ははっきり声を出していった。

「あなたの奥さんが階段の上に立っていたのよ、ジェレミー！ たしかに見たの」

わたしの目を見て不安になったのか、ジェレミーはすぐさまソファから離れ、妻の寝室がある二階へと階段を駆け上がっていった。

置いてかないで。

わたしはTシャツをつかみ、さっと頭からかぶると、ジェレミーのあとを追って二階へ向かった。一秒だって、この家の中でひとりになるのは嫌だ。

わたしが階段の上にたどりつくと、ジェレミーはヴェリティの寝室をのぞいていた。わたしの足音に気づいて、廊下を引き返してくる。だが彼は目も合わさず、わたしのそばをすり抜け、大きな足音を立てて階段をおりていった。

わたしは足音を忍ばせ、彼女の部屋の中をちらりとのぞいた。彼女がそこに、ベッドの中にいるのを確かめる必要がある。彼女はベッドで眠っていた。

膝ががくがくと震えるのを感じながら、わたしは頭を振った。嘘でしょ。やっとの思いで階段までたどりつく。だが、階段の半ばで座り込んだ。足が動かない。息が吸えない。心臓がかつて経験したことのない速さで鼓動《こどう》を刻んでいる。

ジェレミーは階段の下にいて、わたしを見上げていた。何が起こったのかわからない……そんな表情だ。時折わたしを見上げながら、階段の前を行ったり来たりしている。きっとわたしが趣味の悪い冗談に声をあげて笑いはじめるのを待っているのだろう。違う、これは冗談なんかじゃない。

「彼女を見たの」わたしはつぶやいた。

ジェレミーがわたしを見た。怒ってはいない。むしろ申し訳なさそうな表情だ。ジェレミーは階段をあがってくると、わたしを助け起こし、下まで連れていった。寝室まで戻り、ドアをしめて、わたしの体に腕を回す。わたしは彼の肩に顔をうずめた。あのヴェリティの姿を頭からすべて追い払ってしまいたい。「ごめんなさい。ただ……たぶん、寝不足のせいね……たぶん……」

「ぼくのせいだ」ジェレミーがわたしの言葉を遮った。「きみはこの二週間、働きどおしだった。疲れてるんだ。それにぼく、ぼくたちは……疑心暗鬼になってる。たぶん罪の意識でね」ジェレミーは体を離し、わたしの顔を両手で包み込んだ。「ぼくたちに必要なのは、十二時間ぐっすり眠ることだ」

ヴェリティはいた、それはたしかだ。疲れや罪悪感のせいにするのは簡単だけれど、事実は変わらない。細かなところまではっきりと覚えている。彼女が体の脇で握りしめた拳、走り去る前に、彼女の顔に浮かんだ怒りも。

「水、いる？」

わたしは首を振った。そばを離れないでほしい。ひとりになるのは嫌だ。「お願い、ここにいて」

本当のところ、ジェレミーが何を考えているのか、その表情からはわからない。だが、彼はかすかにうなずいた。「ここにいるよ。でもその前にテレビを消して、戸締りをしてくる。ケーキも冷蔵庫に入れないと」ジェレミーはドアに向かった。「すぐに戻る」

わたしはバスルームへ行った。冷たい水で顔を洗えば、少しは冷静になれるだろうと思ったからだ。だが、パニックは収まらなかった。寝室に戻ると、ジェレミーがドアの上の補助錠をかけていた。「朝が来る前には自分の部屋に戻る」ジェレミーはいった。「クルーが目を覚ましたとき、ぼくがいなくて、怖がるとかわいそうだから」

わたしはベッドに入り、窓のほうを向いて横たわった。ジェレミーもベッドに入り、わたしを後ろから両腕の中にすっぽり包み込む。ジェレミーの胸の鼓動を感じる。彼の鼓動もわたしと同じくらい速い。ジェレミーは枕に頭を乗せ、わたしの手を探りあて、指を絡めた。

彼の呼吸に合わせて、鼻からゆっくりと息をしようとする。でも歯を食いしばっているせいで、いつものような呼吸がうまくできない。ジェレミーがわたしの耳の脇にキスをした。

「落ち着いて」ジェレミーはいった。「大丈夫だから」

わたしはリラックスしようとした。たしかに体はもう緊張していない。こんなふうに抱き合って、横たわっているだけで、こわばっていた体から力が抜けていく。でも心はまだ緊張したままだ。「ジェレミー?」わたしはささやいた。

ジェレミーは自分が聞いていることを知らせるために、親指でわたしの手をさすった。

「もしかしたら……今の状態を彼女が偽装している可能性はない?」

ジェレミーはしばらく考えこみ、おもむろに口を開いた。「ないね……病院でＭＲＩの画像を見た」

「けど、よくなって、けがが治ったら……」

「まあね」ジェレミーはいった。「でもヴェリティがあの状態を偽装するとは思えない。誰だってむりだ。不可能だよ」

わたしは目を閉じた。自分は妻をよく知っている、彼女がそんなことをするはずがない、ジェレミーはそう思っているのだろう。だけどジェレミーが知らなくて、わたしが知っていることが一つあるとすれば……それは彼がヴェリティのことをまったく知らないということだ。

17

眠りに落ちる前には、たしかに階段の上にヴェリティを見たと思っていた。けど、目が覚めると自信がなくなった。

眠っている間の自分を信用できないまま、人生のほとんどを過ごしてきた。そして今は起きているときの自分も信じられなくなっている。**本当に彼女を見た？　ストレスによる幻覚じゃない？　あるいは彼女の夫と一緒にいることに罪の意識を感じたせいでは？**

寝室から出たくなくて、わたしはしばらくの間ベッドの中でぐずぐずしていた。ジェレミーは四時頃、自分の寝室に戻っていった。ドアの鍵をかける音から一分後に、携帯にメッセージが着信した。「また不安になったら、メールして」

ランチのあと、ジェレミーが仕事部屋のドアをノックした。入ってきたジェレミーは疲れた顔だ。わたしのせいで、今週はほとんどまともに眠れていないに違いない。彼にすれば、わたしはとんでもないヒステリー持ちの厄介者だ。真夜中にヴェリティのベッドで目を覚まして、ようやくキスまでこぎつけたと思ったら、今度は階段の上にヴェリティが立っていたと大騒ぎをした。

彼が部屋に来たのは、出ていってくれというためだ。てっきりそう思った。わたしだって出ていきたい。でも、アドバンスが振り込まれるまでは、どこにも行けない。

だが、ジェレミーがやってきたのは、もう一つ、補助錠をつけたことを知らせるためだった。今度はヴェリティの寝室のドアの外側に。

「そのほうがよく眠れるんじゃないかと思って。もしヴェリティが歩けたとしても、鍵がかかっていれば外には出られない」

ヴェリティが歩けたとしても……。

「眠るときにだけ、ヴェリティの部屋に鍵をかけるよ。エイプリルには夜、隙間風でドアが開くからと説明してある。他の理由を勘ぐられないようにね」

ありがとう、わたしはいった。でも、ジェレミーがいなくなってしまうと、落ち着かない気分になった。もしかして鍵をつけたのは、彼自身も不安になったせいかもしれないと思ったからだ。自分を信じてもらいたいけれど、それはつまり、わたしの見たものが本物だということだ。

それなら、わたしの見間違いだったほうがいい。

ヴェリティの原稿をどうするべきか、わたしは悩んだ。ジェレミーにも妻の本当の姿を知ってほしい。彼には、妻が自分の娘に何をしたのかを知る権利がある。とくに今、クルーが彼女と長い時間、あのベッドの上で一緒に過ごしていることを考えれば。それにクルーの〝ママがいった〟という発言も気になる。クルーはまだ五歳で、状況をうまく説明できていないのかもしれないけれど、だからといってヴェリティが障害を偽装している可能性が否定できるわけじゃない。それもジェレミーは知っておいたほうがいい。

けど、偽装の可能性がごくわずかだと考えると、まだ彼に原稿の存在を知らせる勇気が出ない。彼女が何カ月にもわたって脳機能障害を偽装していると考えるよりは、疲れと寝不足で、わたしが幻覚を見たというほうがよほど妥当な説明に思える。偽装の動機も見当たらない。

わたしにしたところで、まだ原稿を全部読んだわけじゃない。それがどんな結末を迎えるのか。ハーパーやチャスティンに本当は何が起こったのかも、書いてあるのかどうかもまだ知らない。

もうそれほどたくさんのページは残っていない。恐ろしすぎて全部はむりだけれど、一章分ぐらいなら、読み進めることができるかもしれない。わたしは仕事部屋のドアがしまっているのを確認して、次の章を読みはじめた。もうセックス、いやキスの場面でさえ読みたくない。ジェレミーと他の女のキスについて読んで、昨日のジェレミーとのキスを台無しにしたくない。

わたしはその部分を飛ばし、チャスティンの死について書かれている章までページをくると、ドアがしまっていることをもう一度確かめて、その部分を読みはじめた。

Chapter 13

妊娠について嘘をついてから二週間で、クルーを身ごもった。運命がわたしに味方しているようだ。わたしは祈りの言葉とともに神に感謝した。神がそんなことに手を貸したとは思えないけれど。

クルーはいい子だった――たぶん。その頃には、わたしの収入は増え、新居でフルタイムのベビーシッターを雇うことができた。子どもの面倒を見るために仕事をやめたジェレミーは、ベビーシッターなど必要ないと思っている。だからとりあえず、ベビーシッターを家政婦と呼ぶことにした。ま、実際はベビーシッターだ。

ベビーシッターがいるおかげで、ジェレミーは毎日、敷地内でいろいろな作業をするようになった。わたしは裏庭に面した仕事部屋の壁の全部を一面ガラス張りにして、作業中のジェレミーの姿を、いろんな角度から見ることができるようにした。

しばらくの間は何もかもがうまくいった。わたしは母親としての、楽しい部分だけを引き受け、大変な部分はジェレミーとベビーシッターがすべて引き受ける。自分の本をPRするためのブックツアーや、インタビューのために旅行に出ることもしょっちゅうだった。本当はジェレミーに一緒に行ってほしかったけれど、彼は子どもたちと家にいることを好んだ。わたしも徐々に、子どもから解放される時間も悪くないと思うようになった。一週間ほど家を留守にして戻ってきたわたしを、ジェレミーがまるで恋人時代に戻ったような目つきで眺めることにも気づいた。

時にはニューヨークで仕事があると嘘をついて、チェルシーの民泊にこもり、一週間、テレビばかり見ていたこともあった。そのあと家に帰ったわたしを、ジェレミーはまるで付き合いはじめた頃のようにファックした。人生はすばらしかった。

あの瞬間までは。

一瞬にしてすべてが変わった。太陽が凍りつき、わたしたちは闇に包まれた。それからあとは、どんなにがんばっても、陽の光が降り注ぐことはなかった。

わたしはシンクに立ち、チキン、それもグロテスクな生のチキンを洗っていた。芝生に水をまく、小説を書く、編み物をする、そんな、何か他のことをしている可能性もあったのに……よりにもよって生のチキンだ。チャスティンが亡くなった、それを知らされたあの瞬間のことを考えるたびに、わたしは永遠に、あの嫌な生のチキンのことを思い出すだろう。

電話が鳴った。わたしはチキンを洗っていた。

ジェレミーが電話を取った。わたしはチキンを洗っていた。

ジェレミーが声を荒らげた。そのときもまだ、わたしはチキンを洗っていた。ジェレミーが話している。〝まさか、どうして、どこで？　すぐに行きます〟電話を終えたジェレミーの姿が窓に映った。廊下にいて、ドアの枠を握りしめている。そうでもしなければ、倒れてしまいそうだ。チキンを洗い続けるわたしの頬に涙が伝い、膝が震えた。口から胃が飛び出しそうだ。

わたしはチキンの上に吐いた。

人生最悪の瞬間を考えると、いつもチキンを思い出す。

病院へ向かう車の中で、わたしは考えていた。いったいハーパーはどうやって、それをやったのだろう。わたしが夢で見たようにチャスティンを窒息させたのだろうか？　あるいは自分の妹を殺すための、もっと利口な方法を思いついたのだろうか？

ふたりは、友達のマリアの家でお泊まりをしていた。以前にも、何度か泊めてもらったことがある。そしてマリアの母親のキティ――なんて変な名前――は、チャスティンのアレルギーのことをよく知っている。わたしたちが外出時には必ず、チャスティンにエピペン（アナフィラキシー・ショックの補助治療を目的とした自己注射薬）を持たせていることも。だがキティはその朝、チャスティンがぐったりしているのに気づくと、９１１に電話をし、救急車が彼女を搬送したあとに、ジェレミーに連絡をした。

病院に到着したとき、ジェレミーはまだ、もしかしたら何かの間違いで、チャスティンは生きているのかもしれないとかすかな望みを抱いていた。廊下でわたしたちの顔を見たキティは、何度もいった。「気の毒に。チャスティンは目を覚まさなかったの」

キティがいったのはそれだけだ。チャスティンは目を覚まさなかった。死んだ、とはいわなかった。ただ、目を覚まさなかったの、と。まるでチャスティンがわがままで、朝寝坊でもしているみたいに。

ジェレミーは駆けだし、廊下の突き当たりにある緊急救命室《ER》の患者が診察を待つ部屋に入った。だが、すぐにスタッフに促されて外に出てきた。わたしたちは家族のための部屋で待つようにいわれた。それは誰かが死んだあと、遺族が待機するための場所だ。その瞬間、ジェレミーは彼女がもうこの世にはいないと知った。

ジェレミーのあんな悲痛な泣き声をはじめて聞いた。大の男が膝をついて、子どものように泣きじゃくっている。もしたまたまその場に居合わせた他人だったら、わたしだってその声の異様さに驚いたはずだ。

ようやくチャスティンに会えたとき、まだ一日もたっていないのに、もはやその体にチャスティンの匂いはなく、死の匂いが漂っていた。

ジェレミーは矢継ぎ早に質問を浴びせた。ありとあらゆる質問だ。なぜこんなことが？　彼らの家にピーナッツが？　眠りについたのは何時？　エピペンがバッグから出された形跡は？

すべてまっとうな質問で、うんざりするほどまっとうな答えが返ってきた。一週間かかって、ようやくチャスティンの死因が特定された。アナフィラキシーだった。

ピーナッツにはいつどんなときにも注意をしていた。誰に預けるときにも、ジェレミーは三十分もかけてエピペンの使い方をレクチャーし、それがごく簡単な作業であることを説明した。やりすぎ、わたしはいつもそう思っていた。エピペンが必要になったのは、それまでの彼女の人生において、たった一度だけだった。

キティはチャスティンのアレルギーのことをよく知っていて、双子が遊びに来るときには、ナッツ類は手の届かないところに置いていた。でも彼女が知らなかったのは、真夜中に子どもたちがパントリーに忍び込み、スナックを持って自分たちの部屋に戻っていったことだ。チャスティンはまだ八歳で、スナックを取りに行ったのは夜遅くで、パントリーの中は暗かった。自分たちがピーナッツの入ったものを食べたとは思わない、ハーパーはそういった。けれど次の日の朝、他の子が目を覚ましても、チャスティンは目を覚まさなかった。

ジェレミーはまだチャスティンの死を受け入れられずにいた。けれど、チャスティンがなぜピーナッツを食べたのかについては問題にしなかった。でも、わたしは違う。わたしには、いつかこうなることがわかっていた。

ハーパーを見るたびに、彼女が罪の意識を感じているのがわかった。もう何年も前から、わたしはこうなることがわかっていた。何年も前から。ハーパーが六カ月の頃から、彼女はいずれチャスティンを殺す方法を見つける、そしてそれは完全犯罪になるだろう、そう思っていた。実際、父親さえ彼女を疑わなかった。

けれど母親であるわたしは、簡単にはだまされない。

もちろん、チャスティンがいなくなったことで、わたしも悲しみにくれた。ただその一方で、ショック状態のジェレミーにいら立ちを覚えてもいた。ジェレミーは悲しみに打ちひしがれ、呆然としている。チャスティンが亡くなってから三カ月もたつと、わたしはいらいらしはじめた。彼女の死以来、わたしたちがセックスしたのはたったの二回で、キスのとき、彼は舌を使おうともしなかった。セックスの間でさえ、どこかうわの空だ。彼の心はもはやわたしにはない。けれど現実を忘れ、気分をよくし、手っ取り早く苦悩以外の何かを手に入れるために、わたしを利用しているように思えた。そんな彼に満足できるはずがない。以前のジェレミーを取り戻したかった。

ある夜、わたしはふと試してみたくなった。腹ばいになって、眠っている彼のその部分に手を添える。手を上下に動かして、それが大きくなるのを待つ。だがなんの変化も起こらなかった。それどころか、彼はわたしの手を振り払って、こういった。「いいんだ、ヴェリティ。そんなことする必要はない」

まるでわたしのためだといわんばかりの口調だ。断るのは、わたしのことを気遣っているからだ、と。

気遣いなんかいらない。

まったく。

わたしは八年もかけて、その事実を受け入れたのだから。きっとそれ――夢の中で見たこと――がやってくる、と。生きている間に、チャスティンにあらん限りの愛を注いだのは、いずれそうなることがわかっていたからだ。ハーパーは、きっとチャスティンに何かする、と。結局、チャスティンの死にハーパーが関わっていることは証明されなかった。たとえわたしが証明したところで、ジェレミーは信じなかっただろう。ジェレミーはハーパーを愛しすぎた。あんな恐ろしいことを、双子のひとりがもうひとりにするなんて信じるわけがなかった。

わたしにも責任の一端はある。乳児の頃にもう一度、彼女を窒息させていたら……。あるいはよちよち歩きの彼女のそばに漂白剤のボトルを置いてみるとか、ハーパーを助手席に乗せて、エアバッグのスイッチをオフにしたまま、シートベルトもさせずに、わざと助手席側を木にぶつけてみる、とか。そうすればチャスティンの死は避けることができたはずだ。いろんな事故が仕組めたはずなのに、そうしなかった。仕組むべきだったのに。

ハーパーが行動に出る前に、わたしが彼女を止めていたら、まだわたしたちのもとに、チャスティンがいたはずだ。

そうすれば、おそらくジェレミーだって、こんなふうに悲しみにくれて毎日を過ごすことにはならなかっただろう。

18

ヴェリティがリビングにいる。仕事を終えて帰る前のエイプリルがエレベーターに乗せて、彼女を連れてきた。普段ならこの時間に、ヴェリティは寝室にいるはずだ。いつもと違う状況に、わたしは不安を覚えた。

エイプリルはいった。「今夜はまだ眠くないみたい。だから、あとでジェレミーに寝室へ連れていってもらうことにしたわ」エイプリルは車椅子をソファのそばに置き、ヴェリティをテレビの前に座らせた。

ヴェリティは『運命の輪』（アメリカで放送されているクイズ番組）を見ている。というか……テレビのある方向を向いている。

わたしはリビングへと続く入り口に立ち、彼女を見つめた。ジェレミーはクルーと二階にいる。外は暗く、リビングの照明もついていない。けど、テレビの光だけでも、ヴェリティがまったく無表情なのがよくわかる。

誰であれ、これほど長い期間、こんな状態を偽装できるとは思えない。しかし、どうすればその嘘を暴けるのかもわからない。大きな音を立てれば、驚くだろうか？

わたしの隣、ドアのすぐそばに、木製とガラス製の球がいくつか取り交ぜて入っている器がある。わたしはあたりを見回すと、木製の球を一つ手に取り、それをヴェリティに向かって軽く投げた。球が自分のすぐ前の床に落ちても、ヴェリティは身をすくめることはしなかった。

体が麻痺しているわけじゃないのはわかっている。じゃあなぜ、あんなに無反応でいられるのだろう。たとえ脳の損傷がひどくて、言葉を理解できないとしても、音には反応するはずだ。思わず体が動いたりしないのだろうか？

何事にも反応しない訓練でもしない限りむりな話だ。

考えれば考えるほど、不気味な思いにとらわれる。わたしはもうしばらく、じっとヴェリティを観察した。

わたしはヴェリティの相手をクイズ番組の司会者にまかせ、キッチンに戻った。

ヴェリティの原稿はあと二章で終わりだ。ここを出る前に続編が見つかったりしませんように、わたしは祈った。もうこれ以上、はらはらする気持ちは受け止めきれない。一章読むごとに感じる不安は、夢遊病のあとに感じる不安よりたちが悪い。

チャスティンの死にヴェリティが関係していないことには安心したけれど、それが起こったときに、ヴェリティが何を考えていたかというくだりにはぞっとした。まるで他人ごとのような冷たい反応だ。彼女には深みというものがない。娘を失ったのに、考えているのはハーパーを殺すべきだった、とか、娘を失ったショックから立ち直れないジェレミーにいらいらする、とか、そんなことばかりだ。

それは不気味なんて言葉じゃいい表せない。さいわい、原稿ももう終わりに近い。自伝の大半は数年前に起こった出来事についてだけれど、最後の章にはここ一年、ハーパーの死から数カ月の間の出来事を書いているようだ。

次に読むつもりでいたのはそれだ。たぶん今夜。まあ、どうするかわからない。この二、三日よく眠れていない。ヴェリティの原稿を読むといつも不安になって、そのあと眠れなくなる。

ハーパーの死。

今夜はジェレミーとクルーのためにパスタを作るつもりだ。わたしは料理を作ることに集中し、ヴェリティに感情も意思もないことは考えないようにした。エイプリルが帰ったあとにできあがるよう、タイミングを計って夕食づくりをはじめる。夕食の前に、ジェレミーが彼女を寝室に連れていってくれればと思いながら。あと数時間で誕生日が終わる。誕生日のディナーをヴェリティ・クロフォードの隣で食べるなんて、絶対に嫌だ。

パスタソースをかき混ぜながら、ふとテレビの音が聞こえてこないことに気づいた。手を止め、スプーンを鍋の脇に置く。

「ジェレミー？」声をかける。ジェレミーがリビングにいて、テレビが聞こえなくなった理由が彼であることを願いながら。

「すぐ行く」ジェレミーが二階から叫んだ。

わたしは目を閉じた。すでに心臓の鼓動が速くなっている。あのビッチ《あばずれ》がテレビを消したとしたら、このまま裸足で外に飛び出して、もう二度とこの家に戻らない。

わたしは拳を握りしめた。もうたくさんだ。この家にも、あの気味の悪いいかれたサイコ女にも。

足音をひそめず、わざと大きな足音を立ててリビングへ向かった。

テレビはまだついているけれど、音は出ていない。ヴェリティはさっきと同じ姿勢のままだ。わたしは彼女の車椅子の隣にあるテーブルに歩み寄り、リモコンをさっと取り上げた。テレビは今、ミュートの状態だ。もううんざりだ。いい加減にして。テレビは勝手にミュートになったりしない。

「このいかれビッチ」わたしはつぶやいた。

自分で自分の言葉にショックを覚える。けど、だからといってここから歩み去るほどじゃない。彼女の原稿に書かれたすべての言葉が、わたしの怒りの炎をかき立てた。わたしはミュートを解除し、リモコンをソファにほうり投げて、ヴェリティの手の届かないところへやった。彼女の前に膝をつき、真正面で向かいあう。震えが止まらないけれど、それは恐れからじゃない。とてつもない怒りを覚えているせいだ。妻として、母として、彼女がしたことについて。それから次々にこの家で起こる不気味な出来事と、それらを目撃するのはいつもわたしひとりだということにも。自分の頭がどうかしたんじゃないかと不安になるのはもううんざりだ！

「あんたなんか、その抜け殻をかぶって生きている価値さえない」わたしは彼女の目をじっと見つめてささやいた。「死ねばいいのに。指をのどにつっこんで、ゲロにむせてね。あんたが自分の幼い娘を殺そうとしたように」

わたしはじっと待った。もし彼女に意識があって……わたしの声が聞こえて……脳機能障害のふりをしているなら……わたしの言葉が届いているはずだ。ぴくりと動くか、食ってかかるか、とにかく何か反応があるだろう。

ヴェリティは動かなかった。わたしはもっと他に何か、彼女が反応しそうなことを考えた。

聞いたら、彼女が平静ではいられなくなる何かを。わたしは立ち上がり、体を前に倒すと、耳元でささやいた。「ジェレミーは今夜、あんたのベッドでわたしとファックするわ」

わたしは待った……音を……動きを。

次の瞬間、尿の匂いが鼻をついた。それはあたりに、わたしの鼻いっぱいに広がった。

思わずヴェリティのパンツを見下ろした瞬間、ジェレミーが階段をおりてきた。「何か用？」

ヴェリティからあとずさった拍子に、さっき投げた木製の球を蹴った。わたしは体をかがめて球を拾いながら、あごでヴェリティを示した。「彼女……着替えが必要みたい」

ジェレミーはハンドルをつかむと、車椅子を押しながらリビングを出て、エレベーターへと向かっていく。わたしは口と鼻を手で覆って、息を吐いた。

誰が彼女の入浴や排せつの世話をしているのか、どうしてこれまで考えなかったのかわからない。看護師がやっているとばかり思い込んでいたけれど、毎回というわけにはいかないだろう。ヴェリティは排せつのコントロールができずにおむつをつけていて、入浴にも介助が必要だ。ジェレミーがさらに気の毒になる。彼は彼女を二階に連れていき、その両方をやっているはずだ。そう考えると怒りを覚える。

ヴェリティに対する怒りだ。

彼女がそうなったのは、双子やジェレミーに対して、ひどい母で、ひどい妻であり続けた結果だ。それなのに、ジェレミーが残りの人生を、ヴェリティのカルマに苦しみ続けるなんて理不尽にも程がある。

そんなの間違ってる。

たとえわたしの言葉に身じろぎもしなかったとしても、あの反応を見る限り、ヴェリティの意識はそこにあるようだ。そこがどこだかはわからないけれど。そしてヴェリティは、もはやわたしが彼女を恐れていないことを知っている。

わたしはクルーと一緒に夕食を食べた。食事の間も、クルーはiPadで遊んでいる。ジェレミーを待っていたかったけれど、ジェレミーはクルーにひとりで食事をさせたがらないし、クルーが寝るはずの時間もとっくに過ぎている。ジェレミーがヴェリティの世話をしている間に、わたしはクルーを寝かしつけた。ジェレミーがヴェリティにシャワーを浴びさせ、着替えをさせてベッドに入れた頃には、パスタはすでに冷たくなっていた。

ジェレミーがようやく一階におりてきたとき、わたしは皿を洗っていた。あのキス以来、ほとんど言葉は交わしていない。わたしたちの間の、あのエネルギーがどうなるのかわからない。何かが起こる？　あるいはジェレミーが夕食を済ませたら、わたしたちは気まずいまま、それぞれの部屋にわかれて眠るのだろうか？　背中でジェレミーがガーリックブレッドをかじる音を聞きながら、わたしは皿を洗い続けた。

「悪かったね」ジェレミーがいった。

「何が？」

「夕食を逃した」

わたしは肩をすくめた。「今、食べれば？　食べて」

ジェレミーはキャビネットからボウルを取り出し、パスタを入れた。そのボウルを電子レンジに入れてから、わたしの隣に来てカウンターにもたれかかる。「ローウェン」

わたしは彼を見た。

「何かあった？」

わたしは首を振った。「何も。わたしがあれこれいう立場じゃないし」

「ここまできて、それはないだろ」

彼とこの会話をしたくない。ここはわたしの家じゃないし、これは彼の人生だ。彼の妻、彼の家。わたしがこの家にいるのも、せいぜいあと二日ほどだ。わたしがタオルで手をぬぐった瞬間、レンジがチンと音を立てた。だが、ジェレミーがレンジの扉をあける気配はない。じっとわたしを見つめたままだ。そのまなざしで、わたしからさらに言葉を引き出そうとしている。

わたしはカウンターにもたれ、ため息をついてうなだれた。

「ただ……あなたが気の毒で」

「同情はいらない」

「どうしようもないの」

「やめてくれ」

「むりよ」

ジェレミーはレンジからボウルを取り出すと、それをカウンターに置き、ふたたびわたしに向き直った。「これがぼくの人生だ、ロウ。そしてぼくはそれをどうすることもできない。きみが同情してくれたところで、どうにもならない」

わたしはくるりとジェレミーを振り返った。「嘘よ、違う。どうにもならなくなんかない。

こんな生活を続ける必要はない。施設とか、彼女の世話をしてくれる場所はあるわ。彼女にとっても、そのほうがいいかもしれない。あなたやクルーがこの先ずっと、この家に縛りつけられることもない」

ジェレミーは歯を食いしばっている。わかってる。わたしにこんなことをいう権利はない。

「ぼくの生活を心配してくれているのには感謝してる。けど、ヴェリティのことも考えてみてほしい」

彼は知るはずもない。この二週間、わたしがずっとヴェリティのことばかり考えていたことを。「信じて、わたしはずっと……」何をどういえばいいのかわからず、もどかしさに握った拳でカウンターを叩く。「ヴェリティだって、あなたがこんな生活をするのを望んでいない。まるで自分の家に閉じ込められた囚人みたい。クルーも巻き添えにして。クルーに必要なのは、この家から離れることよ。休みをとって、あの子を旅行に連れていって。仕事に戻って、ヴェリティを二十四時間ケアのついた施設に入れて」

わたしが言葉を継ぐ前に、ジェレミーは首を振った。「クルーのために、それはできない。クルーは姉をふたりとも失った。そのうえ、あの子から母親を取り上げるなんて。少なくともヴェリティがここにいれば、クルーは彼女と一緒に過ごすことができる」

ヴェリティにここにずっといてほしいのかどうか、ジェレミーは自分がどう思うかについては触れない。ただクルーのことだけだ。

「なら、これはどう？　平日は彼女を施設に預けるの。それならそんなに重く考える必要はないでしょ。週末、クルーの学校がないときに、彼女を家に連れて帰ってくればいい」わたしはジェレミーに歩み寄り、両手で彼の顔を包み込んだ。どれだけ心配しているか、わかってほしい。自分のことを本気で心配している人間がいると知ったら、この話も考える気になるかもしれない。

「自分のための時間を持って」わたしは静かにいった。「〝自分〟だけの時間をね。あなたにも自分の人生を生きる権利がある。彼女のことは忘れて、自分のことだけ、自分の欲しいもののことだけを考えるの」

彼がわたしの手の下で、ぎりぎりと歯を嚙みしめているのを感じる。やがてわたしから離れると、彼は御影石《みかげいし》のカウンターに手をつき、がっくりと肩を落としてうなだれた。「ぼくの欲しいもの？」小さな声でつぶやく。

「何が欲しいの？」

ジェレミーは頭をのけぞらせ、声を出して笑った。まるでそれがひどくばかげた質問であるかのように。そしてそんなのわかりきったこととばかりに、たった一言を口にした。

「きみだ」

ジェレミーがカウンターから手を離し、つかつかと歩いてくる。わたしのウエストを両手でつかみ、額に額を押しつけると、思いつめた表情でわたしを見た。「ロウ、きみが欲しい」

ほっとした瞬間、彼の唇を感じた。最初のキスとは違う。わたしの後頭部の丸みをゆっくりとなでながら、唇に唇を這わせていく。彼は舌で欲望をかき立てながら、わたしを味わった。

体をかがめたジェレミーに抱き上げられ、わたしは彼の腰に脚を巻きつけた。

わたしたちはそのままの姿勢でキッチンを出た。鍵をかけた寝室でふたりきりになるまで、目はあけたくない。今回ばかりは、ヴェリティもこの瞬間を邪魔できない。

寝室に入ると、ジェレミーはわたしを床に下ろし、ベッドの脇に立たせたまま、ドアに向かって歩いていった。

「脱いで」わたしのほうを見もせず、ドアをロックする。

命令だ。鍵がかかった今、喜んでその命令に従うつもりだ。身に着けているものを取り去る間も、互いから目をそらさない。彼のジーンズ、わたしのシャツ、彼のシャツにわたしのジーンズ。脱いだものが床で折り重なる。ブラをはずしたわたしの胸に、彼の視線が漂う。まだジェレミーはわたしに触れようとも、キスをしようともせず、ただ見ているだけだ。

下着に手をかけた瞬間、さまざまな思いがあふれた。恐れ、期待、興奮、欲望、戦慄、もどかしさ、最後の一枚とともにすべてを脱ぎ捨てる。ヒップから脚へとすべらせたそれを、最後に足で脇へ蹴り飛ばし、背筋を起こすと、わたしのすべてが彼のまなざしに晒された。

わたしに溺れるほどの視線を注ぎながら、彼も最後の下着を取り去った。その瞬間、わたしの中の何かがぐらりと動いた。ヴェリティがどれほど正確に彼の体を描写していたとしても、今、目の当たりにしている彼の体は圧倒的な力強さで迫ってくる。

一糸まとわぬ姿で、向かいあって立ちつくすうちに、息が荒くなってくる。

ジェレミーが一歩前に出た。そのまなざしはわたしの顔だけに注がれている。あたたかな手が頬をすべり、髪の毛に差し込まれる。彼は舌を使ってじらしながら、甘くとろけるようなキスをした。

指がわたしの背すじをすべりおりた瞬間、全身に戦慄が走った。

「コンドームは持ってない」彼はわたしのお尻をつかみ、引き寄せた。

「わたしもピルは飲んでない」

それを聞いても彼はひるまず、わたしを抱き上げ、ベッドに下ろした。彼の唇が、触れそうで触れない距離で、わたしの左の胸の頂の上を漂い、ふたたび唇をかすめる。「中では出さないから」

「オーライ」

その言葉にジェレミーはくすりと笑った。「オーライ」彼もささやく。キスをしながら、彼がわたしの中に入ってきた。目を閉じ、彼の張りつめたものを根元まですべて受け入れようとする。最初は痛みを感じたけれど、彼が動きはじめたとたん、痛みは強烈な快感へと変わり、わたしは思わず声をもらした。

ジェレミーはわたしの頬に、そして唇にキスをすると、体を引いた。目をあけると、彼の目の前にあるもの以外、他のどんなことも考えていない彼がいた。その瞳にうつろさはない。ここにいるのは、彼とわたしだけだ。

「ぼくがどれほど、この瞬間を待ち焦がれたかわかる？」修辞疑問文《レトリカル・クエスチョン》だ。その証拠に、質問をするなり、彼はわたしの唇をキスでふさいだ。胸をもみしだきながら、またキスをする。その体勢を一分ばかり続けたのち、彼はわたしの中から自分を引き抜き、わたしをうつぶせにした。今度は後ろから貫いて、わたしの耳元でささやく。「思いつく限り、いろんなやり方を試してみるよ」

その言葉がみぞおちにすとんと落ち、下腹部が燃えるように熱くなる。「お願い」そう口にするのがやっとだ。

それを聞いて、ジェレミーはわたしのみぞおちに手をあて、手と膝をつかせると、中に入れたまま、わたしの背中に自分の胸をぴったりと密着させた。

熱い吐息がうなじにかかる。後ろに手を伸ばし、彼の頭をつかんで、さらに引き寄せる。やがて彼はわたしのウエストに手をすべらせ、くるりとわたしをあおむけにすると、今度は向かいあった姿勢でわたしの上にまたがった。

ジェレミーの圧倒的なパワーに、ただひたすらに身をまかせる。数分おきに、彼の腕は軽々と、わたしをベッドのあちこちに移動させた。ヴェリティの原稿に書かれていた、ふたりの愛の場面を思い出す。彼に翻弄されまいとして、彼女はいつも何かをつかんでいた。

わたしは自分のすべてを彼にゆだねた。

何がしたいのかわからないけれど、どうにでもしてほしい。

半時間ばかりすると、我慢できなくなる寸前で彼は自身を引き抜き、わたしの体勢を変えさせた。それからまたキスをして、わたしを貫く。この繰り返しが終わってほしくない。

ようやくわたしたちが落ち着いたのは、彼のお気に入りの体位の一つにたどりついたときだ。彼があおむけになり、枕の上の彼の頭をわたしがまたぐ。彼か、わたしか、どっちがリードしてこのポジションになったのかはわからない。わたしはまだ彼の唇に向かって、腰を沈めることはしなかった。ただヘッドボードの歯形を見つめていた。

わたしは目を閉じた。歯形を見たくない。

彼の手がわたしの下腹部から、胸へと這いのぼっていく。胸のふくらみをすっぽりと手の中に収めると、彼はわたしの脚の間に舌を這わせはじめた。わたしは頭を後ろにそらし、手で口を覆わなければならないほどの大きな声で喘いだ。

ジェレミーはその声を楽しんでいるようだ。もう一度、舌で同じことをした。エクスタシーの波にさらわれ、前かがみでヘッドボードをつかむ。目をあけると、数センチ先のヘッドボードに、ヴェリティが今と同じ体位でオーガズムに達するたびに残した歯形があった。

ジェレミーの指がみぞおちから下へと移動し、舌の動きに加わると、喘ぎ声に行き場がなくなった。わたしはたまらず体をかがめ、絶頂の声をこらえた。

わたしはヘッドボードに歯を沈めた。

自分の歯の下に、ヴェリティの歯形を感じる。わたしのものとは違う歯形だ。達する瞬間、わたしはさらに強くヘッドボードを嚙みしめた。絶対に彼女より深い歯形を残してやる、そう思いながら。将来、このヘッドボードを見たときに、ジェレミーとわたしのことだけを考えられるように。

ヴェリティはこの家の一室でほとんどの時間を過ごす。けれど彼女の存在は、この家のすべての部屋に感じられる。寝室にいるときくらい、彼女のことを考えたくない。

達したあと、わたしはヘッドボードから体を離し、目をあけて、自分がつけたばかりの歯形を眺めた。親指でそこについた唾液をぬぐう。ジェレミーはわたしをあおむけにすると、中に入れずにクライマックスを迎えた。彼がわたしのみぞおちに昂ぶりを押しつけ、キスとともにすべてを解き放った瞬間、わたしの肌の上を熱いものがほとばしった。

むさぼるようなキスでわかった。今夜は長い夜になりそうだ。

19

第二ラウンドは三十分後の、シャワーの中だった。互いの体をまさぐりながら唇を重ね、ジェレミーはふたたびわたしの中に入ってきた。シャワールームの壁に手をついたわたしを、飛び散る水しぶきの下で後ろから突き上げた。

やがて彼はそれを引き抜き、わたしの背中にすべてを解き放ってから、きれいに洗い流した。

ふたたびベッドに戻る。でも、もう朝の三時だ。そろそろ彼は自分の部屋に戻るだろう。行ってほしくない。彼と一緒に過ごす時間はすべて、想像していたとおりのものだった。彼の腕に包まれていると、なぜかこの家にいても大丈夫だという気がする。彼は自分でも知らないうちに、わたしを危険なものから守られている気分にさせてくれる。

ジェレミーは片手を巻きつけ、後ろからわたしの体をすっぽり包み込んだ。上から下、下から上へと、指でわたしの腕をなぞる。わたしたちは睡魔と闘いながら、質問しあった。やがて質問が過去の話に及ぶと、彼はわたしが最後に付き合った相手についてたずねた。

「うすっぺらい関係だったわ」

「なぜ？」

「付き合っていたっていえるかどうかもわからない」わたしはいった。「彼氏彼女なんて名ばかりで、体だけの関係だった。寝室の外で、お互いの人生にどう関わっていくかなんて考えてもいなかった」

「どのくらい続いた？」

「ほんのしばらく」体を起こして、彼を見つめる。「相手はコーリーよ。わたしのエージェント」

腕の上でジェレミーの指が止まる。「ミーティングでぼくが会った人？」

「そう」

「別れたのに？」

「エージェントとしては優秀なの」わたしが頭を彼の胸に預けると、指がふたたび動きだす。

「ちょっと妬《や》けるな」

彼が笑っているのを感じて、わたしも笑う。やや沈黙があって、わたしはジェレミーにずっときいてみたかった質問をした。「あなたとヴェリティの関係はどんなふうだったの？」

ジェレミーがため息をつくと、彼の胸とともにわたしの頭も動く。わたしの頭を枕の上に移すと、彼は肘をついて横向きになり、わたしの目を見た。「きみの質問に答えるよ。でも、ぼくのことをひどい男だと思わないでほしい」

「思わないわ」わたしは首を振って約束した。

「彼女を愛していた。妻だったからね。だけど、お互いわかりあえているのか、自信がなくなるときがあった。たしかに一緒に暮らしてはいたけれど、お互いの世界にまったく接点がなかった」ジェレミーは手を伸ばしてわたしの唇に触れると、指先でなぞった。「ぼくは頭がおかしくなるほど、彼女に惹かれた。きみは聞きたくないと思うけど、それは事実だ。彼女とのセックスは最高だった。だが他の部分では……どうかな。はじめから何かが欠けている気がしていた。でも、付き合って、結婚して、家族になった。そうするうちに、いずれもっと深い部分でつながりを感じられると思った。ある朝に目が覚めて、彼女の目を見たら、ぱちっと音がしてパズルのピースがはまるみたいに」

ジェレミーはずっとヴェリティとの関係を過去形で話している。「で、それは見つかった？」

「いや、ぼくが思っていたような形では見つからなかった。でも、別の人に近いものを感じたことはある。一瞬、強烈に深い絆を感じた」

「それはいつ？」

「数週間前だ」静かな口調だ。「ひょんなことから、妻じゃないひとりの女性とカフェのトイレに一緒にいるときに」

そういうなり、彼はキスでわたしの口をふさいだ。思わず口走った言葉に罪悪感を覚えたのかもしれない。何年もかかって妻とは築けなかった絆を、出会ったばかりのわたしに一瞬で感じたなんて。

たとえ彼がそれを望んでいないとしても、その告白にわたしの気持ちは高ぶった。彼の言葉がわたしの中にしみ入り、胸にじわりと広がっていく。彼の胸に頭をもたせかけ、目を閉じる。ふたりともそれ以上は言葉を交わさず、眠りに落ちた。

二時間後、わたしは耳元で叫ぶジェレミーの声で目を覚ました。

「しまった」彼が起き上がった拍子に、上掛けがすべてはぎ取られた。「くそっ！」

わたしは目をこすりながら、ごろりとあおむけになった。「何?」

「寝るつもりじゃなかったのに」ジェレミーは床に手を伸ばし、服を身に着けはじめた。「クルーが目を覚ます頃には、部屋に戻ろうと思ってた」ジェレミーはわたしに二度キスをすると、ドアへ向かった。錠をスライドさせ、ドアをひっぱる。

だがドアはびくともしなかった。

ジェレミーはがちゃがちゃとノブを回している。わたしは上半身を起こし、裸の胸にシーツを巻きつけた。

「ちくしょう! ドアが何かにひっかかってる」

一瞬にして昨夜の快楽から、この不気味な家がもたらす不穏な空気の現実へと引き戻される。わたしは首を振った。けど、ドアのほうを向いているジェレミーには、わたしが見えない。「ひっかかってるんじゃないわ」わたしは静かにいった。「ロックがかかってるのよ。外からね」

ジェレミーが振り返り、わたしを見た。まさか……そんな表情だ。もう一度、両手でドアをひっぱり、わたしのいうとおり、外からロックされていると知ると、力まかせにドアを叩きはじめる。わたしは身をすくめ、ドアがあいたときに彼がそこに何を見つけるのかを考えていた。ジェレミーはあらゆる手段でドアをあけようとし、ついにはクルーを呼んだ。「クルー!」叫びながら、寝室のドアを叩く。

もしヴェリティがクルーに何かしたら?

ヴェリティがそんなことをするかどうかはわからない。でも彼女は自分の子どもにさえ愛情を感じていない。そしてジェレミーのことを何より愛している。もしヴェリティが昨夜、ジェレミーがこの部屋でわたしと夜を過ごしたことを知ったら、腹いせにクルーを連れ去ることはありうる。

ジェレミーはそこまではまだ考えていない。彼の頭の中にあるのは、クルーがいたずらを仕掛けた、とか、あるいは昨夜、ドアをしめた拍子に鍵がかかったとか、そんなところだ。彼にとって、その二つが一番もっともらしい説明だ。その声にいら立ちは感じられても、不安は感じられない。

ジェレミーはナイトスタンドの上の目覚まし時計にちらりと目をやり、ふたたびドアを叩いた。「クルー、ドアをあけてくれ！」ドアに額を押しつける。「エイプリルがもうすぐ出勤してくる。ふたりでこの部屋にいるところを見られるわけにいかない」

そこ？

わたしがヴェリティが夜中にクルーを連れ去ったのではないかと心配しているときに、彼は、看護師に、わたしとファックしていたことを知られるのを心配している。

「ジェレミー」

「何？」彼はもう一度ドアを叩いた。

「ありえないと思う気持ちはわかるわ。でも……昨日の夜、ヴェリティの部屋の鍵をかけた？」

ジェレミーは拳をドアに押しつけた。「覚えてない」低い声だ。

「まさかとは思うけど、わたしたちをここに閉じ込めたのがヴェリティだとしたら……クルーはもうここにいないかも……」

はっとしたようにジェレミーがわたしを見た。その目は恐怖に満ちている。次の瞬間、彼はすばやく寝室を横切り、窓に向かった。両手で窓を持ち上げる。だが、二重窓の二枚目がうまくあかない。彼はすぐにベッドにとってかえし、枕からはずした枕カバーを手に巻きつけて窓ガラスを殴ると、さらに足で蹴って、あいた穴から外に這い出た。

数秒後、ジェレミーが寝室の外のスライド錠をはずし、そのまま階段へ向かっていく音が聞こえた。わたしが寝室から出たときにはジェレミーはすでにクルーの寝室にいた。そのあとヴェリティの部屋へと廊下を走っていく音が聞こえる。彼がようやく階段の踊り場に現れた瞬間、わたしの心臓は口から飛び出しそうなほどに激しく拍動していた。

ジェレミーは首を振った。息を切らし、膝に手を置いて、体を前に倒す。「ふたりは眠っている」

そして今にもくずおれそうな様子で体をかがめ、髪をかき上げた。

「ふたりは眠っている」

よかった。でも、よくない。

わたしの被害妄想がジェレミーにも伝染しはじめている。

自分の不安を口にすることで、結局ジェレミーまでも不安に陥れてしまった。しばらくするとエイプリルが玄関から家に入ってきた。わたしを見て、次に階段の上でしゃがみこむジェレミーを見る。ジェレミーも顔をあげ、自分を見つめているエイプリルを見た。

ジェレミーは一階におりてくると、わたしやエイプリルには目もくれずに玄関まで歩き、ドアをあけて出ていった。

エイプリルはわたしから玄関のドアに目を移した。

わたしは肩をすくめた。

「クルーと大騒ぎしたみたいね」

それを信じたのかどうかはわからない。だがエイプリルは階段をあがり、わたしがいったことが本当かどうか、確かめようとはしなかった。

わたしは仕事部屋に行き、ドアをしめた。残りの原稿を取り出して、読みはじめる。今日、これを読んでしまおう。この自伝がどんな結末なのか知る必要がある。まあ、そもそも結末があるのかどうかもわからないけれど。こうなったらジェレミーにこの自伝を見せるしかない。彼は知る必要がある。ヴェリティとわかりあえていないと感じた自分の直感が間違っていなかったこと、そしてそれは彼が本当のヴェリティを知らなかったからだということを。

この家の中は何かおかしい。ジェレミーが二階にいるあの女を信用している限り、きっとまた何かが起こる。それもそう遠くないうちに。

結局のところ、ここはクロニクスの家、長く患う人間の念が渦巻く家だ。いつ悲劇が起こっても、不思議じゃない。

Chapter 14

ハーパーが死んだ朝のことを思い出すのは簡単だ。なぜならそれは数日前に起こったばかりだから。彼女の匂いも覚えている。頭皮の脂の匂いだ。二日間、ハーパーはシャンプーをしていなかった。彼女が身に着けていたのは、紫のレギンス、黒のシャツ、ニットのセーター。彼女がしていたのは、塗り絵だ。その日、ジェレミーが彼女にかけた最後の言葉は、〝愛してるよ、ハーパー〟だった。

その日はチャスティンの死からちょうど六カ月がたった日だった。つまり、百八十二日と半日、わたしはハーパーに対する怒りを募らせていたことになる。

ジェレミーはその前の日の晩、二階で眠った。ほとんど毎晩のようにクルーが彼を求めて泣くせいで、この二カ月間ずっと、ジェレミーは二階の客用の寝室で眠っている。そんなのクルーのためにならないと、わたしは彼にいおうとした。甘やかせすぎだ、と。だがジェレミーはもうわたしの言葉に耳を貸そうとはしない。彼の頭の中は、残ったふたりの子どものことで一杯だ。

奇妙なことだけれど、子どもの数がひとり減ったにもかかわらず、彼が子どもに向ける関心は以前より増えた。

チャスティンが死んでから、わたしたちがセックスしたのは四回だ。わたしがどれだけ誘っても、ジェレミーのモノは使い物にならなかった。口に含んでも、なんの変化も起きない。最悪なのは、彼が少しもその事態を気に病んではいないことだ。バイアグラを飲むこともできるのに、彼は拒否した。チャスティンのいない生活に慣れるのに、少し時間がかかるだけだ、そういって。

時間ね。

時間が必要なかったのは？　ハーパーだ。

チャスティンが死んだあとも、ハーパーは悲しみから立ち直る時間など必要なかった。泣きもせず、たった一滴の涙さえこぼさなかった。気味が悪い。普通じゃない。このわたしでさえ泣いたのに。

でも考えてみれば、それはある意味当然かもしれない。罪悪感があるからだ。

そしてその罪悪感こそが、わたしが自伝を書いている理由なのかもしれない。

なぜならジェレミーは真実を知る必要がある。いつか、どうにかして、彼はこの原稿の存在を知るだろう。そのとき、ようやくわたしが彼をどれほど愛していたのか、気づくはずだ。

ハーパーが当然の報いを受けた、あの日のことに話を戻そう。

わたしはキッチンに立って、塗り絵をする彼女を見ていた。ハーパーがクルーに、どうやって色に色を重ねて、別の色を作るのかを説明していた。ふたりは笑っていた。クルーが笑うのはわかる。けどハーパーは？　許せない。わたしはうんざりした思いで、怒りをこらえていた。

「チャスティンが死んだのに平気なのね？」

ハーパーは顔をあげ、わたしの目を見た。わたしを怖がるふりだ。「ううん」

「あなたは泣かなかった。ただの一度も。双子の妹が死んだのに」

ハーパーの目に涙が盛り上がった。おもしろい。ジェレミーがいつも感情表現が下手だと思っている子が、自分が非難されると、いとも簡単に涙を出している。

「平気じゃない」ハーパーはいった。「チャスティンがいなくて寂しい」

ハーパーの答えを、わたしはあざけるように笑った。その瞬間、ハーパーが本当に泣きだし、さっと椅子を引いて、寝室へと走り去った。

わたしはクルーを見て、ハーパーの去った方向を手で示した。「泣いてるわ」

やっぱりね。

二階でハーパーとすれ違ったのか、ジェレミーが彼女の部屋のドアを叩く音が聞こえた。

「ハーパー？　どうした？」

わたしは甲高い声で、彼の真似をした。

「ハーパー？　どうした？」

クルーがくすくす笑った。少なくとも四歳児にはウケたようだ。

しばらくすると、ジェレミーがキッチンに入ってきた。「ハーパーはどうした？」

「怒ってるの」嘘だ。「わたしが湖に連れていかないといったから」

ジェレミーはわたしの耳の脇にキスをした。それは心からのキスに感じられて、わたしは笑みをこぼした。「おでかけ日和だよ。ふたりを湖に連れていってやったら？」

ジェレミーがわたしの後ろにいたおかげで、くるりと目を回したのを見られることはなかった。ハーパーの涙の訳にもっとうまい嘘をつけばよかった。ふたりを外に連れ出して、一緒に遊んでやれといわれるなんて。

「いきたい、いきたい」クルーがいった。

ジェレミーは財布と鍵をつかんだ。「行って、ハーパーに靴を履くようにいっておいで。ママが連れていってくれるよ。ダディはお昼には帰ってくる」

わたしはさっと振り向き、彼を見た。「どこに行くの？」

「買い出しさ。今朝そういっただろ」

そうだった。

クルーが二階へ駆け上がっていく。わたしはため息をついた。「わたしが買い物に行くから、あなたがふたりと遊んで」

ジェレミーはわたしの体に腕を回し、わたしの額に額を押しつけた。その仕草はまっすぐにわたしの胸に伝わった。「この六カ月間、きみは執筆もせず、外にも出ない。ふたりとも遊んでいない」わたしを引き寄せ、抱きしめる。「きみのことが心配なんだ。半時間ほど、ふたりを外に連れ出して、ビタミンDを補給しておいで」

「わたしが鬱《うつ》だっていうの？」わたしは体を引いた。笑える。鬱はそっちでしょ。

ジェレミーはカウンターに鍵を置き、わたしの顔を両手で包み込んだ。「きみも、ぼくもだ。これからしばらくは鬱のままだろう。お互い気をつけなくちゃ」

わたしはにっこりした。彼がこの事態をふたりの問題だと考えてくれたことが嬉しい。たぶん、ふたり共に鬱だ。ジェレミーはふたたびわたしにキスをした。舌を使ったキスに、悲しみはあまり感じられない。まるで昔に戻ったみたいだ。わたしは彼をぐっと引き寄せ、つま先立ってさらにキスをねだる。体を密着させると、彼が硬くなるのを感じた。

「今日はわたしたちの部屋で一緒に寝たいわ」わたしはささやいた。

ジェレミーはにっこり笑った。「オーケー。でも、今夜は寝かせないよ」

優しい口調、熱を帯びた瞳、にやりとした笑み。やっとまた会えた、ジェレミー・クロフォード。ずっとあなたを待っていたの。

ジェレミーが出かけると、わたしはふたりを連れて湖へ向かった。シリーズの最後の本も持っていく。ジェレミーのいうとおりだ。何も書かなくなって、もう六カ月がたつ。そろそろもとのペースを取り戻す必要がある。すでに締め切りは過ぎているけれど、編集者は辛抱強く待ってくれている。チャスティンの不慮の事故のおかげだ。

彼女に何が起こったのか本当のことを知ったら、もっと締め切りを猶予してくれるかもしれない。

クルーが桟橋の上をカヌーに向かって歩いていく姿に、一瞬、わたしは体をこわばらせた。桟橋は古くて、ジェレミーは子どもたちがそこを歩くのを好まない。だけど、クルーの体重なら、桟橋を踏み抜いて湖に落ちる心配はなさそうだ。

クルーが桟橋の縁に腰をおろし、カヌーを足でつついた。驚いたことに、カヌーは桟橋を離れていかなかった。今にもすり切れそうなロープで、桟橋につながれていた。

まだ話したことはないけれど、いずれは彼も、あのカヌーの中で自分の命が誕生したことを知るはずだ。妊娠したとジェレミーに嘘をついた週、わたしたちは何度となく愛を交わした。でも、わたしには確信があった。うまくいったのはカヌーの中での一回だ。だから何か船にまつわる名前を付けたくて、彼をクルーと名付けた。

あの頃が懐かしい。

懐かしいものは他にもいろいろある。とりわけ懐かしいのは、子どもたち、ともかく双子が生まれる前の暮らしだ。

その日、水辺に座ってクルーを見ながら、わたしは考えていた。もし子どもがクルーだけだったら、どうだろう？　ハーパーが死んだら、わたしたちはふたたび悲しみにくれるだろう。けれど、今回はなんとか乗り越えられるはずだ。チャスティンが死んだあと、しばらくはわたし自身もあまりのショックに、ジェレミーを気遣う余裕がなかった。でも、もし今、ハーパーが死んだら、今度はもっとジェレミーが立ち直る助けができる。

わたしの中に悲しみは残っていない。そのほとんどをチャスティンのために使い果たしてしまったからだ。

たぶん、ジェレミーの悲しみのほとんども、チャスティンのために使い果たしたかもしれない。

たぶんそうだ。

かつて、わたしはこんなふうに考えていた。たとえ子どもがたくさんいたとしても、両親にとっては、どの子の死も等しくつらい経験になるだろう。二度、三度と子どもを失っても、最初に子どもを失ったときと同じように心が痛むに違いないと。

けれど、それはチャスティンを失うまでのことだった。チャスティンの死は、わたしたちを悲しみで満たした。心の隙間という隙間、手や足の先までも。

もしカヌーが子どもたちを乗せたまま、転覆したら……。もしハーパーが溺死したら……。ジェレミーの心の中に、さらなる悲しみを抱える余裕はあるだろうか？　たぶんその余裕はない。

ひとり失ったら、すべての子どもを失うのも同じだ。

ハーパーもいなくなって、さらなる悲しみのためのスペースもなければ、わたしたち三人は完璧な家族になれるかもしれない。

「ハーパー」

ハーパーはわたしから数メートルのところで、砂遊びをしていた。わたしは立ち上がり、ジーンズのお尻についた砂を払った。「いらっしゃい。クルーと一緒にカヌーに乗りましょ」

ハーパーはぴょんと立ち上がった。自分が二度とその足の下に地面を感じることはないと知りもせず、桟橋を軽やかな足取りで歩いていく。

「わたしが前よ」ハーパーはいった。わたしは彼女に続き、桟橋の先端へ向かった。まずはクルー、それからハーパーを乗せる。そしてわたし。わたしは腰を低くして、そろそろとカヌーに乗り込むと、パドルを使って桟橋から押し出した。

わたしはカヌーの最後尾、クルーが真ん中に座る。湖の真ん中に出ると、ふたりはカヌーの縁から身を乗り出して、指を水にひたした。

見渡す限り、波はほとんどなかった。わたしたちの家があるのは、大きな湖の、汀《みぎわ》が六百メートルほどにわたってくぼんだ場所だ。他のボートが通りかかることもほとんどない。それは静かな日だった。

ハーパーは背中を伸ばして座り直し、濡れた手をレギンスでぬぐうと、体の向きを変えて、クルーとわたしに背を向けた。

わたしは前に体を倒し、クルーの耳に体を寄せた。それからクルーの口を手で覆う。

「クルー、いい子ね。息を止めて」

わたしはカヌーの縁をつかみ、船の右舷に全体重をかけた。

小さな悲鳴が聞こえた。それはクルー、いやハーパーの声だったのかもしれない。それからふたたび悲鳴と水音が聞こえ、あとは何も聞こえなくなった。水の圧力を感じる。押し寄せる静寂の中、わたしは腕と脚をばたつかせ、どうにか水面に浮上した。

ばしゃばしゃと水を叩く音、ハーパーの悲鳴、そしてクルーの悲鳴。わたしはクルーに向かって泳ぎ、彼の体に腕を巻きつけた。なんとかクルーを連れて岸まで戻れますように、そう願いながら家のある方向を見る。わたしたちは思ったよりずっと、岸から離れた場所にいた。

わたしは泳ぎはじめた。ハーパーが叫んでいる。

夢中で水を叩く音。

わたしは泳ぎ続けた。

ハーパーは叫び続けている。

何も聞こえない。

もう一度水を叩く音。

また何も聞こえなくなった。

泥が堆積《たいせき》した湖の底につま先が触れるまで、わたしは振り返りもせずに泳ぎ続けた。すがる思いで湖の表面をつかみながら。クルーはむせ、喘ぎながらわたしにしがみついてくる。沈みそうになるクルーの体を支え続けるのは、思っていたよりはるかに重労働だった。

ジェレミーは感謝するだろう。わたしがクルーの命を救ったことに。

もちろん悲しみに打ちひしがれるだろう。けれど同時に感謝もするはずだ。

今夜、わたしたちは同じベッドで寝るのだろうか？　疲れきっていても、彼はわたしと同じベッドで眠りたいと思うだろう。わたしを抱きしめ、わたしが大丈夫なことを確かめながら。

「ハーパー！」水を吐き出した瞬間、クルーが叫んだ。

わたしはクルーの口を覆い、岸まで引きずっていくと、彼を砂の上に座らせた。その目は恐怖に大きく見開かれている。「ママ！」クルーはわたしの背後を指さした。「ハーパーは泳げないよ！」

わたしの体は砂まみれだ。手、腕、太ももにも砂が張りついている。肺が焼けつくように熱い。這って湖に戻ろうとするクルーの手をひっぱり、押しとどめる。カヌーが転覆した衝撃で立った波がまだつま先に打ち寄せている。湖を見渡しても、そこには何もなかった。悲鳴も、水のしぶきも。

クルーは泣きわめき続けた。

「ハーパーを助けようとしたのよ」わたしはつぶやいた。「ママはハーパーを助けようとしたの」

「ハーパーを助けて！」クルーは叫んで、湖を指さした。

わたしが湖に戻らなかった、もしクルーが誰かにそういったら、どう思われるだろう？母親なら、子どもを見つけるまで、けっして水辺を離れようとしないはずだ。戻らなければ。

「ハーパーを助けなきゃ。クルー、ママの携帯でダディに電話できる？」

クルーは頬の涙をぬぐいながら、うなずいた。

「行って。家に帰って、ダディに電話して。ママがハーパーを助けようとしてるって、警察に連絡してって」

「わかった！」クルーは家に向かって駆けだした。

なんて姉思いの弟。

寒くて、息も絶え絶えだ。わたしは重い体を引きずり、もう一度湖の中に入った。

「ハーパー？」声を落として呼んでみる。大声を出して、もしハーパーが息を吹き返して、水の中から飛び出してきたら困る。

わたしはわざと時間をかけた。あまり沖へ行って、水の中のハーパーの体に触れたり、あたったりする危険は冒したくない。もしまだ彼女に息があって、わたしのシャツにしがみついてきたら？　わたしを水の中に引きずりこもうとしたら？

ジェレミーが駆けつけてきたときは水の中にいなきゃ、そうわたしは思った。涙も必要だ。体が冷えて、低体温症寸前の状態でいなくちゃならない。もし救急車で運ばれたら、ボーナスポイントになる。

カヌーは転覆したときよりも岸に近いところで、ひっくり返ったまま浮かんでいた。以前にも、カヌーを転覆させたことがあるからわかる。ひっくり返ったカヌーの中に空気だまりがあるはずだ。もしハーパーがカヌーに泳ぎついていたら？　カヌーにしがみついて、その下に身をひそめていたら？　わたしが何をしたのか、父親に話そうと待ち構えていたら？

わたしは必死でカヌーに近づいた。ハーパーに偶然触れないよう、慎重に移動する。転覆したカヌーにたどりつくと、息を止めて水にもぐった。カヌーの中で水面に顔を出す。

よかった！

ハーパーはいなかった。

助かった。

遠くからクルーがわたしを呼ぶ声が聞こえた。わたしはもう一度水にもぐり、カヌーの外に顔を出した。そしてヒステリックにハーパーの名前を呼んだ。まるで本当に取り乱した母親のように。

「ハーパー！」

「ダディがもうすぐ来るよ！」クルーが岸から叫ぶ。

わたしはハーパーの名前をさらに大きな声で呼びはじめた。ジェレミーより先に、警察もじきにやってくるはずだ。

「ハーパー！」

さらに呼吸を切らせようと、水にもぐる。何度も何度も、力つきて沈んでしまいそうになるまで。ハーパーの名前を叫んで、叫んで、叫び続け、ようやく警察が来て、わたしを水からひっぱり上げた。

わたしはハーパーの名前を呼び続けた。合間に〝娘が！〟とか〝マイベイビー！〟という言葉を挟みながら。

警官がひとり、水に入り、ハーパーの捜索をはじめた。さらにひとり、そしてもうひとり。やがて誰かがわたしのそばをすばやくすり抜け、桟橋へ向かう気配を感じた。男は桟橋の先端から湖に飛び込んだ。しばらくして男が水から顔を出した。ジェレミーだ。

ハーパーの名前を叫ぶ彼の表情を言葉で表現することなどできない。なんとしてもハーパーを見つけるという決意に、死への恐怖と狂気が混じった表情だった。

そのとき、本物の涙がわたしの頬を伝った。ヒステリー状態だ。あまりのタイミングのよさにほほ笑みたくなる。でも笑わなかった。自分が間違いを犯したと感じたからだ。それがわかったのはジェレミーの顔を見たときだ。ジェレミーにとって、この悲劇は、チャスティンのときよりもはるかに克服するのがむずかしい。

とんだ計算違いだった。

結局、ジェレミーに発見されるまで、ハーパーは半時間以上、水の中にいて、見つかったその体には漁網が絡みついていた。わたしの座っている砂浜からは、それが緑なのか黄色なのかわからないけれど、たしかジェレミーは去年、黄色の漁網をなくしたはずだ。なんという偶然。まさかわたしがカヌーを転覆させた、その場所にそれがあったなんて。もしそこに漁網がなかったら、おそらくハーパーは岸に泳ぎついていただろう。

ジェレミーはハーパーを漁網から解放すると、男たちの手を借りて桟橋に引き上げた。彼が懸命に蘇生《そせい》術を試みる中、ようやく救急隊が桟橋に到着した。それでもまだ、ジェレミーは手を止めなかった。

ジェレミーは限界まで手を動かし続け、しまいには重みで桟橋が陥没し、ハーパーを抱えたまま湖に転がり落ちた。デッキに残された三人の男が、手を伸ばしてハーパーの体をつかんだ。

その瞬間が彼のトラウマになるのではないか、わたしはそう思った。水の中で、落ちてくる死んだ娘の体を受け止めるなんて。岸にあがると、彼はハーパーを抱きしめたまま砂浜に倒れこんだ。彼女のびしょ濡れの髪に顔をうずめている。ジェレミーがささやくのが聞こえた。

「愛してるよ、ハーパー。ハーパー、愛してる。愛してるよ、ハーパー」

彼女を抱きしめ、ジェレミーは何度もささやいた。その姿に胸が痛む。わたしは彼に這い寄り、ハーパーごと抱きしめた。「助けようとしたのよ」わたしはささやいた。「助けようとしたの」

ハーパーを放そうとしないジェレミーの腕を、救急隊員がむりやりほどく。彼はわたしとクルーをその場に残し、救急車の後部に乗り込んだ。

何が起こったのか、ジェレミーはわたしにきかなかった。行ってくるともいわず、わたしを見もしなかった。

こんなはずじゃなかった。彼の反応はわたしが思い描いていたものとは違っていた。まあ、今はショック状態にあるのだろう。いずれは慣れる。ただ時間が必要だ。

20

わたしは便器をつかんで吐き続けた。読み終える前から、吐き気を感じていた。まるで自分がその現場にいるかのように、震えが止まらない。そこにいてあの女が自分の娘に、そしてジェレミーにしたことを目の当たりにしたかのように。

腕を額に押しつけ、混乱する頭でどうすればいいのかを考える。

誰かに話す？　ジェレミーに？　それとも警察に通報する？

警察に何ができるだろう？

おそらくヴェリティはどこか、たぶん精神病院に拘束されるはずだ。ジェレミーは彼女から解放されるだろう。

わたしは鏡に映った自分を見つめながら、歯を磨いた。口をすすぎ、背筋を伸ばして口元をぬぐった瞬間、鏡に手首の傷が映った。この傷跡が取るに足らないものだなんて思ったことはないけれど、今はそう思いはじめている。母とわたしの間に起こったことなど、ジェレミーに起こったことに比べればなんでもない。

わたしたちに起こったのは、親子の断絶だ。絆が壊れた。

しかし、これは殺人だ。

わたしはバッグをつかみ、ザナックスを探した。薬を手にキッチンへ向かう。キャビネットからショットグラスを取り出し、クラウンローヤルをなみなみと注ぐ。グラスを握りしめたとたん、エイプリルが角から現れた。立ち止まって、わたしをじっと見ている。

エイプリルを見つめ返しながら、わたしは薬を口にほうりこみ、ウイスキーで流しこんだ。自分の部屋に戻り、ドアをしめ、鍵をかける。ブラインドもすべておろし、窓にあいた穴から差し込む太陽の光を遮る。

目を閉じ、頭から上掛けをかぶって、どうするべきか思いを巡らせた。

数時間後目が覚めると、自分の体を這い回るあたたかなものを感じた。何かが唇に触れている。わたしははっとして目をあけた。

ジェレミー。

覆いかぶさってくる彼の唇の下で、ため息をもらす。わたしは喜んで、彼の唇がもたらす癒しを受け入れた。ジェレミーは気づいていないけれど、彼がそのキスで消し去ろうとしているのは、彼のことを思うがゆえのわたしの悲しみ、彼がまだ、何も知らないことを思っての悲しみだ。

わたしは上掛けをひっぱり、自分と彼を隔てるものをすべて取り払った。彼はキスを続けながら横向きになり、後ろからわたしを引き寄せた。

「午後の二時だよ」ジェレミーはいった。「気分はよくなった?」

「ええ」嘘をつく。「ちょっと疲れただけ」

「ぼくもだ」羽のように軽いタッチでわたしの腕をなでおろし、手をつかむ。

「どうやって入ったの？」ドアは中からロックされていたはずだ。

ジェレミーはにやりとした。「窓だよ。エイプリルはヴェリティを医者に連れていった。クルーは学校で、あと一時間は帰ってこない」

その言葉で、わたしの中で高まっていた緊張が一気に溶《と》けた。ヴェリティはこの家にいないと聞いて、たちまち心が安らぐ。

ジェレミーは胸に頭を乗せ、わたしの脚を見つめながら下着のラインに沿って指を這わせた。

「スライド錠を調べた。たぶん、ドアを勢いよくしめたはずみに、ロックがかかったんだ」

何をどう考えればいいのだろう？　とてもそれを信じる気にはならない。可能性はあるけれど、それよりヴェリティの仕業である可能性のほうがはるかに高い。

ジェレミーはわたしの――もとは彼のものだけど――Tシャツをたくし上げ、胸の間にキスをした。「ぼくのTシャツがよく似合うね」

わたしは指でさらりと彼の髪をすいて、ほほ笑んだ。「あなたの匂いがするのが好きなの」

ジェレミーが笑った。「どんな匂い？」

「ペトリコール」

ジェレミーの唇がみぞおちにおりていく。「聞いたこともないな。どんな意味？」わたしの肌に唇を這わせながら、くぐもった声でジェレミーがたずねた。

「久しぶりの雨が降ったあと、地面から立ち上る香りを表現した言葉よ」

彼の唇がわたしの唇に近づく。「驚きだな、そんなものに名前があるなんて」

「どんなものにも、それを表現する言葉はあるわ」

ジェレミーはさっと体を引いた。眉間にしわを寄せて、何かを考えこんでいる。「ぼくが今していることを表現する言葉もあるのかな？」

「たぶんね。なんのことをいってるの？」

ジェレミーは人差し指でわたしのあごをさっとなでた。「これさ」静かな声だ。「いけないとわかっているのに、ある女性に惹かれている」

やっと彼の告白を聞けたのに、わたしの心は沈んだ。わたしとの関係を彼が後ろめたく思うのは嫌だ。けれど、理解はできる。たとえ彼の結婚や妻がどうであれ、夫婦のベッドで別の女と愛し合うなんて、どう言い訳したって正当化できない。

「罪の意識を感じてるの？」

「ああ」ジェレミーはしばらく黙ってわたしを見つめる。「でも、この気持ちを止められるほどじゃない」頭を枕に乗せ、わたしの隣に横たわる。

「でも、止まるわ」わたしはいった。「わたしはマンハッタンに戻らなきゃ。それにあなたは結婚している」

いいたくてもいえない、彼の瞳にもどかしさが浮かぶ。わたしたちは無言のまま、しばらく見つめあった。やがてジェレミーは体をかがめ、キスをして、口を開いた。「昨日、きみがキッチンでいったことを考えた」

彼が何をいおうとしているのか、考えると怖くて言葉が出ない。わたしのいったことをわかってくれたのだろうか？　ヴェリティと同じくらい、彼自身の生活も大切だということを。

「介護施設に問い合わせて、ヴェリティを平日、預かってもらうことにした。来週の月曜日からだ。ヴェリティは月に四回、週末にここに戻ってくる」ジェレミーはわたしの反応をうかがっている。

「あなたたち三人にとって、それが一番いいと思うわ」

今まさに、わたしの目の前で、霧が晴れるように悲しみが消えていく。彼から、この家から。窓からそよ風が吹き込む。家は静寂に包まれ、ジェレミーの瞳は穏やかだ。その瞬間、自伝をどうするか、わたしの心は決まった。

自伝のことは話さない。

ヴェリティがハーパーを殺したと証明したところで、ジェレミーの気持ちが楽になるわけじゃない、それどころか悲しませる。古傷をふたたび開かせ、さらに広げることになる。

月に数回でも、ヴェリティがそばにいるのは安全だと思えない。けど、いずれはその危険性を明らかにする方法も見つかるだろう。セキュリティーを強化する必要もある。ヴェリティの部屋にモニターをつけて、彼女がこの家にいるときには、人の動きを感知するセンサーをオンにしておけばいい。もし彼女が本当に脳機能障害を偽装しているのなら、いつかはジェレミーも気づく。そうなれば彼だって、二度とヴェリティをクルーに近づけないだろう。

それに施設に行けば、彼女に対する監視の目はもっと多くなる。

とりあえずは大丈夫な気がする。安全だ。

「もう一週間、ここにいてくれ」ジェレミーはいった。

朝には、この家を出ていくつもりでいた。けど、まもなくヴェリティがいなくなる。ジェレミーと過ごす一週間を考えると胸が躍る。そこにはヴェリティもエイプリルもいない。

「オーケー」

ジェレミーは片方の眉をひょいっとあげた。「オーライってこと?」

笑みを返す。「オーライ」

ジェレミーはわたしのみぞおちにキスをすると、体を這いのぼってきた。

Tシャツを脱がせないまま、ジェレミーはゆっくりと自身をわたしの中に差し入れた。長い時間をかけて愛されると、彼の動きに応えて、わたしの体もしなやかになっていく。指の下で、彼の腕の筋肉が張りつめていくのを感じる。この瞬間を終わらせたくない、もっとずっと一つになっていたい。

彼の体に脚を巻きつけ、唇に唇を近づける。切なげな声をあげ、ジェレミーはより深く、わたしの中に入ってきた。果てる瞬間、彼はわたしにキスをして、浅い呼吸を何度か繰り返し、そのままわたしの中にすべてを解き放った。

お互いに言葉は交わさなかったけれど、その意味はわかっている。

ようやく息をつくと、彼はわたしから体を引き、代わりに指を差し入れた。その部分に触れながら、わたしが高みにのぼりつめるのを眺めている。もうどれほど大きな声を出しても、気にしなくていい。今、わたしたちはこの家でふたりきりだ。それは至福の瞬間だった。

すべてが終わり、気だるく横たわるわたしに、ジェレミーはもう一度キスをした。

「行かなきゃ、みんなが帰ってくる前に」

服を着る彼を眺めながら、思わず笑みがこぼれる。ジェレミーは額にそっとキスをすると、部屋を横切り、窓から外へ出た。

ドアから出ればいいのに……わたしは声をあげて笑った。

顔に乗せた枕の下で、わたしはにんまりした。いったいどうなっちゃったんだろう？　たぶんこの家に来て、頭がどうかしたらしい。こんな家、早く出たい。そう思いながら、絶対に出たくない、そう思ってもいた。

おかしくなったのは、あの自伝のせいもある。知り合って二、三週間しかたっていないのに、ジェレミーと恋に落ちた、そう思っていた。けど、わたしが恋に落ちた相手は、実際のジェレミーだけじゃない。ヴェリティが描く彼とも恋に落ちた。彼についてヴェリティが明らかにしたすべてが、彼がどんな人間で、本当ならもっと幸せになるべきだと教えてくれた。ヴェリティが彼に与えなかったものを、わたしが彼に与えたい。

ジェレミーは誰より、彼の子どもたちに愛を注いでくれる誰かとともに過ごすのがふさわしい。

わたしは顔からはずした枕を、お尻の下に入れた。彼がわたしの中に残したものが、外に流れ出ないように。

21

眠りに落ちたわたしは、クルーの夢を見た。クルーは大きくなっていた。十六歳くらいだろうか。これといった事件は何も起こらなかった。もし起こったとしても覚えていない。ただ覚えているのは、クルーの目を見たときの衝撃だ。その目は邪悪だった。まるで子どもの頃にヴェリティが彼に経験させたすべてが魂に刻み込まれ、その邪悪さとともに成長したかのように。

それから数時間がたった頃、わたしは考えずにいられなくなった。ヴェリティの自伝の存在を明かさないことが、クルーのためになるだろうか？　クルーは姉が溺れるところ、そして溺れる姉を母が救おうというふりだけはしたところも目撃している。まだ幼いとはいえ、その記憶が彼の中にとどまり続ける可能性はある。ヴェリティがカヌーをわざと転覆させる前に、息を止めろといったことも忘れないだろう。

今、クルーはキッチンで、わたしの目の前にいる。他には誰もいない。エイプリルは一時間前に帰っていった。ジェレミーは二階でヴェリティを寝かしている。わたしはキッチンテーブルに座り、クラッカーにピーナッツバターを塗って食べながら、ｉＰａｄで遊ぶクルーを見ていた。

「なんのゲーム？」クルーにたずねる。

「トイブラスト」

よかった。子ども向けのパズルゲームだ。殺人や犯罪がテーマのゲームじゃない。まだ希望はある。

クルーはクラッカーをかじるわたしをちらりと見上げると、ｉＰａｄを脇に置き、テーブルの上に上半身を乗り出した。「ぼくにもちょうだい」

体をくねらせ、テーブルの向こうからピーナッツバターに手を伸ばす。そのユーモラスな仕草にわたしは笑った。バターナイフを手渡すと、クルーはピーナッツバターをたっぷりクラッカーに塗り、膝立ちのまま一口食べた。

「おいしいね」

ナイフについたピーナッツバターをなめるクルーに、わたしは鼻の上にしわを寄せていった。

「やあね。ナイフをなめちゃだめよ」

クルーは、何かおもしろいことをきいたかのようにくすくす笑った。

わたしは椅子に座ったまま、背もたれに体を預けてクルーを眺めた。これまでいろいろあったのに、なんていい子に育っているのだろう。めそめそ泣くことも、騒ぐこともない。ちょっとしたことをおもしろがる。最初に見たときは悪ガキだと思ったけれど、今はまったく印象が違う。

クルーに、そして彼の無邪気さにわたしはほほ笑んだ。そしてふたたび、あの日について、クルーは何か覚えているのだろうかと考えた。それがわかれば、クルーにどんなセラピーが必要なのか、判断する手掛かりになるかもしれない。息子がヴェリティによってどんな経験をさせられたのか、父親であるジェレミーが知らないのなら、確かめるのはわたしの役割だという気がする。わたしはヴェリティの自伝を読んだ唯一の人間で、もしクルーが、ジェレミーが思っている以上のダメージを負っているとしたら、わたしにはそれを知らせる責任がある。

「クルー」ピーナッツバターの瓶に手を伸ばし、指でくるくると回す。「きいてもいい？」

クルーが大きくうなずいた。「いいよ」

立て続けの質問でクルーを緊張させないよう、にっこりほほ笑む。「前は湖にカヌーがあったの？」

クルーはナイフをなめるのをやめ、一瞬、間を置いていった。「うん」

質問を続けるべきかどうか、クルーの表情を探る。だが、クルーは無邪気そのものだ。「それに乗って遊んだの？　湖に出て？」

「そうだよ」

クルーはもう一度ナイフをなめた。わたしの質問に動揺する様子はない。わたしはほっと胸をなでおろした。もしかしたら、クルーは何も覚えていないのかもしれない。なんといってもまだ五歳だ。幼い子どもの物事の捉え方は大人のそれとは違う。「覚えてる？　カヌーに乗ったときのことを。ママとハーパーも一緒に」

クルーはうなずきもせず、覚えているともいわない。じっとわたしを見つめている。答えるのを怖がっているのか、たんに覚えていないのか、どちらかはわからない。クルーはふっとテーブルに目を落とし、もう一度、ナイフを瓶につっこんでから口に入れ、そのままくわえた。

「クルー」そばに寄り、彼の膝に手を置く。「なぜカヌーがひっくり返ったの？」

クルーはちらりとわたしの目を見て、口からナイフを引き抜いた。「ママがママのことをきかれても、ローラには話しちゃだめだって」

クルーがふたたびナイフを口につっこむ。わたしは顔から血の気が引くのを感じた。テーブルの縁を握りしめた手が真っ白になる。「彼女が……ママがそういったの？」

クルーは少しの間、無言でわたしの顔を見つめ、やがて首を横に振った。さっきの言葉を取り消せるものなら取り消したい、そんな目だ。まずいことをいってしまったと思っているらしい。

「クルー、ママは話せないふりをしているの？」

クルーはバターナイフを口に入れたまま、ぐっと歯を食いしばった。その瞬間、歯と歯の間にナイフが入り、歯茎まで到達した。

血が前歯から唇へ滴る。わたしがあわてて立ち上がった拍子に、椅子が床に倒れた。バターナイフをつかんで、クルーの口から引き抜く。

「ジェレミー！」

クルーの口を手で覆いながら、もう片方の手が届くところにタオルはないかと、あたりを見回す。だが何もない。クルーは泣いていないけれど、その目は怯えで一杯だ。

「ジェレミー！」わたしは叫んだ。クルーの手当てに助けが必要だし、目の前の事態に恐怖を覚えたからだ。

ジェレミーが現れた。クルーの前に立ち、頭をそらして、彼の口の中をのぞきこむ。「何があった？」

「クルーが……」言葉にならない。わたしは口をぱくぱくさせた。「ナイフを噛んだの」

「縫わなきゃだめだな」ジェレミーはクルーを抱き上げた。「車の鍵を取ってきてくれ。リビングにある」

大急ぎでリビングへ行き、テーブルからジェレミーの鍵をひっつかむ。ふたりのあとをついて、ガレージへ、ジェレミーのジープへと向かった。痛みを感じはじめたのか、クルーは目に涙を浮かべている。ジェレミーは後部座席のドアをあけ、クルーをチャイルドシートに乗せた。わたしも乗り込もうと、助手席のドアをあける。

「ローウェン」ジェレミーが後部座席のドアをしめながらいった。「ヴェリティをひとりにはしておけない。ここにいてくれ」

心がずんと重く沈む。むり、そういうより早く、ジェレミーが手を差し伸べ、わたしをジープからおろした。

「治療が終わったら電話する」呆然と立ちつくすわたしの前で、ジェレミーはジープをバックでガレージから出し、そのままUターンさせると、猛スピードでドライブウェイを走り去った。

見下ろすと、手にクルーの血がついている。

もうここにいたくない。やだ、やだ。こんな仕事、嫌だ。

だが数秒後、わたしがどうしたいかなんて考えている場合じゃないと気づいた。今、わたしはここにいる。そしてヴェリティも。彼女の部屋のドアに鍵がかかっていることを確かめるのが先決だ。急いで家に戻り、階段を駆け上がって、彼女の部屋へ向かう。ドアは大きくあいている。たぶんジェレミーがあわてて一階におりてきたせいだ。

ヴェリティはベッドにいた。上掛けが体半分を覆った状態で、ベッドからだらりと脚を垂らしている。まるでベッドに彼女をきちんと寝かせる前に、ジェレミーがわたしの悲鳴を聞きつけたみたいに。

まあ、そんなのどうでもいい。

わたしはドアを勢いよくしめ、鍵をかけた。自分の身の安全を確保するために、次は何をすればいいか考える。一階に駆け下りたわたしは、地下室で見かけたベビーモニターのことを思い出した。一番行きたくない場所だけれど、勢いにまかせて、携帯の懐中電灯の光を頼りに階段をおりる。ジェレミーとここに来たとき、何がどうなっているのかあまりよく見ていなかった。でもたしか、積み上げられた箱のいくつかはふたがしまっていたはずだ。

部屋を懐中電灯で照らすと、すべての箱の場所が変わったり、ふたが開いていることに気づいた。まるで誰かが、何かを探して箱の中をひっかきまわしたみたいだ。もしかしてその犯人がヴェリティだとしたら、うかうかしていられない。この地下室に必要以上に長くいたくない。わたしはベビーモニターを見かけた一角へ向かった。前に見たとき、たしかにそれはふたがしまっている箱の上に置かれていた。

場所が変わっている。

恐怖に耐えられず、あきらめて戻ろうとした瞬間、一メートルほど離れた床に、その箱が見つかった。モニターとレシーバーを手に大急ぎで階段へ戻り、重い心で階段をあがる。ドアをあけ、外へ出た瞬間、胸に安堵が広がった。

コードの絡まりを解きほぐし、モニターをヴェリティのコンピュータのそばにあるコンセントに差し込む。二階へ駆け上がり、踊り場につく直前で立ち止まる。キッチンへ取って返すと、ナイフをつかんだ。

ふたたびヴェリティの部屋に行くと、わたしはナイフを握りしめ、ドアの鍵をあけた。ヴェリティはさっきと変わらない姿勢、ベッドから片脚をだらりと垂らしたままだ。壁に背中をつけ、横歩きでドレッサーまで移動すると、その上にモニターのカメラをセットし、ベッドに焦点を合わせてプラグを差し込んだ。

ドアまで戻り、部屋を出る前に、一瞬わたしは躊躇《ちゅうちょ》した。ナイフを握ったまま、数歩ベッドに引き返すと、できるだけすばやく彼女の脚を持ち上げ、ベッドの上に乗せる。その上に上掛けをかけ、ベッドの柵をあげた。それからばたんとドアを閉めて、廊下に出た。

鍵をかける。

こんなのやってられない。

キッチンのシンクにたどりつく頃には、息が切れていた。すでに乾きかけている、手についた血を洗い流す。数分かけて、テーブルや床についた血もふき取った。

仕事部屋に戻り、モニターの前に座る。

万が一、彼女が動きだした場合に備えて、携帯をビデオモードにする。もし彼女が動いたら……それをジェレミーに見せたい。

わたしはじっと待った。

それから一時間ばかり、わたしは待った。ジェレミーからの電話がないか携帯を見つめ、同時にヴェリティの嘘を探してモニターもチェックする。仕事部屋から出るのも恐ろしくて、ただ待つ以外に何もできない。その間ずっとデスクを軽く叩き続けていたせいで、指先が痛みだした。

さらに半時間たった頃、また自分に自信が持てなくなりはじめているのに気づいた。もし動けるなら、彼女はすでに動いているだろう。なぜなら、わたしが部屋にいる間、ヴェリティは目をあけさえしなかった。わたしがモニターを取りつけるのも見ていないし、モニターがそこにあるのも気づいていないはずだ。

ただしわたしが階段をおりていく間に目をあけたのなら話は別だ。だとしたら、モニターを見つけて、見られていることに気づいただろう。

頭がどうにかなりそう。

残りの原稿はあと一章だ。もしあと一週間この家にいるつもりなら、片をつける必要がある。自分の身に危険が及ぶのではという怯えと、自分がおかしくなったのではという恐怖、その間を行き来して過ごし続けるなんてできない。わたしは最後の数ページをつかみ、椅子をビデオモニターのほうへ向けた。彼女の動きを見張りながら、自伝を最後まで読んでしまおう。

Chapter 15

ハーパーが死んでから、まだ数日しかたっていない。けれどこの数日は、わたしの人生すべてに起こった出来事より、はるかに大きくわたしの世界を変えた。

警察は二度もわたしの調書をとった。話に矛盾点がないことを確かめるためには、当然のことだ。警察の質問はすべて簡単に答えられるものばかりだった。

「何があったのか説明してもらえますか？」

「ハーパーが縁から身を乗り出して、カヌーが傾いたんです。みんな、湖に落ちました。でも、ハーパーだけは浮かんでこなかった。必死であの子を探そうにも息が続かなくて、クルーを安全な場所に連れていく必要もありました」

「なぜ、子どもたちに救命胴衣を着せなかったんです？」

「浅いところにいるつもりだったからです。最初は桟橋のすぐそばにいました……でも、気がついたら、そうじゃなかった」

「そのときご主人はどこに？」

「食料品店です。出かける前に、子どもたちを水辺に連れていくようにわたしにいいました」

わたしはすすり泣きながら、警察の質問にすべて答えた。ハーパーの死が、あたかも肉体的な痛みをもたらすかのように、時折、体を二つに折りまげる。あまりに完璧なパフォーマンスに警察も気の毒になったのか、それ以上の追及はしなかった。ジェレミーについても同じ展開になりますように、わたしは願った。

でも、彼は警察より手ごわかった。

ジェレミーはハーパーが亡くなって以来、クルーをいつも目の届くところに置いていた。わたしたちは毎晩、三人一緒に、階下の主寝室で眠った。クルーを真ん中にはさんで、ジェレミーとわたしがその両脇に横たわる。また子どもにジェレミーとの間を隔てられた。でも、今夜は違う。今夜はわたしがジェレミーにそばにいてほしいと頼んだせいで、ジェレミーはクルーをいつもと反対側に寝かせ、自分が真ん中に横たわった。半時間ほど彼にしがみついていたら、ふたりともそのまま眠りに落ちてしまうだろうと思っていたのに、彼はくだらない質問をやめようとしなかった。

「なぜ子どもたちをカヌーに乗せた？」

「ふたりが乗りたがったからよ」

「なぜ救命胴衣を着せなかった？」

「岸からすぐ近くにいるつもりだったから」

「ハーパーは最後になんていった？」

「覚えてない」

「きみがクルーと岸にたどりついたとき、彼女はまだ水面にいた？」

「いいえ、いなかったと思う」

「カヌーが転覆しそうなのに気づいた？」

「いいえ。あっという間だった」

ようやく尋問は終わった。けれど彼がまだ起きているのがわかった。数分後、彼はいった。

「つじつまが合わないな」

「何がつじつまが合わないの？」

ジェレミーは体を引き、わたしの顔と自分の胸の間に空間を作った。その仕草で、わたしは頭を持ち上げ、彼を見た。

ジェレミーは手の甲で、わたしの頬をそっとなでた。「ヴェリティ、なぜクルーに息を止めろといった？」

終わった。その瞬間、わたしは思った。

終わった。その瞬間、彼も思ったはずだ。

妻のことはわかっている、そう決めつけていたジェレミーにとって……それはわたしの目に映った表情を、はじめて本当に理解した瞬間だった。そしてわたしにはわかっていた。どれほど言い訳をしたところで……彼がクルーよりもわたしを信じることはない。彼はそんな人間じゃない。妻より子どもを優先させる。そしてそこが、わたしの一番気に入らないところだ。

それでもわたしは努力し、なんとか彼に納得してもらおうとした。「息を止めてっていったのは、カヌーがひっくり返った瞬間よ」だが、涙が頰をつたい、声が震えるパニック状態で、何をいっても説得力はなかった。

ジェレミーはしばらくじっとわたしを見つめ、手を離した。もう本当に終わりだ、彼が体を離した瞬間、わたしは思った。ジェレミーはわたしに背を向けると、まるで自分の体を盾にクルーを守ろうとするかのように、彼の体に腕を回した。

彼はクルーの守り人だ。

わたしからクルーを守る。

わたしは無反応でその場にじっと横たわり、眠りに落ちたと彼に思わせようとした。だが、できたのは声を出さずに泣くことだけだった。涙があふれ出すと、泣き声を聞かれる前に、わたしはそっと寝室を出て、仕事部屋に行き、ドアをしめた。

自伝のファイルを開いて、キーボードを叩きはじめる。けれど、もう書くことはない、そんな気がした。書くべき未来も、修正すべき過去も、何もなかった。

これがわたしの物語の終わり？

次に何が起こるかどんなイメージもわかない。チャスティンの死を予感したときとは違って、わたしの人生がどんなふうに終わるのかわからなかった。

それはジェレミーの手によって？　それともわたし自身の手によって？

あるいは終わらないのかもしれない。ジェレミーは明日の朝起きて、彼の隣で眠るわたしを見る。たぶん彼が思い出すのは、これまでのよかったことばかりだ。わたしのフェラ、彼が解き放ったそれをわたしが飲み込んだこと、そして彼は気づくだろう。子どもがひとりしかいなくなった今、愛し合う時間がふんだんにあることに。

あるいは……ハーパーの死は事故じゃなかったと確信して、目覚めるかもしれない。わたしを警察に突き出すかもしれない。ハーパーにしたことで苦しむわたしを見たいと思うかもしれない。

もしそうなっても……運命《さだめ》のままに。

そうなったら、ただ車を木にぶつけるまでだ。

The End

22

その結末についてちゃんと考える間もないうちに、ジェレミーのジープがガレージに停まる音が聞こえた。原稿をそろえて、ちらりとモニターを見る。ヴェリティはまだ動いていない。

ジェレミーは前から彼女を疑っていたの？

うなじに手をあて、最終章を読んで高まった緊張を和らげようとする。なぜ彼は今も彼女の世話を、彼女を入浴させ、おむつを替える生活を続けているの？　結婚の誓いをひたすらに守り続ける義務があると感じているのだろうか？

もしジェレミーが、ヴェリティが娘を殺したと考えているなら、その彼女と同じ家に住むことに耐えられる？

ガレージのドアが開く音に、わたしは仕事部屋から廊下に出た。ジェレミーは階段の下にクルーを抱いて立っていた。

「六針縫ったよ」彼は小さな声でいった。「それに痛み止めをたっぷり打ってもらった。このまま一晩、ぐっすり眠るはずだ」ジェレミーはクルーを寝かせに二階へ向かうとヴェリティの部屋へ様子を見に行かず、そのまま一階に戻ってきた。

「コーヒーは？」わたしはたずねた。

「頼む」

ジェレミーはわたしについてキッチンに入ってくると、コーヒーをいれるわたしを後ろから抱きしめて、耳元でため息をついた。彼にもたれかかるように頭をそらせる。ききたいことがたくさんある。けれど何からきけばいいのかわからない。

くるりと向きを変え、わたしは彼の体に腕を巻きつけた。そのまましばらくの間、じっと抱きあう。やがて彼が腕を緩めた。「シャワーを浴びてくるよ。体じゅう、血の跡だらけだ」

そういわれてはじめて気づいた。彼の腕には乾いた血が点々とこびりつき、シャツにも血がついている。血まみれはわたしたちのお決まりのパターンのようだ。さいわい、わたしは迷信深い人間じゃない。

「仕事部屋にいるわ」

キスをすると、ジェレミーは二階へあがっていった。わたしはコーヒーができるのを待った。何をどうきくのか、まだ考えがまとまらないけれど、あの最後の章を読んだ今、ききたいことは山ほどある。長い夜になるかもしれない。

ちょうどカップにコーヒーを注ぎ終わった頃、シャワーの音が聞こえてきた。自分のコーヒーを持って仕事部屋に戻る。だが、そこでカップの中身を床にぶちまけた。カップが割れ、飛び散った熱い液体が脚からつま先へとしみていくけれど、身動きできない。

モニターを見つめたまま、わたしはその場に凍りついた。

ヴェリティ！　ヴェリティが膝と肘をつき、床に這いつくばっている。

わたしは悲鳴をあげ、携帯をつかんだ。

「ジェレミー！」

　まるでわたしの悲鳴が聞こえたかのように、ヴェリティが首を傾げた。震える指でカメラのアプリを開く前に、ヴェリティは這ってベッドに戻った。そしていつもの姿勢のまま、動かなくなった。

「ジェレミー！」

　わたしは携帯を投げ出してキッチンに駆け込むと、ナイフをつかんだ。階段をあがり、ヴェリティの部屋へ向かう。鍵をはずして、勢いよくドアをあける。

「起きなさい！」わたしは叫んだ。

　ヴェリティはまったく動かない。

　わたしは上掛けを取り去った。「起きなさい、ヴェリティ。見たわよ」怒りにまかせてベッドの柵を下げる。「気づかれないと思ったら、大間違いよ」

　ジェレミーやクルーが危害を加えられる前に、ヴェリティが本当はどんな人間なのかをジェレミーに知らせたい。ヴェリティの足首をつかみ、ベッドから引きずりおろそうとする。そのとき誰かがわたしの腕をとらえ、ヴェリティから引き離した。そのままドアまで引きずられ、廊下まで来ると、ようやく床に立たされた。

「何をしてる、ローウェン？」ジェレミーの声と顔は怒りに満ちていた。

　わたしは彼の胸を両手で押し、前に出た。ジェレミーはわたしからナイフを取り上げ、わたしの肩をつかんだ。「やめろ」

「だまされないで。見たの。彼女の脳機能障害は偽装よ」

ジェレミーは数歩あとずさってヴェリティの部屋へ入ると、わたしの目の前で勢いよくドアをしめた。ふたたびドアをあけると、ジェレミーは何事もなかったかのようにヴェリティの脚を持ち上げ、ベッドに戻していた。わたしが部屋へ入ってきたのを見て、ジェレミーはヴェリティに上掛けをかけると、わたしを押しのけるようにしてふたたび廊下に連れ出した。ドアに鍵をかけ、わたしの手首をつかんでひっぱっていく。

「ジェレミー、やめて」手首を握るジェレミーの手首をつかむ。「お願い、クルーを彼女と二階に残していかないで」わたしの懇願にも、ジェレミーは耳を貸さなかった。彼の目には、自分が知っていると思うものしか入らない。階段まで来ると、わたしは首を振ってあとずさり、一階におりるのを拒否した。**クルーを下に連れていって。**だがジェレミーはわたしの腰をつかんで肩の上に担ぎ上げると、階段をおり、寝室へ向かった。そしてあれほど憤っていたにもかかわらず、わたしをそっとベッドの上におろした。

ジェレミーはクローゼットに行き、わたしのスーツケースと、服や身の回りのものを取り出した。「出ていってくれ」

わたしは膝立ちになり、わたしの服をスーツケースにつめていくジェレミーににじり寄った。「わたしが信じられないの？」

彼は耳を貸さない。

「ジェレミー、どうしてわかってくれないの？」二階を指さす。「あの女はサイコよ。あなたと出会った日からずっと、嘘をついていたの！」

これほどの不信感と嫌悪が、ひとりの人間からあふれ出すのを見たことがない。わたしは彼のまなざしに恐怖を覚え、すばやくあとずさった。

「偽装じゃない、ローウェン」ジェレミーは片手をさっとあげて、階段の方向を示した。「彼女は体の自由がきかない。脳が死んでいるのも同然だ。ここに来てから、ずっと見ていただろう」彼は頭を左右に振りながら、わたしの服をスーツケースにつめていく。「ありえない」

ジェレミーはつぶやいた。

「違う。ありうる。ヴェリティはハーパーを殺した。知ってたくせに。自分だって疑っていたでしょ」わたしはベッドからドアへ向かった。「待ってて」

ジェレミーが追ってくるなか、わたしはヴェリティの仕事部屋に駆け込んだ。そしてヴェリティの原稿をつかみ、ジェレミーの胸元にその束を突きつけた。「読んで」

ジェレミーは原稿を見て、それからわたしを見た。「これをどこで見つけた?」

「彼女の自伝よ。あなたが彼女に出会った日から事故のことまで、全部そこに書いてある。読んで。せめて最後の二章だけでも。お願いだから、とにかく読んで」疲れてくたくただ。懇願の言葉しか出てこない。どうしてもこの自伝を読んでもらいたい。わたしは静かにいった。

「お願い、ジェレミー。双子のために」

ジェレミーはわたしを見つめた。わたしの口から出る、どんな言葉も信じられないかのように。信じなくてもいい。ただあのページを読んで、そして自分の妻がふたりで過ごした日々をどう思っていたのかを知ってほしい。そうすれば彼が心配すべき相手はわたしじゃないことがわかる。

胸の中にふつふつと恐怖がわき上がる。彼を失う恐怖だ。ジェレミーに頭のおかしい女、彼の妻を傷つけようとした女だと思われた。彼はわたしに出ていけといった。ジェレミーはわたしにこの家から出ていってほしい、もう二度と顔も見たくないと思っている。

目が痛い。涙が頬を伝う。

「お願い」わたしは消え入りそうな声でいった。「お願い、あなたには真実を知る権利がある」

23

彼がすべてを読んでしまうまでしばらく時間がかかるだろう。わたしはベッドに座って待った。家の中は今までにないほど静かだ。嵐の前の静けさを思わせる、不穏な空気に満ちている。スーツケースを見つめながら考える。ジェレミーはあの自伝を読んでも、まだわたしに出ていけというだろうか？　ここにいる間じゅうずっと、わたしは自伝を読んでいながら、彼にはその存在を知らせなかった。彼はそのことでわたしを許さないかもしれない。ヴェリティのことも許さないだろう。

何かが倒れる音が聞こえて、わたしは天井を見上げた。大きな音じゃないけれど、ジェレミーのいる部屋から聞こえてくる。彼が二階に行って、それほど時間はたっていない。でも、少なくとも自伝をざっと読んで、ヴェリティが自分の思っているような人間ではなかったと気づくには十分な時間だ。

泣き声も聞こえる。低く、静かな声、けど、たしかに彼の声だ。

わたしは横向きになり、枕を抱えてきつく目を閉じた。ページをめくるごとに明らかになる真実に、今、ジェレミーはどれほど傷ついているだろう。それを考えると胸がつぶれる。あの自伝は書かれるべきじゃなかった。

頭上で足音がした。部屋を歩き回っている。時間的にすべてを読んでいるわけはない。けれど、もしわたしが彼だったら、きっと中を飛ばして最後の部分、本当はハーパーに何が起こったのかが書かれた部分だけを読むだろう。

ドアがあく音に、わたしは廊下を通って仕事部屋へ向かった。モニターを見つめる。

ジェレミーがヴェリティの部屋の入り口に立ち、じっと彼女を見つめていた。モニターはジェレミーとヴェリティ、ふたりの姿をとらえている。「ヴェリティ」彼が声をかけた。

ヴェリティは返事をしない。彼に自分が脅威だと知らせたくないのだろう。あるいは、ジェレミーに警察に突き出されるのを恐れて、偽装を続けているのかもしれない。でもどんな理由であれ、ジェレミーは答えを引き出すまで、絶対に部屋から出ていかないだろう。そんな気がした。

「ヴェリティ」ジェレミーはヴェリティに近づいた。「返事をしないなら、警察を呼ぶよ」

ヴェリティはまだ無反応だ。ジェレミーはヴェリティに歩み寄り、手を伸ばすと、彼女の片目の瞼《まぶた》を手でこじあけた。しばらく彼女を見つめたのち、ドアに向かって歩いていく。やっぱり、ジェレミーはわたしを信じていない。

だが次の瞬間、彼は自問自答するようにしばらく立ち止まった。さっき読んだことを頭の中で反芻《はんすう》しているらしい。そしてくるりと向きを変えると、もう一度彼女に歩み寄った。「この部屋を出たら、すぐにきみの自伝を警察に届ける。目をあけて、何があったのかを話せ。でないとぼくやクルーに二度と会えなくなるよ」

数秒がたった。息をつめて、彼女が動きだすのを待つ。彼女が動いて、わたしが嘘をついていないことを、ジェレミーがわかってくれるのを祈りながら。

次の瞬間、ヴェリティが目をあけるのを見て、わたしは息をのんだ。悲鳴をあげないよう、あわてて手で口を覆う。クルーが目を覚ましてこんな場面を目撃したら、取り返しがつかない。

ジェレミーは怒りで全身をこわばらせ、両手で頭を抱えてベッドからあとずさり、壁にぶつかった。「なんの真似だ、ヴェリティ?」

ヴェリティが首を振る。「どうしようもなかったの、ジェレミー」ヴェリティはベッドの上に起き上がった。ジェレミーに何をされるかわからないと思っているのか、身を守るポーズをとっている。

ジェレミーはまだ信じられない様子だ。その顔に浮かぶのは、怒り、困惑、そして裏切られたという思いだ。「きみは……ずっと……」激怒のあまり、顔が真っ赤だ。ジェレミーは向きを変えると、怒りにまかせてドアを殴りつけた。

ヴェリティが両手をあげた。「お願い。殴らないで。ヴェリティが身をすくめる。

「殴らないでだと?」ジェレミーが振り向き、一歩前に踏み出した。「あの子を殺したくせに」

モニター越しにも、ジェレミーの声にこめられた怒りが伝わってくる。でもヴェリティはそれを目の前で聞いている。ベッドから飛び降りて逃げようとするヴェリティを、ジェレミーは許さなかった。脚をつかみ、勢いよく背中からベッドに叩きつける。大声で叫びだしたヴェリティの口をジェレミーがふさいだ。

ふたりはもみ合った。足をばたつかせて抵抗するヴェリティを、ジェレミーが抑え込もうとする。

次の瞬間、彼は片手をヴェリティののどにかけた。

やめて、ジェレミー！

わたしはヴェリティの部屋へ駆けつけ、ドアのところで立ち止まった。馬乗りになったジェレミーに膝で腕を抑え込まれ、ヴェリティはのどをぜいぜいさせながらもがき、つま先でマットレスをかきむしっている。

反撃を試みるけれど、力でかなうわけがない。

「ジェレミー！」わたしは駆け寄り、彼をヴェリティから引き離そうとした。大切なのはクルーとジェレミーの将来だ。ヴェリティへの怒りで人生をふいにするなんて、ばかばかしすぎる。「ジェレミー！」

ジェレミーは耳を貸さず、彼女を放そうとしない。わたしは彼の顔を両手で包み込み、どうにか落ち着かせようとした。「やめて。気管をつぶすわ。そうなったら、警察はあなたが殺したと判断する」

ジェレミーの頬を涙が伝った。「ヴェリティはぼくたちの娘を殺したんだ、ロウ」絶望に満ちた声だ。

わたしは彼の顔を両手でつかんで、引き寄せた。「クルーのことを考えて」低い声で語りかける。「もしあなたが殺人を犯したら、あの子は父親を失うのよ」

わたしのその言葉に、ジェレミーの表情がゆっくりと変化し、やがて彼はヴェリティののどから手を離した。わたしは体を二つに折り、ヴェリティと同時に大きく息を吸った。ヴェリティはせき込み、なんとか息を吸おうとしている。何かを話そう、いや叫ぼうとしている。

ジェレミーは彼女の口を覆ったまま、わたしを見た。すがるような目は、わたしに手を貸してくれと訴えているわけじゃない。彼女の人生を終わらせるのに、何かもっといい方法を考えてくれと訴えるまなざしだ。

もちろんわたしだって、このままにするつもりはない。彼女のしたことを考えると、その体の中のたった一つの細胞さえ、生きながらえる価値はない。わたしは数歩、あとずさって考えた。

首を絞めれば、のどにジェレミーの手形が残るだろう。窒息させたら、肺の中に枕カバーの繊維が見つかる。なんとかしなくては。ヴェリティは人を操るのがうまい。このままだと、ジェレミーやクルーの身にも危険が及ぶ。ヴェリティはクルーも殺そうとするかもしれない。

まだ乳児だったハーパーを殺そうとしたのと同じ方法……。

まだ乳児だったハーパーを殺そうとしたのと同じ方法で。

「事故に見せかけるの」わたしは小さな声、けれどヴェリティが暴れる音に紛れてしまわない程度の声でささやいた。「吐かせるの。それから鼻と口を覆って、息が止まるのを待つ。そうすれば寝ている間に吐しゃ物が気管に入ったように見えるわ」

わたしの言葉にジェレミーは目を見張った。だが、納得したらしい。ヴェリティの口から手を離すと、のどに指をつっこんだ。わたしは顔を背けた。とても見ていられない。

のどがつまる音、そして激しくむせる音が聞こえる。それは永遠に続くかに思えた。**永遠に。**

へなへなと床に座り込む。体が震えて力が出ない。わたしは手のひらを耳に押しつけた。

ヴェリティの最期の息の音を聞きたくない。最期に手足をばたつかせる音も。やがて三人の息遺いがふたりになった。

この瞬間、息をしているのは、ジェレミーとわたしだけだ。

「どうしよう、どうしよう、どうしよう……」今さらながら、自分たちがしでかした事の重大さがひしひしと感じられて、つぶやかずにはいられない。

ジェレミーは怯えている以外は、落ち着いている。ヴェリティを見たくない。けど、すべてが終わったことを確かめる必要がある。

彼女のほうへ体を向けた瞬間、ヴェリティと目が合った。今回は彼女の意識がもうそこにないことがわかった。うつろなまなざしの影に隠れていた彼女は、今はもう、そこにはいない。

ジェレミーはベッドのそばで膝をついている。ヴェリティの脈を確認すると、肩を落とした。その場に座り込み、ベッドにもたれて、息を整える。両手を顔の高さにあげ、頭を抱えながら。真実を知って泣きだすのだろうか、わたしにはわからない。泣いても当然だ。今、ジェレミーはいくつもの現実に打ちのめされている。娘の死は事故ではなかった。妻――人生のうちの何年もの時間を捧げた女性――は、彼が思っていたような人間ではなかった。その間ずっと、彼女は彼を自分に都合のいいように操っていた。

彼が妻と作った思い出の数々は、今夜、彼女とともに死に絶えた。彼女の告白は彼をずたずたに引き裂いた。わたしの目の前で体を二つに折り、ヴェリティの最期のときを受け止めようとしている彼を見ると、それがよくわかる。

わたしは口に手をあてた。涙があふれる。自分が殺人の手助けをするなんて、思ってもみなかった。**ヴェリティを殺した。**

ヴェリティから目をそらすことができない。

ジェレミーは立ち上がり、わたしを抱き上げた。目を閉じ、彼の胸に頭を預けるわたしを抱いたまま、ジェレミーは部屋を出て一階へ向かう。ベッドに横たえられた瞬間、わたしは願った。彼が自分と並んで横たわり、その腕でわたしを包み込んでくれることを。だが、そうはならなかった。彼は首を振り、何かをつぶやきながら、部屋を大股で歩き回った。

わたしも彼もショック状態だったのだと思う。なんとか彼を落ち着かせたい。けど話したり、動いたり、これが現実だと認めたりすることが怖くてできない。

「ちくしょう」ジェレミーは、もう一度、さらに大きな声で繰り返した。「ちくしょう！」

そう、これが現実だ。すべての思い出、すべての信頼、彼がヴェリティについて知っていると思っていたことのすべてが、心にしみてくる。

ジェレミーはわたしを見ると、つかつかとベッドまで歩いてきた。震える指でわたしの髪の毛をかき上げる。「彼女は眠っている間に死んだ」ジェレミーはいった。静かで、きっぱりした口調だ。「いいね？」

わたしはうなずいた。

「朝になったら……」ジェレミーは平静を保とうとするけれど、まだ息が荒い。「朝になったら警察に電話をして、彼女を起こしに行ったら、ああなっているのを発見したと伝える。睡眠中に吐しゃ物を誤嚥《ごえん》したみたいだって」

わたしはうなずくのをやめなかった。ジェレミーが心配と同情、そして申し訳なさのこもった目でわたしを見た。

「すまない。許してくれ」ジェレミーは前かがみになり、わたしの頭のてっぺんにキスをした。「すぐに戻ってくる。部屋を片付けて、自伝も隠さなきゃ」

ジェレミーはひざまずくと、わたしの目をのぞきこんだ。まるでわたしが彼のいったことをちゃんとわかっているかどうか確かめるかのように。わかっている。

「ぼくたちはいつものようにベッドに入った。午前零時頃にね。ぼくは彼女に薬を飲ませた。そしてクルーに学校へ行く準備をさせるため、七時に起きて、そこで彼女の反応がないことに気づいた」

「わかった」

「ヴェリティは眠っている間に死んだ」ジェレミーは繰り返した。「そしてもう今夜を最後に、ぼくたちは二度とこの件について話さない。この瞬間から……一切」

「オーライ」わたしはつぶやいた。

ジェレミーはゆっくり息を吐いた。「オーライ」

ジェレミーが部屋を出ていったあと、足音が聞こえた。まずは彼自身の部屋へ、それからクルーの部屋、最後にヴェリティの部屋、そしてバスルームと、あちこちを歩き回っている。仕事部屋、それからキッチンへも。

ようやくジェレミーはベッドに戻ってくると、わたしを抱きしめた。かつてないほどに強く、力をこめて。わたしたちは眠らなかった。朝が何をもたらすのか、怯えながら夜を明かした。

24

七カ月後

ヴェリティが睡眠中に死んでから、七カ月が過ぎた。

クルーは彼女の死をすぐには受け止められなかった。ジェレミーも対外的には、同じような反応を装った。彼女が死んだ朝、わたしはすぐにジェレミーの家を出て、マンハッタンに戻った。その週、ジェレミーにはやらなきゃならないことがありすぎたし、彼の妻の死後にわたしがそこにいれば、余計な疑惑を招く。

わたしの書いたアウトラインには編集者のオーケーが出た。それに続く二冊も同様だ。二週間前に、一冊目の初稿を編集者に送った。残りの二冊に関しては、締め切りを延ばしてくれるようすでに頼んでいる。新生児を抱えて執筆するのは大変だろうから。

まだ彼女は生まれていない。出産予定日は二カ月半後だ。けど、ジェレミーの助けがあれば、仕事の遅れも取り戻す自信がある。彼はクルーにとってのすばらしいダディだ。亡くなった双子にとってもそうだった。きっと生まれてくるわたしたちの娘にとっても、すばらしい父親になるはずだ。

妊娠の発覚に衝撃は受けたけど、驚きはしなかった。うっかりするって、こういうことだ。

愛するふたりの子どもを失ったあとでまた父親になることを、ジェレミーがどう思うか、はじめは心配だった。けど、彼が大喜びする様子に、わたしはヴェリティが間違っていたことを知った。ひとりならず、ふたりの愛する子どもを失っても、すべてを失ったことにはならない。ふたりの娘の死を悲しむジェレミーの気持ちと、まもなく誕生する新しい命を喜ぶ気持ちは別物だ。

いろいろあったけれど、それでもジェレミーはわたしのこれまでの人生に現れた最高の男性だ。辛抱強くて、思いやりがある。ヴェリティが描いていたより、はるかにセックスもうまい。

ヴェリティの死後、マンハッタンに帰ったわたしに、ジェレミーは毎日電話をくれた。事態が落ち着くまで二週間ほどわたしはマンハッタンにいて、帰ってきてくれといわれると、その日のうちに飛んで帰った。それ以来、毎日彼と一緒にいる。少し性急に事を進めすぎているのは、自分たちでもわかっている。でも、離れているのはつらかった。彼にとっても、わたしの存在が癒しになるはずだ。だから、タイミングだとか、その後の急な展開についても、あまり心配はしなかった。実際、わたしたちの間で、そのことが話題になることもなかった。お互い口には出さなかったけれど、ごく自然な成り行きだった。わたしたちは愛し合っている。大事なのはそれだけだ。

わたしの妊娠がわかるとすぐに、ジェレミーは家の売却を決めた。ヴェリティが住んでいた街にいたくない。正直にいえば、わたしだって、悲劇に彩られたその家に住み続けたくはなかった。三カ月後、わたしたちはノースカロライナで新たな生活をはじめた。アドバンスとヴェリティの保険金で、サウスポートのビーチのすぐそばにある物件が即金で買えた。夕方になるとわたしたちはいつも、三人で新しい家のデッキに座り、海岸に寄せては砕ける波を眺める。

今、わたしたちは家族だ。クルーが生まれたときの家族とは、顔触れが違っている。でも、わたしにはわかった。クルーが彼の人生にわたしをすんなり受け入れたことを、ジェレミーは嬉しく思っている。それに、クルーはもうすぐお兄ちゃんになる。

クルーは抜群の適応力で新しい生活になじんだ。わたしたちは彼にセラピーを受けさせた。セラピーがかえってクルーにつらい思いをさせるのではないかと心配するジェレミーに、わたしは自分の子どもの頃のセラピー体験を話して安心させた。これから先、わたしたちがクルーにたくさんの楽しい思い出を与えれば、きっと悪い思い出は簡単に忘れてしまうだろう。

今日、わたしたちは数カ月ぶりに元の家に足を踏み入れた。気味が悪いけれど、どうしてもその必要がある。予定日が近づくと、しばらくは旅行ができなくなる。昔の家を整理するいいチャンスだ。すでに、ふたりの購入希望者がいる。今、家を空にして、臨月に長いドライブをしなくてもいいようにしておいたほうがいい。

もっとも骨が折れたのは、仕事部屋の片付けだ。残せるものもたくさんあったのかもしれない。けれどジェレミーとわたしは半日がかりで、すべてをシュレッダーにかけた。人生のその部分を封印してしまいたいという、ふたりとも同じ気持ちだったと思う。すべてを過ぎ去ったこととして忘れてしまいたい。

「気分はどう？」ジェレミーが仕事部屋に入ってきて、わたしのお腹に手を置いた。

「上々よ」笑顔で見上げる。「もうすぐ終わる？」

「ああ。ポーチに二つ、三つ箱があるけど、それで終わりだ」

ジェレミーはわたしにキスをした。そのとき、家に駆け込んでいくクルーの姿が目に入った。

「走るなよ！」ジェレミーが肩越しに声をかける。わたしは椅子から立ち上がり、ジェレミーのあとからドアへ向かった。ジェレミーはポーチに残った十個ほどある箱の一つを抱え、車に運びはじめた。クルーがわたしのすぐそばを通って、ふたたび家から外に出ていく。だが、ふと立ちどまって、家の中に戻ってきた。

「忘れるとこだった」階段を駆け上がっていく。「ママの部屋の床から、ぼくのものを取ってこなくちゃ」

わたしは階段をあがり、ヴェリティの寝室だった部屋へ向かっていくクルーを眺めた。その部屋にはもう何もなかったはずだ。だが少しすると、クルーが紙の束を手に下におりてきた。

「それ、何？」クルーにたずねる。

「ぼくがママのために描いた絵だよ」クルーはわたしの手に、その紙の束を押しつけた。「忘れてたんだ、ママが床に入れてたのを」

クルーはまた外に走り出ていく。わたしは手元の絵を見た。この家にいつも漂っていた、不気味な感覚がよみがえる。怖い。この家で起こった出来事が、頭の中でフラッシュバックする。ヴェリティの部屋の床にあったナイフ。あの夜、モニターに映った彼女の姿。ヴェリティは床に這いつくばっていた。まるで床から何かを掘り出しているように。そしてさっきのクルーの言葉。

〝忘れてたんだ、ママが床に入れてたのを〟

わたしはあわてて階段をあがった。たとえ彼女は死んで、もうそこにいないとわかっていても、恐怖を感じずにはいられない。床を見渡すと、床板がはずれている部分があった。クルーが絵を取り出したあと、元に戻し忘れたらしい。わたしはひざまずき、その床板を持ち上げた。そこに穴があった。

暗い穴の中を、わたしは手で探った。手に触れた何か小さなものをひっぱり出す。双子の写真だ。それから何か冷たいもの……あのナイフだ。さらにもう一度手を入れ、念入りに探ると封筒が見つかった。開封し、中の手紙を取り出して、空の封筒を床に落とす。

最初のページは白紙だ。息を整えながら一枚目をめくり、二枚目を見る。

それは手書きのジェレミーへの手紙だった。わたしは恐る恐る、その手紙を読みはじめた。

愛するジェレミーへ

この手紙を見つけたのがあなたであることを願っています。もしあなたじゃないなら、どうにかこの手紙があなたのもとに届くことを願っています。伝えたいことがたくさんあるから。

まずは謝らせてください。あなたがこの手紙を読む頃、わたしは真夜中にクルーを連れてこの家を出ているはずです。あなたをひとり、思い出にあふれたこの家に残していくことを考えると胸が痛む。子どもたちと、わたしたちがいて、楽しかったわね。でも、わたしたちはクロニクスだった。ハーパーの死で、悲しみが終わるはずはなかった。

完璧な妻だった数年間ののち、自分が愛し、人生を捧げたこのキャリアが、結局はわたしたちの関係を終わらせることになるとは思ってもいなかった。

わたしたちの暮らしは完璧だった。でもチャスティンが死んだ日に、すべてががらりと変わった。どこから悲劇がはじまったのか、忘れようとしても絶対に忘れられない、ある一つの出来事があるの。

その日、わたしたちはマンハッタンで、編集者のアマンダと夕食をともにしていた。あなたは、お義母《かあ》さんからクリスマスプレゼントにもらった、わたしも大好きなあの淡いグレーのセーターを着ていた。わたしのデビュー作が出版されて、パンテンとさらに二冊の出版の契約を結んだ直後だ。ディナーはそのお祝いの席でもあった。わたしとアマンダの話題は、もっぱら次回作のことだった。おそらくあなたはその話を聞き流していたと思う。あなたはいつだって、その手の話にまったく興味を示さなかった。

わたしはアマンダに相談を持ちかけた。次回作をどのアングルから書くか決めかねている、と。まったく違う視点から書くべき？　それともデビュー作を成功させた、悪役の視点から書くべき？

同じやり方で続けるべきだ、しかももっと大胆に。それがアマンダの助言だった。でも……わたしはいった。わたしの日常とかけ離れた主人公をリアルに描くのはむずかしい。次の作品をさらにいいものにする自信がない、と。

それを聞いたアマンダは、自分が大学院で学んだ訓練法、いわゆる視点倒錯ジャーナルについて、教えてくれた。

これこそあなたが聞いておくべき会話だったのに、そのときのあなたは携帯でわたしの本じゃない小説を読んでいたと思う。わたしの視線に気づき、ちらりと目をあげたあなたに、わたしはただほほ笑んだ。腹は立たなかった。一緒にいて、編集者からわたしがアドバイスを受けている間、あなたが辛抱強く待ってくれている。それだけで満足だった。アマンダの話を聞きながら、わたしの注意は、テーブルの下で太ももをまさぐるあなたの手に向けられていた。やがて膝の上で、手が円を描きはじめた。ホテルの部屋に戻るのが待ちきれなかった。双子から離れてふたりだけで過ごすはじめての夜だ。でも、アマンダのアドバイスにも興味を引かれていた。

アマンダの話はこうだ。視点倒錯ジャーナルとは、よりよい作品を書くための最適の訓練だ。悪役の心情に迫るため、自分の生活について……実際に起こった出来事を日記《ジャーナル》に書く……しかもそのときの自分の視点とはまったく逆の視点から。アマンダは、わたしたちの出会いの場面から書きはじめることを提案した。その夜、わたしが何を着ていて、どこであなたと会って、何を話したかを。ただし実際よりは、邪悪な視点から書くようにするのだ。

シンプルで、何も害はないと思えた。

たとえば、アマンダとのミーティングの状況を書くと、こんなふうになる。

いい加減、話を聞いて。そう思いながらわたしはジェレミーを見た。だが、彼は素知らぬ顔で、携帯をじっと見つめている。これはわたしにとって、大事な機会だ。マンハッタンのレストランでのディナーミーティングなんて彼の柄じゃないとわかっている。だから、わたしもしょっちゅう同席を頼んだりしない。それなのに、なぜここにきて、誰か他の作家の電子書籍をのうのうと読んだりできるのだろう？

ジェレミーは読書家だけど、わたしの本は読まない。わたしに対する最大の侮辱だ。

彼の図太さにはあきれるばかりだ。でも、それを顔に出すわけにはいかない。わたしの顔に浮かんだいら立ちで、アマンダもジェレミーの無礼に気がついてしまう。

目をあげたジェレミーに、わたしは作り笑顔で応じた。怒りはあとにとっておこう。アマンダがジェレミーの無礼に気づかないことを願いながら、わたしはその場の会話に意識を集中させた。

数秒後、ジェレミーが脚をつねった。膝のすぐ上の部分だ。触れられて、わたしは身を硬くした。いつもなら、それが欲しくてたまらない。でも、今この瞬間にわたしが欲しいのは、わたしのキャリアを支えてくれる夫だけだ。


ざっとこんな感じ。作家にとって、自分じゃない誰かになりきるのは簡単だ。

家に帰るとすぐに、わたしはラップトップを開き、あなたと出会った夜のことを書いた。裏バージョンでは、わたしの赤いドレスは万引きしたもので、わたしがパーティーに行ったのは、金持ち男とファックするためだ。それはまったく事実とは違う。わたしがそんな女じゃないってことは、あなたが一番わかっているはずよね、ジェレミー?

最初は自分を悪人に仕立てることがうまくできなかった。だから、わたしたちの人生に起こった大きな出来事について書くのを習慣にした。あなたがわたしにプロポーズした夜、それから双子の娘が生まれた日。さまざまな出来事を書いていくたびに、わたしは自分を悪役の心情にシンクロさせるのがうまくなっていった。実際、それは痛快な作業だった。

おまけに役に立った。

効果は絶大だった。その訓練のおかげで、わたしは作品の中で、リアルで、恐ろしい登場人物を描くことができるようになった。悪役の心情に入り込んで書くのがうまくなり、本が売れた。

三冊目を書き終わる頃には、わたしは実際の自分とは真逆の視点から物語を書く術を完璧にマスターした。訓練の効果を実感して、わたしはこれまでに書いた日記を自伝風にまとめ、他の作家にライティングの技術を教えるテキストにすることを思い立った。ストーリーに一貫性を持たせ、章と章をうまくつなげるために、それぞれのシーンを極限まで不快なものにした。

それを書いたことは後悔していない。なぜならその動機は、他の作家の役に立てばという気持ちだけだったからだ。ただハーパーの死から数日後に書いたことだけは後悔している。その夜、わたしの心は闇をさまよっていた。そして自分の頭をクリアにするには、その闇をすべて、作家としてキーボードに吐き出してしまうこと以外になかった。理解してもらうのはむずかしいと思うけれど、わたしにとって、それはセラピーのようなものだ。

それに、あなたがそれを読むとは思わなかった。最初の原稿を読んで以来、あなたはわたしの書いたものをまったく読もうとしなかったから。

なのに、なぜ……どうして、よりにもよってあの自伝を？

あれは誰かに実際にあったこととして読んでもらうために書いたものじゃない。ただの訓練だ。わたしを蝕む陰鬱なムードを解消するための方法の一つだ。自伝の中で自らが創り出した悪役にすべての咎《とが》を負わせて、現実の悲しみと折り合いをつけることができた。

あなたにとって、この手紙を読むのはつらい作業だと思う。けれどあの夜に、あなたが見つけた自伝を読むよりはましだ。そして、いつかわたしたちが互いを許しあえる場所にたどりつくためにも、その夜のまぎれもない真実を知るためにも、あなたはこの手紙を読み続ける必要がある。

あの日、わたしがハーパーとクルーを湖に連れていったとき、わたしはふたりに優しくしようと思った。朝、ふたりと遊ばなくなったといわれて、そのとおりだと思ったからだ。チャスティンを失ったのはつらいけれど、わたしにはまだ自分を必要としてくれるふたりの子どもがいる。それにあの日、ハーパーはどうしても水辺に遊びに行きたがっていた。だから泣いて、二階に駆け上がっていった。湖に行くのをだめだといわれたからだ。自伝で書いたように、感情を表に出さないからといってハーパーを責めたことはない。あそこに書いたのは、作家として自由に話をふくらませたものだ。屈辱だ。そんなことをわたしが子どもにいったと、あなたが信じるなんて。そしてあの自伝や、わたしが子どもに危害を及ぼす可能性があることをあなたが信じたのも。

ハーパーの死は事故、正真正銘の事故だった。あの日、ふたりはカヌーに乗りたがって、波も穏やかだった。たしかにふたりに救命胴衣を着せておくべきだったとは思う。でも、以前だって何度も、それなしで子どもたちをカヌーに乗せたことがあったでしょう？　湖はそれほど深くない。まして水中に漁網があるなんて、わたしには知る由もなかった。もしあの漁網がなかったら、わたしがハーパーを見つけて、岸まで引き上げていれば、カヌーがひっくり返ったハプニングを笑い飛ばすことができたはずだ。

どれほど後悔しているか、あなたに話すこともできなかった。あの日、わたしがしなかったことのすべてを。何か一つでも変えられるなら、もしあの日、あの場所に戻れるなら、きっとそうする。あなたもきっとそれはわかっているはずだ。

あなたが駆けつけて、水から引き上げたハーパーを抱きしめたとき、わたしは自分の胸から心臓を取り出して、あなたに食べさせたかった。なぜならあなたの心臓がなくなってしまったことがわかったから。あなたの苦しみを目の当たりにして、もう一秒も生きていたくないと思った。どうしよう。わたしはふたりを失った。チャスティンもハーパーも。

ハーパーが死んで二、三日した頃、あなたの疑念が頂点に達したのがわかった。あなたはベッドで、わたしを問いつめはじめた。わたしがわざとカヌーを転覆させたと思うなんて、ショックだった。たとえその考えが一瞬頭をかすめただけだったとしても。わたしに対するあなたの愛が、あなたの体を離れ、はじめから何もなかったかのように、ひらひらと飛んでいくのが見えた気がした。わたしたちが共に過ごしたすべての時間……あのすばらしい日々が消えてしまった。

そう、たしかにわたしは、カヌーが傾いたとき、クルーに息を止めるようにいった。でもそれはクルーを助けようとしたからだ。何度かカヌーに乗ったことがあるから、ハーパーは大丈夫だと思った。だから水に落ちたあと、まずはクルーのことを考えた。わたしがつかむと、クルーはパニックになった。できるだけ早く、クルーを桟橋に連れていく必要があった。でなければ、クルーにしがみつかれて、わたしまで溺れてしまう。それから三十秒もたたないうちに、ハーパーの姿が見えないことに気づいた。

今もなお、わたしは自分を責め続けている。わたしは母親で、ハーパーを守るべき立場にあった。それなのに、ハーパーは大丈夫と決めてかかって、三十秒の間クルーにかまけた。すぐに沖へ引き返し、ハーパーを探したものの、カヌーはひっくり返った余波でさらに遠くへ流されていて、ハーパーがどこにいるのか見当もつかなかった。クルーはまだパニック状態で、わたしにしがみつこうとしていた。手遅れにならないうちに、クルーを岸に連れていかなきゃ、全員が溺れる、そう思った。

あのとき、わたしは必死でハーパーを探した。信じて、ジェレミー。わたしの心は、彼女と一緒にあの湖で溺れて死んだ。

あなたがわたしを疑ったことを責めているわけじゃない。もしあの日ふたりを湖に連れていったのがわたしじゃなくあなたで、あなたが見守る中でハーパーが溺れたとしたら、わたしだってあらゆる可能性を考えたはずだ。たとえ一瞬でも、人の最悪の部分を考えるのは当然だと思う。

ベッドであなたがわたしを質問攻めにした次の日、目を覚ましたあなたが、わたしを疑うなんて、昨日はなんてばかなことをしたんだろうと気づいてくれるのではないかと思っていた。あの夜はあまりに悲しすぎて、説明しようという気にもならなかった。まだハーパーが亡くなってからほんの数日のことで、わたしは死にたいと思っていた。夜の湖に入って、彼女のもとに行きたい、彼女が死んだのはわたしのせいだと自分を責めていた。もちろん、あれは事故だ。でもわたしが救命胴衣を着せていたら、クルーと一緒に、ハーパーのこともつかんでいたら、彼女は生きていたはずだ。

わたしは眠れないまま仕事部屋に行き、六カ月ぶりにラップトップを開いた。

想像してみて。ふたりの娘の死を嘆く母親が、娘のひとりがもうひとりを殺したことを責める、架空の物語を書いているところを。

不快どころの話じゃない。それはわかっている。書いている間、わたしもずっと泣いていた。でも、歪んだ方法だけれど、自分が作りだした架空の悪役に罪の意識と悲しみを背負わせることで、自らが救われるような気がした。

わたしはすべてを書いた。チャスティンの死について、そしてハーパーの死について。自伝の冒頭に戻って、伏線を付け加えて、わたしたちの恐ろしい現実と矛盾がないようにした。ある意味、それはわたしの罪の意識と胸の痛みをほんの少し和らげてくれた。現実の世界で責任を取るのではなく、フィクションの自分に責任を負わせることができたからだ。

作家の頭の中がどうなっているのか、説明するのはむずかしい。とりわけ他の作家が束になってもかなわないほどの悲劇を経験してきた作家の頭の中は。作家はフィクションと現実をわけて考えることができる。二つの世界を生きているように感じながら、でもその二つの世界が同時に存在することはない。その夜、わたしはあまりにダークな現実の世界に嫌気が差した。だからその夜じゅうかかって、自分が住んでいる世界より、もっとダークな世界についての物語を書き続けた。自伝を書いて、ラップトップを閉じたときにはほっとした。そして仕事部屋から出て、自分が創り出した邪悪なものを封印することができたことに、安らぎを見出した。

他に理由はない。フィクションの世界は、現実よりもっとダークでなければならなかった。でなければ、どちらの世界からも逃げ出してしまいたくなる。

その夜と次の日の朝の時間もいくらか使って自伝を書いたあと、わたしはとうとう最後のページにたどりついた。その時点で、わたしは原稿が完成したと思った。それ以上付け加えるものがなくなったからだ。世界が終わった。ジ・エンドだ。

自伝をプリントアウトしたあと、わたしはそれを箱にしまった。いつの日かまたその原稿を取り出すときのことを考えながら。おそらくはエピローグを付け加えるため、あるいは燃やすために。でもまさかあなたがこの自伝を読むとは思ってもいなかった。そしてあなたが、その内容を信じるとも。

夜どおし自伝を書き続けたあと、次の日はほとんど一日眠って過ごした。そして夜、ようやく目を覚ましたとき、あなたはいなかった。クルーはすでに眠っていたけど、あなたはそこに、クルーと一緒にいなかった。廊下に出て、あなたがどこに行ったのかを考えているわたしの耳に、仕事部屋の物音が聞こえた。

音の主はあなただった。何をしている音だったのかはわからない。それからすぐに、双子が死んだとわかったどちらの日に聞こえたよりも、もっと悲しげな声が聞こえた。わたしはあなたを慰めようと、仕事部屋に向かった。でもドアをあける前に立ち止まった。なぜならあなたの泣き声が怒りに変わったからだ。何かを壁に叩きつける音がした。わたしは驚き、さっとあとずさった。何が起こったのだろう?

そしてわたしはラップトップのことを思い出した。最後に開いていたのは、自伝のファイルだった。

わたしは勢いよくドアをあけ、あなたが読んだものについて説明しようとした。そこに立ちつくし、部屋の向こうからわたしを見ていた、そのときのあなたの顔は忘れられない。

それはまぎれもない……悲嘆の表情だ。

自分の子どもがひとり、死んだことを知った人の悲しみじゃない。魂を蝕む悲しみだ。わたしたちが共に過ごした楽しい時間のすべてが、あなたが読んだばかりの言葉によって消されていく。すべてがなくなった。あなたの中には、憎しみと破壊だけが残った。

わたしは頭を振って、あなたにいおうとした。〝違うの。それは真実じゃない。大丈夫。本当のことじゃないから〟でも、わたしの口から出たのは、哀れで怯えた言葉だけだった。

「だめ」

気づいたときには、わたしは首元をつかまれ、寝室に引きずっていかれた。力ずくで、あなたは膝でわたしの腕を押さえこみ、のどにかけた手に力をこめた。

もし、五秒、たった五秒、説明の時間をくれたら、わたしたちを救うことができたはずだ。「説明させて」わたしはなんとかいおうとした。でも、息ができなかった。

そのあとのことは、自分でも覚えていない。覚えているのは、気を失ったことだけだ。そして、おそらくあなたはパニックになった。わたしを殺しかけたことを知ったからだ。そのベッドでわたしが死んだら、あなたは殺人の罪で逮捕され、クルーは父親を失う。

気がつくと、わたしはレンジ・ローバーの助手席にいた。運転しているのはあなた。わたしの口にはテープが貼られ、手足は縛られていた。あなたが読んだものは真実じゃないと、説明したかった。でも、話すことはできなかった。ふと自分を見下ろして、シートベルトをしていないことに気づいた。その瞬間、わたしはあなたが何をしようとしているのかを知った。

それはわたしの自伝の中の一文だ。〝ハーパーを助手席に乗せて、エアバッグのスイッチをオフにしたまま、シートベルトもさせずに、わざと助手席側を木にぶつけてみる〟あなたはわたしを殺して、事故に見せかけようとしている。わたしは自分でも知らないうちに、自伝の中に、自分自身の死の瞬間を描いていた。〝もしそうなっても……運命のままに。そうなったら、ただ車を木にぶつけるまでだ〟

そこに思い至り、わたしははっとした。もしわたしの死に関して疑われたら、あなたは自伝を差し出せばいいだけだ。わたしが死んだら、それは完璧な遺書になる。

もちろん、物語の顚末《てんまつ》がどうなるかはわかっている。あなたはわたしの手と足からテープをはがし、体を助手席から運転席へ移動させる。そして家に歩いて帰って、警察がやってきて、わたしが死んだと伝えてくれるのを待つ。

しかし、あなたの計画どおりにはならなかった。失敗したことを喜ぶべきかどうかはわからない。事故で死んだほうが楽だっただろう。なぜなら障害の偽装は容易なことではなかった。きっとあなたは、なぜわたしがそんなに長く、あなたを欺き続けているのか、不思議に思っていると思う。

ハーパーが死んでからの最初の一カ月の記憶はほとんどない。おそらく、脳が腫れていたし、薬で昏睡状態にあったのだと思う。けれど意識を取り戻した日のことは、はっきりと覚えている。さいわい、わたしは部屋でひとりだった。だから次に何が起こるか、考える時間があった。

あなたが読んだ、あのおぞましい言葉の数々がすべて嘘だと、どう説明したらいいのだろう？　わたしがあの原稿を否定したところで、きっとあなたは信じない。なぜならそれはわたしが書いたものだから。真実ではないけれど、あれが嘘だと誰が信じるだろう？とくに作家の執筆のプロセスをよく知らない人は。もしわたしが意識を取り戻したと知ったら、あなたはわたしを警察に突き出すだろう。わたしが事故にあっていなかったら、ハーパーの死について、捜査が続いていただろう。その中で、もし夫であるあなたがわたしに不利な証言をしたら、間違いなくわたしは殺人で有罪の判決を下される。自分の言葉が、自分に不利な証拠として使われる。

三日間、誰かが部屋に入ってくるたびに、わたしはまだ昏睡状態にあるふりをした。医者、看護師、あなた、そしてクルー。でもある日、うっかりしていて、病室に入ってきたあなたに、目をあけているところを見つかった。あなたはわたしを見つめ、わたしもあなたを見つめ返した。あなたは拳を握りしめた。まるでわたしが目を覚ましたことに、腹を立てているように。今にも、わたしのところまで歩いてきて、ふたたびわたしののどに手をかけそうだった。

あなたは数歩、わたしに近づいた。あなたの怒りがあまりにも恐ろしすぎて、わたしはあなたを目で追わないようにした。もしまわりのものに何も反応できないふりをすれば、あなたがわたしの命を終わらせない可能性が、あなたが警察に駆け込んで、わたしが回復したと知らせない可能性があると思った。

わたしは数週間、偽装を続けた。それが生き抜くための唯一の方法だと思ったからだ。自分が置かれた状況を打破できる方法が見つかるまで、そのふりを続けるつもりだった。

簡単なことだったとは思わないで。時には屈辱的なこともあった。自分を殺すか、あなたを殺すかして、すべて終わらせようと思ったこともある。自分たちの人生がこんなふうに終わってしまうことに憤りを覚えた。数年間も一緒に暮らした果てに、たった一秒で、あの原稿が真実だとあなたが信じてしまうなんて。女はセックスなしではいられないって、男は本気でそう思ってる？　そんなの作り話よ！　もちろん、あなたとのセックスが好きだった。でも、ほとんどの時間、それはあなたを悦ばせるためだった。それって世間のほとんどのカップルが、お互いにしていることだから。けっしてセックスがなければ生きられないというわけじゃない。

あなたはわたしにとっていい夫だった。あなたが信じるかどうかはわからないけれど、わたしもあなたにとっていい妻だった。今もまだ、あなたはいい夫でいる。わたしが娘を殺したと信じているのに、十分な世話をしてもらえるよう取り計らった。たぶんそれは、わたしがもうここにいない、わたしの中の邪悪な部分はすべて、あの自動車事故で死んでしまったと思っていたからだ。わたしは哀れみの対象に過ぎなくなった。だからクルーのために、あなたはわたしを家に連れて帰った。クルーをわたしから遠ざけるには、あなたは優しすぎた。ふたりの姉に続いて、母親まで失って、クルーの心にさらなるトラウマが残ることを恐れていた。

自伝にはあんなふうに書いたけれど、子どもに対するあなたの愛を、わたしはいつも好ましく思っていた。

何度も告げようと思った。わたしはここにいる、大丈夫だと。でもそんなことをしてもむだだ。二度の殺人の試みをなかったことにするなんてできない。もしあなたが偽装を知ったら、わたしがここを出ていく前に、あなたが三度目の試みを成功させてしまうだろう。

偽装を続けたのは、最後にはあなたの気持ちが変わって、自分の誤解に気づくかもしれないという希望を持っていたからじゃない。あなたは二度と、わたしを信じることはないだろう。それはわかっていた。

すべてはクルーのためだ。考えていたのは、わたしの小さな坊やのことだけ。病室で意識を取り戻したときから、クルーのことだけを考えていた。クルーをあなたから引き離したくはないけれど、その選択肢はない。クルーはわたしの子どもで、わたしと一緒にいる必要がある。彼はわたしがまだここにいる、つまりわたしに、まだ思いも、声も、何かを企む力もあると知っている唯一の人間だ。クルーと一緒にいるときだけは安心できた。まだ五歳のクルーが、わたしがしゃべったといっても、そんなのは子どもの旺盛な想像力、あるいはこれまでに起こった出来事のトラウマのせいだと、きっと誰も取り合わない。

必死で自伝を探したのもクルーのためだ。わたしがクルーを連れてここを出て、その後、あなたがわたしたちを見つけるようなことがあったら、あなたは自伝をわたしに不利な証拠として使う。きっと自分が信じたように、自伝の内容をクルーに信じさせようとするだろう。

あなたがわたしを連れて帰ってきた最初の夜、わたしは仕事部屋に忍び込んで、ラップトップから自伝を削除しようとした。でもあなたがすでに削除していた。プリントアウトしたものを探したけれど、どこにあるのか思い出せなかった。事故のあと、わたしの記憶にはぽっかりとあいた空白がある。その一つが自伝の在りかだ。しかし、あなたにうまく利用されないように、どうしてもファイルと紙の両方を処分する必要があった。

わたしはチャンスを見つけては、思いつく限りの場所を、できるだけ音を立てないように探した。仕事部屋、地下室、屋根裏部屋。あなたが眠っている間に、何度かあなたのベッドのまわりも探したことさえあった。あなたに有利な証拠を処分しない限り、クルーを連れて逃げることはできない。

それにアドバンスが入るのも待つ必要がある。銀行までドライブしていくわけにはいかない。どうすればいいのか途方にくれた。

そんなときパンテンとあなたの話を耳に挟んだ。新しい著者を迎えて、シリーズを継続するというすばらしいアイデアについてだ。ここから出るいいチャンスだと思った。

あなたが泊まりの看護師を雇って、マンハッタンにミーティングに出かけると、わたしは仕事部屋に忍び込み、新しく自分のオンライン口座を開いた。

ミーティングから数日後、共著者がこの家にやってきた。それはつまり、待っていれば、残りの三冊に対するアドバンスが振り込まれることを意味する。入金があり次第、その資金をわたしの新しい口座に移して、クルーとここを出ることができる。

あとは脱出の機会をうかがうだけだと思っていたのに、共著者が問題を複雑にした。なぜか彼女が、わたしの探していたプリントアウトを見つけた。きっとあなたはコンピュータからファイルを削除したことで、そのすべての内容がこの世から消滅したとでも思ったのだろう。でも、そうじゃなかった。そうして二対一の構図ができあがった。もう自伝なんか処分しなくてもいい、わたしはそう思いはじめた。とにかくここを出たい。

彼女がわたしを疑いはじめたのは、わたしのせいだ。わたしに見つめられていることに気づいて、彼女はパニックになった。でも、わたしの身になって考えてみてほしい。彼女はあなたの人生に現れ、わたしのキャリアを奪って、あなたに恋をしつつある。そしてわたしが見る限り、あなたも彼女に恋をしている。

数時間前、わたしたちの寝室で、あなたが彼女とファックする音が聞こえた。わたしは傷つき、それと同じくらい憤りもした。でも同時に、手紙を書くのにもってこいのチャンスだとも思った。今、あなたは彼女に夢中になっている。わたしは主寝室のドアを外からロックした。そうしておけば、あなたが部屋を出ようとすれば音で気づくことができる。あなたが二階にあがってくる前にこの手紙を隠して、いつもの体勢に戻る十分な時間を確保できる。

ずっとつらかった。嘘じゃない。夫婦としての数年間を共に過ごしたのだ。あなたがわたしのふるまいより、あの自伝の言葉を信じたと知ること。母親としてもっともあるまじき犯罪で有罪になるのを逃れるため、これほどのペテンに手を染めなければならないと知ること。自分たちの人生がこれほど惨めなものになったことに気づかないふりを続けているうちに、あなたが別の女性と恋に落ちたと知ること。そのすべてがつらかった。

けれど、あきらめはしない。なぜならアドバンスが入り次第、きっとここを出ていけると信じているから。だからこそ、あなたにもこの手紙を書いている。

あなたはそれを見つけるかもしれないし、見つけないかもしれない。

なぜなら、あなたが見つけてくれるのを願っている。心の底から。

あなたがわたしの首を絞めて、車を木に激突させたあとでさえ、あなたを憎めない自分がいるの。あなたはいつだって子どもたちを守ろうと懸命だった。まさにそれが親のあるべき姿だ。たとえそれが、子どもたちにとって脅威となるもう一方の親を排除することを意味するとしても。あなたはわたしがクルーにとっての脅威だと、信じて疑わなかった。それを知って打ちのめされたけれど、あなたがどれほどクルーを愛しているかを知って、救われる思いもした。

クルーと一緒に家を出たら、いつかあなたに電話をして、この手紙がどこにあるのかを教えるつもりだ。読んだあなたが、自分の中にわたしへの許しを見つけてくれることを願っている。それから自分自身への許しも。

あなたがわたしにしたことについて、あなたを責めるつもりはない。あなたはすばらしい夫だった。それは疑う余地もない。そして世界で最高の父親だった。


愛している。それでもまだ。

ヴェリティ

25

わたしは手紙を床に取り落とした。

痛みを感じて、みぞおちをつかむ。

彼女の仕業じゃなかったの？

今読んだばかりのことを信じたくない。ヴェリティが残酷で、わたしたちが彼女にしたことに値する人間だと思いたい。でも、本当にそうなのかわからない。

どうしよう？　もしこれが本当だったら？　この女性はふたりの娘を失い、夫に殺されかけて、そして……本当にわたしたちに殺された。

椅子に深く座り、手紙を見つめる。まるでそれが、わたしがジェレミーと築きあげた暮らしをすべて破壊する威力を持った武器でもあるかのように。

頭の中を疑問が飛び交う。わたしはずきずきと痛むこめかみを押さえた。ジェレミーは自伝の存在を知っていたのだろうか？

わたしが見せる前に、すでに彼は読んでいた？　わたしに嘘をついたのだろうか？

違う、嘘をついたわけじゃない。彼はその存在は否定しなかった。正確にはこういった。

〝これをどこで見つけた？〟と。

いろいろありすぎて頭が混乱している。ヴェリティが語ったこと、起こったこと。わたしはしばらくの間、呆然とその手紙を見つめていた。自分がどこにいるのかも、ジェレミーとクルーが階下にいることも、すべてを忘れて。今にもジェレミーがわたしを探しに来るであろうことも。

這いつくばって、床の手紙を拾い集める。わたしはナイフと写真を床の中につっこみ、床板で穴にふたをした。手紙を持ってバスルームに行き、ドアに鍵をかける。トイレの前にひざまずき、手紙を細かく裂きはじめる。そしてそれをトイレに流しながら、ジェレミーの名前が書かれている部分をすべて食べた。絶対に、誰にも、読まれないように。

ジェレミーはけっして自分を許さないだろう。もし自伝がフィクションで、ヴェリティがハーパーに何もしていないと知ったら、その真実を受け止めることはきっとできない。自分が無実の妻を殺したという真実。わたしたちが無実のヴェリティを殺したという真実を。

それに、もはや何が真実なのかもわからない。

「ローウェン?」

わたしは残りの手紙もすべて、トイレに流した。念のために最後にもう一度レバーを回して、水を流した瞬間、ジェレミーがドアをノックした。

「大丈夫?」

蛇口をひねって水を出し、落ち着いた声を出そうとする。「大丈夫」手を洗い、それから一口、水を飲んで、口の乾きを癒す。鏡に映る瞳に恐怖が見える。わたしは目を閉じ、すべてを押し戻そうとした。この三十二年の間に自分が見てきた、恐ろしいもののすべてを。

手すりに立っていた夜。

タイヤに押しつぶされた男を見た日。

あの自伝。

階段の踊り場にヴェリティが立っているのを見た夜。

彼女が眠るように死んだ夜。

それらをすべて押し込める。手紙を飲み込んだように、すべてを飲み込む。

わたしは大きく息を吐き、ドアをあけると、ジェレミーににっこり笑った。ジェレミーは手を伸ばして、わたしの頭をさっとなでた。「大丈夫？」

恐怖、罪悪感、悲しみ。何もかもをごくりと飲み込む。納得のうなずきで、すべてを覆い隠して。「オーライ」

ジェレミーもほほ笑む。「オーライ」静かにそういうと、わたしの指に指を絡めた。「行こう、この場所におさらばだ」

家の中を歩いている間、ジェレミーはずっとわたしの手を握ったままだ。車のドアをあけるときにようやく手を離して、わたしをジープに乗り込ませた。車が走り出すと、わたしはバックミラーの中で遠ざかっていく家を見つめた。それは小さくなって、ついに見えなくなった。

ジェレミーは助手席に手を伸ばし、わたしのお腹をなでた。「あと十週間だね」

彼の瞳に喜びが躍る。それはつらい経験をした彼に、わたしがもたらすことのできた喜びだ。わたしは彼の闇に光をもたらした。これからもその光を投げかけ続けるつもりだ。もう二度と、彼が過去の闇の中で迷わないように。

わたしが知っていることを、彼が知ることはこれからもないだろう。知らせるつもりもない。この秘密はジェレミーに代わって、わたしがひとりで一生抱えていく。

何を信じるべきなのかわからない。だからあえて彼を苦しめる必要はない。ヴェリティは、自分の行動の形跡を消し去る手段として、あの手紙を書いたのかもしれない。けれどそれは、彼女が置かれた状況と、そこに関わるすべての人を巧みに操る、新たな策略だった可能性もある。

たとえジェレミーが彼女の事故の原因だったとしても、わたしは彼を責めない。彼はヴェリティが娘を殺したと信じていた。それからヴェリティにだまされていたと気づき、彼女を殺そうとして、最後までやりとげたことも。彼のような目にあえば、親なら誰でも同じことをしただろう。同じことをするべきだ。彼女が危険な存在だとわたしたちは心から信じていた。クルーにとっても、わたしたちにとっても。

とにかくどっちにしても、はっきりしているのは、ヴェリティが真実を操る天才だということだ。そしてただ一つ、疑問が残った――どの真実を彼女は操ったのだろう？

エピローグ

六カ月後

親になれば、何かしらの苦難はつきものだ。変化は避けられない。価値観もライフスタイルも一変する。もはやあなたは人生の主役じゃない。脇役、物語の中の捨て駒となって、主役を救うために銃弾を食らったり、列車の前に身を投げ出したり、溺れたりする。

ノヴァは三カ月になった。娘の名前をノヴァにしたのにははっきりした理由がある。わたしたちには新たなスタートが必要だ。だから彼女をノヴァ《新星》と名付けた。

胸に抱いた瞬間から、彼女はわたしの人生で何より大切な存在になった。仕事より、ジェレミーより大切なもので、彼女のためなら罪を犯すこともいとわないだろう。

ノヴァが生まれるまで、わたしはヴェリティの原稿は真実に違いないと思っていた。でも、母になった今、仮に真実でないにしろ、母親が自分の子どもについてあれほどおぞましい話を書くのは言語道断だと思う。いくら仕事のためとはいえ、想像力を磨くために、娘についてあんな恐ろしいことを書くなんて。何を信じればいいのかわからない。ヴェリティはモンスター？　本当に自分の子どもにあんなことをした？　それとも作家のエクササイズとして、でたらめを書いたの？

　自伝と手紙、どちらが真実にしろ、あんなことを書くの自体、頭がどうかしている証拠だ。とても正気とは思えない、子どもを守るべき母親が、その子が死んで数日もたたないうちにあんなおぞましい話を書くなんて。ヴェリティがその死に関わっているのかどうか、ジェレミーが彼女の命を終わらせる必然があったのかどうかは、もはや問題じゃない。ノヴァを産んで、母になるのがどんなことかがわかった。どっちにしてもヴェリティは危険な母親だ。それは間違いない。

　ヴェリティにはあの最期がふさわしい。でもまだわたしは彼女の亡霊に怯えている。とくに今日は彼女の三十七歳の誕生日だ。

　今日が何の日か、ジェレミーが気づいているかどうかはわからない。お互いその話はしていない。ヴェリティがこの世を去ってほぼ一年が過ぎ、ようやく彼女がいなくなったことに安心している。でも彼女のことを考えると、どうしても対抗心をかき立てられずにはいられない。とくに彼女の誕生日には。自伝を通して彼女の心にあまりに深く入り込み過ぎたせいで、わたしの頭の中のスコアカードの一番上には、自分の名前の隣にヴェリティのイニシャルがしっかり刻み込まれている。張り合うまいとしても、張り合ってしまう。彼女に負けたくない。作家としても、母としても、妻としても。

　もともとわたしは勝気な性格じゃない。だが彼女の人生に足を踏み入れて変わった。自分以外、誰も点数をつけてなどいないのに、自分が優れていることを証明したい。すべての分野、ヴェリティが得意じゃなかった分野についても、そして得意だった分野についても、新記録を打ち立てたいと思っている。

わたしはノヴァを母乳で育てることにした。ヴェリティが双子を母乳で育てなかったからだ。そして夜はどんなに疲れていても、ノヴァの泣き声にはジェレミーが目を覚ます前に反応する。わたしが、ヴェリティ――自伝か手紙、どちらが彼女の真の姿にせよ――よりもずっと献身的な母親だとジェレミーに思ってもらいたい。とにかく彼女よりいい母親でいるつもりだ。

自伝の中のヴェリティと同じように、自分がジェレミーを喜ばせたいという強迫観念にとりつかれているのを感じる。理由はただ一つ、彼女に負けたくないからだ。つまりこれはジェレミーとわたしというより、ヴェリティとわたしの問題だ。彼と関わった女性は皆、なぜこうも彼に人生を牛耳られてしまうのだろう。

たぶん彼が〝クロニクス〟の一部になりやすい女性を選ぶのだ。彼の人生を悲劇で満たすだけでなく、強迫観念にとりつかれやすい女性を。

今、わたしはわたしのもので、ジェレミーのものでもあるバスルームにたたずんで、自分の姿を眺めてため息をついている。妊娠中に増えた体重がまだ戻らない。ヴェリティの自伝を読んでいなかったら、これほどまでに体重の増加を気に病むことはなかったかもしれない。憂鬱はじわじわとわたしを蝕んだ。シャワーを浴びるたびに鏡を眺め、自伝の中の一節について考える。彼女が双子を出産した後、はじめてしたセックスについてのくだりだ。そこで書かれていたことは、しぼまないヘリウムガス入りの風船のように、わたしの頭の中にいつまでもふわふわと漂いつづけている。ヴェリティは自分の体形がすばやく戻ったことを自慢していた。わたしの体形はいつになったら元に戻るだろう？

太ったことをごまかすために、わたしはヴェリティのビクトリアズ・シークレットのカードを使って何枚もランジェリー（サイズはヴェリティより大きい）を買った。

わたしたちはヴェリティを火葬した。だから今の彼女はただの灰だ。でも息をするたびにその灰でむせそうになる気がする。彼女はわたしのアキレス腱、泣きどころだ。いなくなって一年がたつ今も、わたしの心の中でその存在が薄れることはない。

彼女の死ははじまりにすぎなかった。彼女は今、亡霊となって、わたしがジェレミーとともに築き上げた家庭の上を漂っている。キッチン、リビングルーム、時にはバスルームの鏡の中に。そしてわたしたちが愛を交わすベッドの上にも。

こっちがどうにかなる前に、亡霊を追い払う方法を見つける必要がある。

わたしは何枚か買ったシルクのナイトガウンの中から一枚——過激すぎず、ヴェリティの生まれた日が終わるまであと二時間、ジェレミーを夢中にさせるのに十分なもの——をはおった。

寝室のドアを開けたとき、ジェレミーはベッドの上で、ヘッドボードに背中をもたせかけ、本を読んでいた。上半身は裸、ネオンイエローのひもがついたネイビーのボトムスをはいて、投げ出した脚を足首のところで交差させている。寝室に入るなり飛び込んできたその眺めに胸が熱くなる。

「クルーは眠った？」彼にたずねる。

「ああ」ジェレミーはちらりと本から目をあげた。

上掛けを引っ張って、ベッドにもぐりこみ、彼が読む本のカバーをちらりと盗み見る。彼がその作家のスリラーを読んでいるのは、今週で二冊目だ。女性で、魅力的で、そして既婚者。

そう、ネットで検索したから知っている。黒髪バージョンのヴェリティといった面立ちのゴージャスな美人だ。ジェレミーが本を読んでいる間、彼女は裏表紙の写真の中からじっとわたしを見つめている。

ジェレミーが彼女の本を読んでいるからといって、嫉妬をするのはばかげたことだとわかっている。でも彼はわたしのこともこのやり方で見つけた。彼がわたしの本を読んでいるとき、ヴェリティが傍らに寝そべっていたかもしれない。そして新しい作家を雇うことになったとき、彼はヴェリティのチームにわたしに連絡を取らせた。彼が別の女性作家の本を読んでいるのを見て、わたしの胃が痛むのはごく当然だ。

わたしは横向きに寝そべって、枕の下に手を差し入れた。裏表紙の女性を眺める。「その本、おもしろい?」

「まあ、どうかな……」ジェレミーはふと押し黙り、ようやくわたしの胸の谷間に気づいた。そしてすぐに片手で本を閉じた。「きみのには負ける」彼が後ろへ投げた本が、ぽとりと音を立てて床に落ちる。その音にわたしは声をあげて笑った。彼はわたしを仰向けにすると、じっと見つめた。

これ以上はない、完璧なふるまいだ。

ジェレミーはわたしのガウンに指をかけ、胸元をはだけると、わたしの胸をうっとりと眺めた。谷間の始まりの部分にキスをする。わたしは彼の髪に手を差し入れ、彼を引き寄せた。唇を割って、舌を差し入れる。

彼はため息ともうめきともつかない声とともに、わたしの上に乗った。

それからの数分間は……悪くなかった。

どうすればこれを身も心もとろける体験にできるのかがわからない。ジェレミーのセックスは悪くはない。ジェレミーが悪いわけでもない。けれど彼とヴェリティのセックスについて読んだせいで、比べずにはいられない。ヴェリティは彼がどれほど自分に夢中になったかを、こと細かに語っていた。彼が一晩に、何度も彼女をファックしたことについても。

ジェレミーはわたしをファックしない。わたしたちは愛を交わす。たぶんそれは喜ぶべきことなのだ。だが、わたしにとっては心の中でくすぶる嫉妬の炎をあおるだけだ。

彼はわたしを魅力的だと思ってない？　ヴェリティを求めたように、わたしを求めてない？　わたしに夢中にはなっていない？

ジェレミーは今、すべてを脱ぎ捨て、上掛けの下で、わたしの脚の間に体を割り込ませている。わたしの太ももに固くなったそれを押しつけ、愛しげにこちらを見つめて。彼はこんなふうにヴェリティを見つめたことはないはずだ、そう考えると嫌な気分になる。

もっと乱暴に扱ってほしい、なぜそう思うのかは自分でもわからない。気遣いなんかいらない。優しさよりも、荒々しさでわたしの中に入ってきてほしい。欲しいのはヴェリティが手に入れたジェレミーだ。でもわたしが手に入れたのは気遣いに満ちた彼だ。気遣いを感じると、自分が求められていないような気がする。

そろそろと中に入ってくる彼を感じて、わたしは呆れてくるりと目を回したくなる衝動を必死にこらえた。ノヴァを出産してから、わたしたちのセックスはごく穏やかだ。まるでわたしを傷つけることを気遣っているかのように。でももう三カ月がたっている。時には激しく求めてほしい。

「大丈夫？」

わたしは頬の内側を嚙みしめ、叫びたくなる衝動をこらえた。「大丈夫！　ファックして！」でもそんなことをいえば、彼がひいてしまうだろう。わたしたちはそういうノリじゃない。代わりにうなずき、腰に絡めた脚で彼を促した。

ヴェリティは、ジェレミーがどれほど激しく自分を求めたかについて、脚色を加えて自伝に書いていたのだろうか？　それともあそこで描かれていたのは彼女の願望？　本当はジェレミーとのセックスについて満足していなかった？　でも問題はそこじゃない。

問題はわたしが彼とのセックスに満足していないことだ。

もしわたしがこの瞬間の、わたしに対するジェレミーの欲望について書くとしたら、ヴェリティが書いたような描写にはならない。

彼はヴェリティとのファックを恋しく思っている？

「ロウ、大丈夫？」

ジェレミーがわたしを見下ろしている。眉をよせて、心配そうな表情だ。彼はわたしの中で動くのをやめた。痛みを感じているかどうか気遣ったわけじゃない。心ここにあらずのわたしの表情に不安になったからだ。

わたしはむりに微笑んだ。「大丈夫」彼の頭を引き寄せ、何度かキスをすると、彼がそれに応える。それからの数分間、わたしはもし自分が自伝を書くとしたら、今のこの状況をどんなふうに書くだろうと考えていた。それはヴェリティが『運命のままに』で描いたセックスとはまったく違うものになるはずだ。

わたしが書く自伝の中では、ジェレミーはゆっくりと腰をくねらせながら、わたしの中に入ってくる。わたしたちはキスをし、ときに甘い声をもらす。そして彼は動きを止め、慣れた指づかいでまずわたしを満足させてから、わたしの中でいった。お互いじんわりと汗ばんではいるものの、滴り落ちるほどではない。子どもたちを起こすこともない。なぜなら声をあげそうになるたびに、「静かに」彼がそういうからだ。ことが終わると、ジェレミーはキスをし、ごろりと寝返りを打ってわたしの体からおりた。わたしは天井を見つめ、ヴェリティとのセックスで味わった気の遠くなる快感を、わたしとでは得られないことを彼がどれほど残念に思っているかを考えた。

ジェレミーのことだから、きけば、わたしたちのセックスライフは完璧だと答えるだろう。たぶんそうなのかもしれない。でもわたしが望むのは完璧なセックスじゃない。ヴェリティに勝つことだ。でもどうすればいい？　ヴェリティを引き合いに出さず、自分の順位を知るには？　彼にたずねるわけにもいかない。「どっちがよかった？　わたし？　それとも死んだ彼女？」なんて。

ジェレミーは今、横向きで後ろからわたしにぴったりとよりそい、荒い息遣いで気だるげな指をわたしの胸に這わせている。「まただ」彼の声でわたしは我に返った。

「何がまたなの？」

「コンドームを忘れた」

「大丈夫よ、まだ母乳をあげているから。ＬＡＭメソッドでは、授乳していれば、出産後六カ月間に排卵が起きる可能性は極めて低いと言われているの。ピルとか、コンドームより、間違いのない方法よ」

「タオルをとってこようか？」彼が肘をついて、起き上がろうとする。

わたしは彼を押しとどめた。「いらない、行かないで」

ジェレミーはわたしの頬にキスをして、わたしの頭の脇で、枕に頭を並べて、指でわたしの肌に見えない絵を描き続けている。「今日はどうだった？　執筆は順調？」彼がたずねる。

彼がその質問をすることはあまりない。なぜならたいていの日、順調とはいえないからだ。でも彼にはそれをきいても大丈夫なタイミングがわかるらしい。わたしがベッドにもってくるムードが、その日一日の進捗《しんちょく》状況を反映していると気づいている。

「順調よ」わたしは答えた。嘘じゃない。妊娠中は余計なことを考えないため、仕事に没頭していた。おかげでヴェリティのシリーズも、まだ書けていないのはあと二巻、『真実』と『無償の愛』だけだ。

実に皮肉だ。

編集者には先に『真実』を渡すことになっている。そしてこの本で書いたことのすべてが、ヴェリティのことを思い出させる。ヴェリティは「真実」という意味だ。わたしは彼女から逃れられない。本のタイトルでさえ。

たぶん、これは彼女からわたしへの仕返しなのかもしれない。

「今日、最後から二冊目のレジュメを提出した。明日、何かコメントがもらえればいいけど」

「驚いたな」ジェレミーはいった。「きみの執筆のスピードはヴェリティよりはるかに速い」

彼はそれを誉め言葉のつもりでいったのかもしれない。けれど、ほとんどの作家は、仕事が速いといわれて嬉しいとは思わない。出版の世界で「速い」は「手抜き」とか「まんねり」と同義語だ。そしてわたしが恐れているのは、編集者に自分の作品がヴェリティのB級版といわれることだ。

話題を変えたい。ヴェリティと彼女の本の話から。「休暇が必要よね」わたしはいった。「どこかあたたかいところで」

「赤ん坊を連れて？　おまけに六歳の子供も？」ジェレミーがたずねる。

「赤ん坊と子供と一緒にこの家に過ごすか、赤ん坊と子供と一緒にメキシコかどこかのビーチで過ごすかの二択なら、ビーチに一票よ」

ジェレミーが笑った。「週末に調べてみるよ」

ヴェリティはこういう時間――セックスの後の親密なひととき――について、あまり多くを書いていない。彼女が書いていたのは、ふたりとも疲れ果てて、言葉も交わさず眠りに落ちたことだ。だからわたしはこの時間を大切にする。わたしたちのセックスにスリルはないかもしれない。でもジェレミーはヴェリティといるより、わたしといることを楽しんでいる。

それがわたしの希望だ。

「もしまた妊娠したら、困る？」彼の人差し指が、わたしの胸の頂を丸くなぞる。まだコンドームを使わなかったことを考えているらしい。

「手放しで喜ぶかどうかはわからない。ノヴァはまだ小さいし」わたしは彼の顔を見て、何をどうこたえようか考えた。「あなたは？」

ジェレミーがわたしを見る。「きみとなら、子供を百人作ってもいい」

彼のその言葉に全身が幸福感に包まれる。**わたしの勝ちよ、ヴェリティ。地獄でバースディを楽しんで。**

彼の親指がわたしの胸の頂に触れた。その瞬間、母乳がほとばしる。それは温かく、とろりと彼の親指にまとわりついた。ジェレミーは自分の手をじっと見つめた。「味見をしても？」

ふたたび彼と目が合う。彼がヴェリティとは一度もしなかったことをわたしとする、そう考えただけで太ももが欲望にうずく。

「いいわ」

ジェレミーの目がいたずらっぽく輝き、次の瞬間、わたしの胸の頂をゆっくりと口に含んだ。それは実に奇妙で、スリルに満ちた感覚だ。彼は右手をわたしの腰から太ももへとすべらせ、お尻をぎゅっとつかんで、最後にひとなめするとわたしを解放した。

ふたたびわたしを見下ろし、にっこり笑う。「思ったより甘かった」

もう一度、して欲しい。今度はもっと長く。でも彼はいつもと同じナイト・ルーティンに移った。唇に軽くひとつキスをする、そして頬にも。「おやすみ」そういうと、ベッドの自分の側に戻って明かりを消し、枕の位置を整えて、携帯が充電ケーブルにつながれているのを確認した。

ナイト・ルーティンもまた、ヴェリティが書かなかったことの一つだ。わたしたちにそれがあることを喜んでいいのか、がっかりしていいのかわからない。

「クルーがずっと砂遊びがしたくて、ビーチに行きたがってる」ジェレミーがいった。「明日の午後、パティオの石を並べ終わったら連れて行こう」

「ノヴァには寒すぎるんじゃない？」

「ブランケットにしっかりくるんでいけばいい」

わたしは寝返りを打ち、ジェレミーの胸に腕をのせた。彼の指が肘に触れる。

ジェレミーはわたしのつむじにキスをして、わたしたちはそのまま眠りに落ちた。彼がわたしの肘に触れ、わたしは彼の胸の鼓動を腕に感じながら。

＊＊＊

サウスポートのわたしたちの新居は、ケープ・フィア・リバーがどろりと大西洋に流れ込む場所にある。水は塩辛く、淡水生物と海洋生物が共棲する。いいとこどりの場所だと思う人もいるだろう。

けれど、わたしにはどうにも好きになれない場所だ。

一目見たときには、すてきな場所だと思った。妊娠が発覚した直後、わたしたちは最初に内覧した家を買った。妊娠が発覚したタイミングとヴェリティの亡くなった日があまりに近すぎて、バーモントに戻る気にはなれない。だから縁もゆかりもない土地を選んだ。いつかは海岸沿いの町で波打ち際の家に住むのを夢見ていたけれど、引っ越しはあまりにあわただしかった。もっと考える時間があったら、その家を選んだかどうかはわからない。新居の船着き場の近く、幅五メートルのほどの砂浜が一年のうち数カ月は水の中だということにも気づいていなかった。おかげでクルーが砂の城を作ることができる砂浜を求め、毎回、近くのビーチへ遠征するはめになった。

目的のビーチ周辺には、わたしたちの車以外、他に一台が停まっているだけだ。わたしがノヴァをベビーカーに乗せ、ジェレミーがクルーの砂遊びの道具をトランクから取り出す。クルーは待ちきれず走り出した。

「クルー、待てよ！」ジェレミーが叫ぶ。クルーはじれったそうにわたしたちを振り返った。

おむつバッグをベビーカーのハンドルにかけながら、わたしはいった。「先に行って、追いつくから」

「大丈夫？」

「まかせて」

ジェレミーがクルーに追いつき、ふたりの姿が砂丘の向こうに消えていく。わたしは車をロックすると、ノヴァを乗せたベビーカーを押してビーチの入口へ向かった。

見渡したところ、他に人影はない。わたしはほっと胸をなでおろした。人目がないのはありがたい。ジェレミーは波打ち際から三メートルほどのところにわたしとノヴァのためにブランケットを広げると、クルーと一緒に砂の柔らかそうな場所にいき、そこにスコップやバケツを置いた。そして再びわたしたちのほうへ戻ってきた。

ブランケットの場所までジェレミーがベビーカーを押してくれた。少しばかり風が強すぎるけれど、ブランケットの四隅に、おむつバッグとパックの果汁飲料を重石《おもし》がわりに置いてある。

わたしとノヴァがブランケットの上に落ち着くと、ジェレミーはアップルウォッチを見ていった。「ちょっと走ってくる。三人だけで大丈夫？」

ヴェリティが睡眠中に死んでからまもなく、ジェレミーはジョギングを始めた。ここに越してきてからは週に三、四回は走っている。今は七時だけれど、時には夜にも走る。

「今朝、一度走ったんじゃなかった？」

「走ると頭がすっきりするんだ」

わたしは声をあげて笑った。「よく走るわね。どれだけすっきりさせなきゃならない悩みがあるの？」冗談のつもりだ。でもジェレミーはにこりともしなかった。

「遠くへは行かない」さっきより沈んだ声だ。「大丈夫？」

「大丈夫よ」わたしの返事に彼は軽くキスをすると水辺へ向かった。一分ばかりストレッチをしている。走っているおかげで引き締まった体つきだ。わたしがだらしない体にならなければなるほど、彼の体は引き締まっていく。

やがてジェレミーがダッシュで走り出し、砂の中の小さな点になっていく。わたしはぐずりはじめたノヴァをベビーカーから抱き上げ、膝にのせた。

十分後、クルーが砂遊びの道具を放り出し、わたしのところへやってきた。おむつバッグに手を伸ばすと、中からパック入りのオレンジジュースを取り出す。うまくストローを差し込めずにいるのを見て、わたしは手助けを申し出た。

「あなたと同じくらいノヴァもオレンジジュースを好きになるのかな？」ストローを差し込み、彼にパックを返す。

彼は一口飲んで、肩をすくめた。「別にそんなに好きじゃないけど」

わたしは笑った。「そればっかり飲んでるじゃない」

「それしか買ってもらえないからね」クルーはブランケットの上にまだ半分中身が入ったパックを投げ出すと、砂遊びに戻っていった。ジュースがブランケットにこぼれ、わたしはノヴァを抱きながら、なんとか倒れたパックに手を伸ばそうとした。

「クルー！」

彼は振り向きもしない。わたしはジェレミーを探して、ビーチを見た。でも見えるのは、リードにつないだ小型犬を散歩させている人が一人だけだ。

わたしはあきらめ、パックをそのままにした。すでにブランケットは砂まみれで、少しぐらいジュースがこぼれても大した違いはない。

クルーとわたしの関係はぎくしゃくしている。一つのチームになれるかと思った瞬間もあった。でも次の瞬間にはクルーはわたしを突き放すようなことをいったり、したりする。そのたびにわたしは彼らが住んでいた屋敷を訪れた最初の日を思い出した。クルーはわたしの目の前でぴしゃりとドアを閉めた。

ちょっとした嫌がらせだ、わざわざジェレミーに知らせる必要もない。クルーにはセラピーが必要だと真剣に話したこともあるけれど、彼は杞憂《きゆう》だと笑い飛ばした。

それはノヴァが生まれる二週間前、生まれてくる子どもの名前をどうしようか考えていたときのことだ。ジェレミーは気にするなというけれど、今もその瞬間のことは忘れられない。

クルーはキッチンテーブルに座って、ボウルに入ったシリアルを食べていた。わたしはカップにコーヒーを注ぎながら彼に話しかけた。「クルー、妹はどんな名前がいいと思う？」

彼は肩をすくめた。「なんでも。どうせ死んじゃうから」

わたしは言葉を失った。ショックのあまり何もいえなかった。

後になってその話をすると、ジェレミーは、それは自分を守るためのクルーなりの知恵だ、大騒ぎする必要はないといった。「姉がふたりとも死んだんだ。新しく生まれた妹についても、最悪の事態を想定するのは仕方ない」

その瞬間、所詮、自分は義理の母なのだと思い知らされた。ジェレミーとクルーの間にはゆるぎない絆がある。だからその話は二度と持ち出さず、心の中にそっとしまい込んだ。他にもクルーが発した、もっと些細で、問題がなさそうな言葉も、その場所にしまい込んでいる。

そんな記憶はすべて燃やしてしまうべきなのかもしれない。クルーへの不信感から自分を解放することができるように。でもジェレミーはその瞬間には居合わせていない。クルーがナイフを噛んだときも、自分の妹が死ぬだろうといったときにも。だからクルーの思いがけない行動について注意するのは、わたしの責任だという気がしている。

クルーを愛している。でも全面的に信用していいのかどうかわからない。けど、まだ幼い子どもを疑うのもいやだ。

この場所に座って、無邪気に砂で城を作る彼を見ていると、心のうちに大きな闇を抱えているとはとても思えない。

ノヴァが空腹を訴えて、泣きはじめた。わたしはシャツを下げ、クルーを見ながら授乳をした。クルーは泳げる。でもジェレミーもわたしも、気をつけすぎるくらいに気をつけている。とくに今の時期は泳ぐのには水が冷たすぎるし、突然、大きな波が来ることもある。ビーチでは絶対に彼から目を離さない。

犬を散歩させていた人物がこちらへ歩いてくる。一瞬、授乳をやめようかと思ったけれど、人影が女性だと気づいてかまわないと思った。ここから見る限り、犬はヨークシャテリアだ。犬に気づいたクルーが女性をわずらわせないことを祈る。でも犬のほうがクルーを見つけた。女性と犬がクルーへ近づいていく。まだ三メートルほど離れているけれど、見知らぬ他人が彼に近づくのを見て、不安がかき立てられる。もし女性がクルーに話しかけたら、わたしやジェレミーにも話しかけてくる可能性がある。そしてわたしたちには他人と距離をとるべき理由がある。

女性が一歩近づいてくるごとに、みぞおちの不安の塊が大きくなった。どこかは思い出せないけれど、どこかで会ったような気がする。胸騒ぎがする。考えすぎよ、ローウェン。**違う、わたしは用心深いの。**考えすぎよ、**用心深いだけ。**

これこそが引っ越しの理由だ。ビーチはわたしたちがいつも行く唯一の場所だ。しかも人が少ないときを選んで。ふたりとも、一緒にいるところを誰かに見られるのをひどく恐れている。

自分たちの結婚についても誰にも話していない。もちろんノヴァのことも。そうすることで過去とのしがらみを断ち切ろうとしている。わたしがジェレミーに出会ったのは、母が亡くなった直後だったし、すでに彼の両親も亡くなっていたから、これまでの人生から逃れるのは簡単だった。

コーリーはわたしがジェレミーの子供を身ごもったことも、ジェレミーやクルーと暮らしていることも知らない。ヴェリティが死んだ後、ジェレミーとわたしは、彼女の死について余計な疑いを持たれないよう、しばらく別々に暮らしていた。だからエイプリルも、わたしがふたたびジェレミーやクルーと暮らしはじめたことを知る由もない。誰もわたしたちがロマンティックな関係にあるのを知らない。あえて、知らせる必要もない。彼のもとで仕事をしていたとき、わたしはジェレミーの人生に関わる人に会ったことはほとんどなかった。彼の人生にいたのはヴェリティと子どもたちだけだった。

わたしたちは友達を作ろうともしなかった。知り合いは少なければ少ないほどいい。不審に思う人も少なくなるし、とにかくヴェリティの死とわたしたちの関係を結びつける人も少なくなる。

同時に、ヴェリティというブランドから自分たちを切り離すために、ジェレミーはクロフォードの苗字を捨てた。ノヴァが生まれたとき、わたしたちは彼女と同じ苗字になった。今、わたしたちはアシュリー一家だ。

誰もわたしがヴェリティの本を書いたことは知らない。執筆はローラ・チェイスというペンネームでしている。仕事は何かときかれると、わたしは作家と答え、代表作はローウェン・アシュリーの名前で書いた作品を教えた。ジェレミーは不動産業だ。そのほうが安全だ。

ジェレミーを通して取引をする出版関係者とわたしのエージェント以外、これから先に会う人は誰も、わたしがヴェリティの本を書いたことを知る人はない。読者は彼女が亡くなったこと、そして彼女のシリーズが他の作家によって引き継がれたことを知っている。でもその作家の顔は知らない。

ジェレミーがヴェリティの死に関与を疑われる恐れがなくなった今も、わたしたちはできる限り他人との接触を避けるようにしている。ヴェリティは火葬され、すべての証拠はなくなった。今、残っているのは状況証拠だけだ。

だが、用心するに越したことはない。波打ち際の女性が犬の散歩に専念し、このまま通り過ぎますように、わたしは祈った。

でも、彼女は通り過ぎなかった。

彼女はクルーから一メートルほどのところで立ち止まり、彼に話しかけようとしている。わたしのほうをちらりと見て、ふたたびクルーを見る。波の音にかき消されて聞こえないけれど、何かをいって、わたしに向かって手を振っている。

もはや会話を避けられそうにない。わたしはおどおどと小さく手を振り返した。ノヴァを胸から引き離し、シャツの胸元をかき寄せると、ジェレミーを探してビーチを見渡す。彼の姿が見えた。でもあまりにも遠い。遠すぎて、彼がこっちに向かっているのか、離れていっているのかもわからないほどだ。

女性がこちらへ向かって歩いてくる。ブロンドの髪が風に吹かれて顔にかかり、彼女はかけていたサングラスを、歩きながら頭の上に乗せた。感じのよさそうな女性だ。そのせいでどこかで見たと思ったのかもしれない。わたしの苦手な、いかにもミレニアル世代らしい女性だ。

彼女の目はじっとノヴァを見つめている。何かしら話しかける理由を探しているように。わたしはまだ母親になって三カ月だけれど、他人の赤ん坊との距離感は理解している。女性は、困った母親が、ちょっと赤ん坊を抱いていてくれと頼むのはごく普通のことと思っているらしい。でもわたしにいわせれば、それは無神経極まりない行為だ。

「ハーイ」女性はいった。

わたしはうなずいた。でも何もいわなかった。別に友達を作りにここに来たわけじゃない。

「わたしのこと、覚えてる？」女性がたずねる。

わたしを覚えてる？　わたしは首を傾げ、焦りを顔に出すまいとしながら、どこで彼女と会ったのか思い出だそうとした。

「覚えてるわけがないわね」彼女は忘れてとでもいうようにさっと手を振った。その手でクルーを示す。「クルーを見つけたから、そしたらまあ……」女性がわたしを振り返ってにっこり笑った。「あなたを見て、わたしがどれだけ驚いたかわかる？」

クルーを知ってるの？

ふたたびジェレミーを探す。今すぐ、ジェレミーが必要だ。ジェレミーが過去に関わっていて、わたしが知らない人からわたしを守るために。なんと返事をすればいいのかわからない。この瞬間、自分が何者であるべきなのかがわからない。ローウェン・アシュリー？　ローラ・チェイス？　それとも家族ぐるみの友達？

「わたしのことをご存じで？」声の震えを押し隠してたずねる。

「ご存じというほどでもないけど」女性はふたたびノヴァを見た。その目は好奇心がみなぎっている。あるいは猜疑心かもしれない。**ご存じというほどでもってどういう意味？**　彼女はクルーの名前を知っている、ってことは何らかの形で彼を知っているに違いない。

ジェレミーの同業者？　あるいは近くのスーパーの従業員？

どんなに考えても、どこで彼女と会ったのか思い出せない。

クルーがわたしたちのほうへ歩いてくる。それを見て、さらに不安が募った。もしクルーの目の前で嘘をついたら、彼が何をいいだすかわからない。クルーはさっき放り投げたオレンジジュースを飲みながら、わたしと女性をじっと見つめている。

女性はノヴァを手振りで示した。「娘さん？」

よかった。それなら答えられる。あいまいな言い方をする必要もない。

「ええ」

「かわいいわね。何カ月？」

この質問は困る。どう答えようかと考えていると、クルーがいった。「三カ月前に生まれたんだ。ぼくの妹だよ」誇らしげな声だ。別の状況でその言葉をきいたら、わたしの心はとろけただろう。でも今は凍りついた。なぜならこの女性が何者かも、そこまでプライベートな話をしても大丈夫かどうかもわからない。

クルーの言葉をきいたとたん、女性が驚きに息をのんだのがわかった。心配そうに彼をちらりと見る。まるでわたしがクルーにとって危険な人物でもあるかのように。そして自分が、わたしよりもクルーのことをよく知っていて、きょうだいが生まれたら、当然知っているはずだといわんばかりに。

「ってことは、父親はジェレミー？」女性は首を傾げ、目を細めてわたしを見た。

ジェレミーを知ってるの？「あの……」わたしはノヴァをしっかりと抱いて立ち上がると、女性と目を合わせた。「どなたでしょう？」

女性は微笑んだ。でも目はまったく笑っていない。「パトリシアよ。以前、会ったわよね。バーモントのスーパーで。あなたがヴェリティとジェレミーの家にやってきた直後」そういってノヴァを手振りで示す。「まさかあなたが……彼の子供を？」さげすむような口調だ。

パトリシア。思い出した。スーパーでジェレミーがからかった女性だ。その彼女が今、わたしの目の前にいて、わたしを打ちのめし、息も絶え絶えにさせる。ジェレミーにシャーマン――彼女の夫の名前はウィリアムだった――は元気かとたずねられて、彼女はひどく憤慨していた。親しげに振舞っていたけれど、ジェレミーは彼女を嫌っていた。信用もしていなかった。つまりわたしも彼女を信用できない。

パトリシアの背後に、ジェレミーがこちらへ向かってくるのが見えた。波打ち際から二十メートルほどのところで立ち止まり、様子を伺っている。遠すぎて、わたしたちの会話は聞こえないけれど、必要となれば、すぐにわたしを助けに来られる距離だ。助けて。

口の中がからからだ。泣きはじめたノヴァの声に、わたしはパニックになった。何もかもが一気に襲いかかってくる。シンプルだけれど、命取りになりかねない質問にどう答えたらいいのかわからない。

「パトリシア」

ジェレミーは彼女のすぐ後ろにきていた。

よかった。

ジェレミーの声にパトリシアは飛びあがり、胸に手を当てて振り向いた。彼がここにいるとは思ってもいなかったらしい。「あら、ジェレミー」

ジェレミーはわたしとパトリシアの間に立ちはだかり、クルーの肩に手を置いた。まるで彼女とわたしたち家族の間に、越える必要のない見えない一線があることを示すかのように。そしてもう一方の手を守るようにわたしの体に回し、わき腹をぎゅっとつかんだ。はたから見れば、実に愛情深い父親に見えるだろう。けれどわたしには彼が食いしばり、肩をこわばらせているのがわかった。

胸の鼓動がきかれないのがありがたい。わたしの心臓は今、ありえない速度で鼓動を刻んでいる。その音をきけば、誰でもわたしの罪悪感に気づくはずだ。わたしはぐずりはじめたノヴァを抱き寄せ、軽く揺らしてなだめながら、パトリシアとジェレミーを眺めた。

「なぜ、ノースカロライナに?」ジェレミーがたずねる。

「ウィリアムとわたしは、ここに別荘を持っているの」彼女はわたしに目を向け、じっとわたしの顔を見た。「あなたたちこそ、ここで何を?」今度はジェレミーを見る。「バーモントの家を売って、ここに駆け落ち? 皆、噂していたわ」どういう意味かわかるわよね、そういいたげな目でふたたびわたしを見る。

「旅行だ」ジェレミーが嘘をついた。「休暇でね」

パトリシアはあごでノヴァを示した。「葬儀では何もいってなかったわよね。もう一人子どもが増えるなんて」

ノヴァの生まれ月から逆算したうえでの嫌味だ。ジェレミーは何もいわない。ただわたしのウエストを強くつかんだ。まるで罵《ののし》り言葉を吐くのをこらえ、力を貸してくれとでもいうように。そしてありったけの冷静さをかき集めていった。「会えてよかった」明らかに退場を促している。

パトリシアは無理に笑みを浮かべた。でもどこか落ち着かない様子だ。見てはいけないものを見てしまったかのように。わたしを見つめて、一歩後ずさった。「そうね、会えてよかった」クルーを見下ろす。「クルーにもね」彼女はわたしに冷ややかなまなざしを向けると、何も言わず歩き出した。

ジェレミーは突っ立ったまま、無言でパトリシアを見ている。彼女は犬のリードを引っ張り、わたしたちのエリアから出るよう促した。そして最後にもう一度、おどおどと肩越しに振り返った。

ジェレミーはわたしの腰に腕をまわしたままつぶやいた。「クルーを連れて車に戻ってくれ」

わたしははっとして彼を見た。「なぜ?」

ジェレミーは左を見て、そして右を見ると、ビーチに他に人がいないことを確認した。それからわたしを見つめると、両肩をしっかりとつかむ。これほどまでにきっぱりとした顔のジェレミーを見たことはない。彼は親指でわたしの肩をさすった。「愛してる、わかってるよね?」

意味深な言い方だ。彼はわたしの目をじっと見た。「パトリシアは疑っている。これから十秒たたないうちに、彼女は友達に電話をかけるだろう。そうなったらただごとではすまなくなる」

「ただごとでは?」わたしはつぶやいた。自分たちの将来が危機にさらされていることを認めたくない。

「わかるよね」ジェレミーはわたしの肩から手を離した。「ふたりを連れて車で待ってて」パトリシアのほうを見ながら、しゃがんで、スニーカーを脱ぐ。「後に何も残さないで、ゴミの一つも」彼は荷物をすべて——靴、オレンジジュース、おむつバッグ——をブランケットの上に集めた。走っていって、クルーの砂遊びの道具を集め、砂の城を壊して平地に戻す。それから戻ってくると、道具も全部ブランケットに置いて、一つに包んだ。

「もう帰るの？　どうして？」クルーがたずねる。

ジェレミーは包みをベビーカーのシートの下にあるポケットに入れ、ノヴァをわたしの胸から引きはなした。ベビーカーに乗せられ、彼女が大きな声で泣きはじめる。「また、別の日に来よう。そろそろ暗くなる」

胸の鼓動が不規則になる。**なぜジェレミーは靴を脱いだの？**「ジェレミー？」恐ろしさのあまり、ほとんど声が出ず、わたしは小さな声でたずねた。そういえば以前、こんなふうになった彼を見たことがある。言葉少なで、決意を秘めた表情。あのときと同じだ。

「行って」彼が車を指さし、すぐに後でいくと手振りで示す。ただならぬ気配を感じたけれど、わたしは何も言わなかった。「やめて」とも「何をするの？」とも。

パニックが湧きあがる。右手でベビーカーのハンドルを、左手でクルーの手を握り、無言のまま歩き出す。砂丘の終わりまできたところで、肩越しに振り返ると、ちょうどジェレミーがパトリシアに追いつくのがみえた。

彼女はジェレミーが追いかけてきた姿も見ていないし、声も聞いていない。犬も同じだ。パトリシアはそこに立っていた。そして次の瞬間、忽然《こつぜん》と消えた。

ジェレミーが腰まで水につかり、彼女の背中に膝を押しつけている、手で彼女の後頭部を押さえつけて。ふたりは遠くて、声は聞こえない。けれど何が起こっているかは見ればわかる。

わたしはあたりを見回し、他に誰も見ていないことを確かめると、クルーを急き立て、車へ戻った。

頬が燃えるように熱い、こみあげる涙に目がひりひりと痛む。さいわいにも、クルーはわたしにほとんど注意を向けていない。もしちらりとでも見たら、わたしの心が激しい葛藤に崩壊寸前だと気づいただろう。ジェレミーが捕まるのは嫌だ、でもパトリシアを助けるべきだ。でも彼女を救えば、わたしの命を危険にさらすことになる。

それに助けようにも手遅れだ。たとえわたしの手の中にはスマホがあり、指が9の数字にかかっているとしても。わたしはその番号をタップしなかった。助けを呼びたいかどうかもわからない。このことでジェレミーを責めることもできない。彼女か、わたしたちかだ。

車にたどりつくと、クルーを後部座席に座らせ、ビーチを振り返る。あらためて目を凝らしても、砂丘にさえぎられて何も見えない。溺れるのがどんなものか、それが終わったら、どうなるのかわからない。

彼女か、わたしたちか。

わたしはもう一度あたりを見回し、他に誰もいないことを確かめると、ノヴァをベビーカーからチャイルドシートに移動させた。今、ノヴァはさらに激しく泣いている。早々とビーチを後にすることになって、クルーは唇を尖《とが》らせている。でもクルーの機嫌を気にする余裕はない。今、心を砕くべきは、わたしたちがここにいた痕跡を残さず、持ち物すべてを車にしまうことだ。

荷物を積み終わると、わたしは助手席に乗り込み、ジェレミーを待った。待っている時間が永遠にも思える。

「ノヴァ、だまれ」クルーがつぶやく。クルーがノヴァの泣き声にいら立ちを見せることはときどきある。でも、今のわたしには彼をたしなめる気力もない。ただここから早く立ち去りたい。けれどジェレミーが戻ってくるまでは車を出せない。

ジェレミーはどこ？

「うるさいっ！」クルーが叫んだ。

驚いて、彼を見る。「クルー！」

クルーは胸の前で腕を組んで、勢いよくシートに背中を預けた。「ダディはどこ？」

「すぐに戻ってくるわ」

胃がむかむかしはじめたとき、ようやくジェレミーが砂丘を越えてやってくるのが見えた。うつむいて、まっすぐに車のほうへ歩いてくる。運転席に乗り込んできた彼と、一瞬、目があう。決まりが悪そうな顔、いや、怯えているのかもしれない。

彼はずぶぬれだ。前髪から滴った水が額を通って目に入る。彼はエンジンをかけながら、滴り落ちる水を濡れたシャツで拭った。

「泳いだの？」クルーがたずねる。「どうして濡れてるの？」

「水に落ちた」ジェレミーがぶっきらぼうに答えた。車をバックさせはじめたジェレミーの唇は寒さに震えている。ノヴァがさらに激しく泣きはじめた。夫が女性を殺《あや》めた、そしてわたしは彼を止めようとはしなかった。ノヴァは泣き続けている。もう耐えられない。ノヴァの泣き声に、捕まるかもしれないという恐怖に、ジェレミーが何をしたか知っていることに。わたしは後部座席に手を伸ばし、チャイルドシートのバックルをはずしてノヴァを胸に抱きとり、まっすぐに前を向いた。乳首を含ませると、車の中が静かになった。

ビーチから遠ざかりながら、ジェレミーがわたしの手に手を伸ばし、力を込めて握りしめた。彼を見ると、彼もまたわたしをじっと見つめていた。

「ぼくたちにはこうするしかなかった」ジェレミーはつぶやいた。

わたしはうなずいた。たぶんそうだ。でもぼくたちじゃない。

溺死させたのはわたしたちじゃない。

彼だ。

わたしは車の窓の外を見た。頬を静かに伝う涙を拭うこともせずに。

＊　＊　＊

家に戻ったとき、ノヴァは眠っていた。ベビーベッドにそっと横たえる。クルーにシャワーで砂を落とさせ、その間に手早く夕食を温める。テレビをつけ、夕食を食べさせていると、今日もいつもと変わらない一日に思えた。

なんとか今日がいつもの一日のふりをしていよう。そうすればきっと、最後にはそれが本当だと思えるようになる。

帰宅するなり、ジェレミーはまっすぐに寝室へ向かった。わたしたちは一言も言葉を交わしていない。わたしは子どもの世話をして、彼は証拠の後始末をした。

今日起こった出来事を、どう受け止めればいいのかわからない。何をもっとも心配すればいいのかわからない。もし共犯者になったらどうしよう？　すでに彼の手にかかってふたりの女性が命を落とした。このままここにいて、三番目の犠牲者になるのを待っているつもり？

まさか、彼が？　ばかなことを考えないで、ローウェン。

彼はわたしを守るはずだ。わたしたちを。わたしたちはこの世界で出くわしたくない人々の一人にたまたま会った。それは不幸な出来事だった。でもそこにジェレミーが結びつけられる可能性があるとは思えない。

わたしはさらに数分かかって、ベビーカーに入れたものを取り出し、それぞれの置き場所に戻した。ブランケットを洗濯機に放りこみ、寝室へ戻る。脚がひどく震えて、寝室までたどりつくのもやっとだ。この瞬間まで、わたしは一言も発しなかった。でも今、自分が叫ぶのか、泣くのか、吐くのか、何をしようとしているのかわからない。わたしの体は全力で、ビーチで起こった出来事のすべてを拒否していた。

わたしは泣きながら、ドアを開けた。部屋の真ん中にジェレミーが立っている。まだ服は濡れたままだ。

わたしを見て、彼は我に返った。歩いてくると、くずおれそうなわたしを抱きしめた。そしてベッドに連れていくと、隣に腰をおろし、わたしの肩に腕を回す。頼もしくて、人を殺したい腕だ。

「仕方なかったんだ、ロウ。彼女はゴシップ好きだ」

わたしは泣きながら何かを言おうとした、でもできなかった。

「誰にもわかりっこない」彼は安心させるようにいった。「近くには誰もいなかった。後ろから近づいたから、彼女に引っかかれることもなかった。彼女は溺れた」彼はわたしの顔を両手で挟み、わたしの目をじっと見つめた。「パトリシアは溺れて死んだんだ、ローウェン」彼はヴェリティが寝ている間に死んだときと同じ、有無をいわせぬ口調だ。

ヴェリティは眠っている間に死んだ。

パトリシアは溺れて死んだ。

最悪のパターン、でもわたしもこのパターンの一部だ。彼がその話をでっちあげるのに手を貸した。

この瞬間ほど、彼を恐ろしいと思ったことはない。

この瞬間ほど、彼に守られていると感じたことはない。

二つの感情がせめぎあう。でも心の奥底では、彼がこれをやったのはわたしのためだとわかっている。わたしのため、わたしたちのため、ノヴァのため、クルーのため、わたしたち家族のためだ。

ジェレミーはわたしに安心させてもらいたがっている。じっとわたしの気持ちが落ち着くのを待っている彼のまなざしを見ればわかる。まだシャワーも浴びていない。なぜなら彼は知る必要があるからだ。自分自身の家では安全だ、わたしが彼を裏切らない、と。わたしは大きく息を吸って、今にもこぼれそうになる涙を押し戻した。

彼を失いたくない。失うなんてできない。秘密を守ると請け合わなければ、彼はわたしを危険因子とみなすだろう。裏切り者になるよりは、共犯者でいたい。「わたしにできることはある？」

わたしの質問にジェレミーの緊張が少し溶けた。キスに応えて、わたしもキスを返す。彼はわたしの額に額を押しつけた。「わからない。考えてみる」目を閉じ、無言のままわたしを引き寄せると、何度も後頭部をなでた。

「ありがとう」わたしは彼の耳元でどうにか声を絞り出した。「わかってる。わたしたちのためにやってくれたのよね、ジェレミー」

自分でもふりをしているのか、本気でそう思っているのかわからない。でもその言葉をいわなくちゃと思った。サバイバルのための勘だ。**わたしは彼を恐れているの？**

違う、わたしもそこにいた。これは彼だけの過《あやま》ちじゃない。いや、完全に彼の過ちだし、彼には他にどうしようもなかった。**罪のない女性が死んだのよ。**彼女は事故で溺れて、**彼が彼女を殺した。**頭がおかしくなりそうだ。

「シャワーを浴びてくる」彼は立ち上がった。バスルームへ向かい、ドアを閉める。シャワーの水音が聞こえた。

それから数分間、わたしはそこでじっとしていた。唇が震える、心臓がねじ切れそうだ。せめてパトリシアが母親でありませんように……。ジェレミーが子どもから母親を奪ったとしたらいたたまれない。だが、もし彼が手を下さなければ、わたしが子どもから引き離されることになっただろう。

先を、未来を見よう。それがどんなものになるかを想像してみる。わたし、ジェレミー、クルー、そしてノヴァ、どこか暖かい土地、サンディエゴかどこかで、皆で人目を忍んで暮らす。つましく、もう二度と誰かを殺すようなはめにならない生活を。

あるいはこのままここにいて、ヴェリティと過ごしたジェレミーの過去や、一人残されたパトリシアの夫、そしてわたしたちの過ち、将来犯すかもしれない過ちにあまりに近い場所で暮らす。

パトリシアの遺体が上がったら、警察はきっと事故による溺死と結論づけるだろう。彼女の家族は悲しむに違いない。でも、いずれ前に進む。ジェレミーとわたしが関与を疑われることはない。わたしたちはこの事件を忘れる、あの事件を忘れたように。

そしてジェレミーとわたしはいつまでもいつまでも幸せに暮らす。

もし彼がわたしに飽きなければ、彼が次の作家――ほれ込んで、雇って、家に連れてきたいと思う作家を見つけなければ、そして彼がわたしを危険因子とみなし、第三の犠牲者にすることがなければ……だけど。

頭ではわかってる。**頭を冷やして、ローウェン。**ジェレミーはあなたを愛している。ジェレミーは家族だ。**ジェレミーはヴェリティに惹かれたように、あなたには惹かれていない。**

「黙れ、黙れ、黙れ」わたしはつぶやいた。

立ち上がり、こめかみを強く押して、頭の中から疑念を追い払う。

ヴェリティとパトリシア、ふたりのことを忘れたい。西海岸に引っ越して、ふたりのことを忘れて、罪の意識と不安から逃れたい。ジェレミーはわたしを愛している。彼がわたしのために、わたしたち家族のために何をしたかだけを考えて。

彼はこんなふうにヴェリティを愛したことはなかったはずだ。

たぶんわたしの思い過ごしだ。ジェレミーはわたしが思う以上にわたしを愛し、求めているのかもしれない。たぶんヴェリティに脅かされる隙をつくったのはわたし自身だ。

彼は今、これまで誰を必要としたよりも、わたしを必要としている。なのに、わたしは彼をひとりにして、自分の不安と戦っている。

彼のわたしへの信頼をさらに強固なものにする必要がある。

わたしはバスルームに行き、中に入ると、後ろ手にそっとドアを閉めた。服を脱ぎ、床に散らばっていた彼の服のそばにすとんと落とす。シャワーブースに入っていくと、ジェレミーはわたしに背中を向けて立っていた。うつむき、うなじにシャワーの飛沫を浴びせ、緊張をほどこうとしている。まだ背後にいるわたしには気づいていない。わたしがそっと彼の肌に手を置いた瞬間、驚いて振り向いた。

わたしは何も言わなかった。静かに彼を見つめ、彼に向かって一歩踏み出す。乳房が彼の胸に触れると、彼の手がわたしの腰にかかった。

彼の目をじっと見つめてキスをする。軽く、やさしく、唇をついばむように。「愛してる」わたしはささやいた。視線を合わせたまま、服従を示すように、ゆっくりと彼の前で膝をついた。

視線を合わせたまま、前に体をかがめ、その部分にそっと舌を這わせる。唇が触れた瞬間、彼がびくりと動き、固くなっていく。うなじに彼の手を感じながら、わたしはもう一度キスをして、先端を口に含んだ。

これはこのシャワーの中で、彼がもっとも予期していなかったことだ。わたしを見下ろす彼の表情と切なげな瞳の奥にちらつく欲望でわかる。わたしは彼の人生の最悪の瞬間に、もっとも意表をつく行動に出た。

だがルーティンは退屈の始まりだ。ジェレミーを飽きさせるわけにはいかない。考えるだけで恐ろしい。もしジェレミーがある日、わたしに飽きたら彼がどうするか、わたしは知りすぎている。

わたしがもはや共犯者でなくなり、単なる危険因子になったら……。

彼がわたしの頭を両手で包み込み、自分に押しつけた。喉の奥の奥まで押しつけて、どこまでわたしが受け入れるのかを試している。

わたしはテストに合格し、さらに深く彼を受け入れた。息苦しさに、彼の行為が今夜目撃した恐怖と重なる。彼はわたしの頭を両手で押さえつけ、わたしを自分で満たした。限界を感じた瞬間、彼がわたしの頭を引っ張った。

大きく二度、息を継がせると、すぐさま再び自分のものを押し込む。わたしの頭を押さえ、わたしが彼の太ももに爪を立てて、もがくさまを眺めている。

三度目も同じことの繰り返しだ。わたしの爪が食い込んで、彼の肌から血が流れだした。だがそれも彼をさらに昂ぶらせるだけだ。さらに長く抑え込まれ、もがいたあげくに、ようやく解放される。息をつく間もなく、くるりと体の向きを変えさせられた。

「体を倒して」彼はわたしを前に押し、腰をつかんだ。

シャワーブースの壁に手をつき、衝撃に備えたわたしの中に、彼が後ろから荒々しく入ってきた。思わずこぼれた喘ぎ声を彼が制する。彼はわたしの髪の毛をつかみ、さらに激しくファックした、わたしの体が奏でる音を楽しんでいる。もっと激しく、もっと速く、そして最後は後ろからわたしにぴったりと重なり、脚を震わせてすべてを解き放った。

「ちくしょう《ファック》」シャワーブースに響きわたる彼の声に、みぞおちが震える。ジェレミーはわたしのお尻をつかんで、ゆっくりと引き抜いた。

わたしの髪をつかんで自分のほうを向かせると、深く舌を差し入れる。

こんなふうに――まさにヴェリティが自伝で描いていたように――欲望をむきだしにキスされるのは初めてだ。その瞬間、わたしは逃れようとしている現実を忘れた。脚を片方持ち上げられ、背中をシャワーの壁に押しつけられたかと思うと、彼の手を脚の間に感じた。二本の指を差し入れ、もっとも敏感な部分を親指でもてあそぶ。有無を言わせぬ強引さに胸が熱くなる。痛みを覚え、わたしは彼の唇に向かって小さなうめき声をあげた。彼の指づかいにかつての気遣いはまったくない。きっとあざが数日間残るだろう。

何度も喘ぎ声をあげさせられ、心が砕けはじめる。ジェレミーは指をさらに深く差し入れ、プレッシャーを加えていく。のぼりつめた瞬間、涙が頬を伝う。でもそもそもシャワーに入っていたときから泣いていたのか、それすら覚えていない。

ファックの後、気がつくと、わたしは泣きながら、微笑んでいた。自分で自分が怖くなり、彼に気づかれる前にそっと涙を拭う。もはやヴェリティはこの世にいない。なのに、この期《ご》にいたってなお、わたしは彼がヴェリティを求めたように、自分を求めてくれたという事実に心の中のリストにチェックをいれている。**わたしはいったいどうなってしまったんだろう？**

腕を絡め、息を整えながら、ジェレミーはわたしをシャワーの中に引き入れた。そして次の瞬間、彼はわたしの頭の横にキスをして、シャワーを出て行った。

そのあとも、わたしは降り注ぐシャワーの中でうずくまっていた。温かな湯が自分の体の中を駆け巡るさまざまな感情を静めてくれるのを願って。これらの感情をどう整理すればいいのかわからない。すべてがごっちゃになって、まるで有刺鉄線を丸めて作った球のように、わたしの胸の中で大きな塊になり、あばらが押されて、息がうまくできない。

まだジェレミーに窒息させられているみたいに。

どうにかシャワーから出て、体を拭くと、ドアにかかっていたバスローブをはおった。寝室へはいると、ジェレミーがベッドの端に座って、テレビを眺めていた。息をつめて夜のニュースを見守っているけれど、まだあの出来事が起こってから一時間ほどしかたっていない。ニュースになるには早すぎる。わたしは何も言わず、部屋を出て、子どもたちの様子を見に行った。

クルーもまだリビングでテレビの前に座って、じっと画面を見つめていた。家の別の場所で、お互い知りもせずに彼とジェレミーの行動がシンクロしていることが不気味に思える。

わたしはリビングを通り過ぎ、ノヴァの寝室へ向かった。爪先立ちでベッドに近づき、彼女を見下ろす。

次の瞬間、はっと口に手をあてた。

いない。

倒れそうになり、ベビーベッドの手すりをつかむ。「ジェレミー」気が動転して、うまく声が出ない。「ジェレミー！」ノヴァを探して、部屋から走り出る。「ジェレミー！」

廊下の先にいた彼がわたしを抱きとめた。

「ノヴァがいない」わたしは弱々しい声でいった。「ベッドにいないの！」パニックだ。ジェレミーはわたしを放すと、ノヴァの寝室へ駈け込んだ。だが空のベビーベッドを見て、リビングに戻ってきた。

「妹をどこへやった」ジェレミーがクルーにたずねる。

クルーはきょとんとした顔だ。「また泣いてたから」そういうとテレビに視線を戻す。「テレビが聞こえないんだもん」

「ノヴァをどこへやった？」ジェレミーはどなった。切羽詰まった声に、わたしの肩にのしかかっていた恐怖がさらに重みを増す。床に沈みこんでしまいそうだ。彼はクルーの腕を引っ張って立たせ、わたしは壁にもたれかかった。倒れまいとして、爪が食い込むほど強くドア枠を握りしめて。

「外に出した」緊迫したわたしたちの様子に困惑したように、クルーがいった。

外？

ジェレミーがあわてて玄関から駆け出し、わたしもその後を追った。日は沈み、すでに暗い。わたしたちを検知して、セキュリティランプが明滅する。聞こえてきたノヴァの泣き声に、ほっと安堵の息をついた。でもまだ動揺はおさまらない。

わたしたちはほぼ同時にノヴァを見つけた。玄関から三メートルほどのところ、芝生の上に寝かされ、大きな声で泣いている。

ジェレミーが駆け寄り、彼女を抱き上げた。こちらへ戻ってくるふたりの姿に、涙が止まらない。彼はわたしにノヴァを渡すと、大きな足どりで家の中へ入り、リビングへ向かった。クルーを叱りつける声が聞こえる。その場にいて、彼がお仕置きされるのを見たくない。

わたしはあわてて寝室へ向かい、ドアを勢いよく閉めると、ベッドの上でノヴァを抱きしめて丸くなった。彼女にけががないか確かめる。何かあったら許さない、アリに噛まれた跡とか何か……。

ノヴァは無傷だった。

どこにもけがはない。

それでもわたしの涙は止まらなかった。

やがて頭の中で声が聞こえた。「今よ、早く彼から離れて」その声が自分のものかどうかさえわからない。おまけにそれがジェレミーから離れろというのか、クルーから離れろというのかわからない。それともふたりともから？　わたしはおかしくなったの？　**あなたは正気よ。彼はまだ子どもよ、心に傷を負っているの。違う、彼は危険よ。**

ジェレミーが部屋に入ってきた。ベッドで隣に座り、わたしの肩を抱いて、耳の上にキスをし、ノヴァのつむじにもキスをした。「ノヴァが無事でよかった」彼は安心させるようにわたしの腕をなでた。「悪かったね」

彼が何に謝っているのかわからない。クルーがわたしの中にかろうじて残っていた信頼を打ち砕いたこと？　今夜、ジェレミーがあの女性の命を奪ったこと？　去年、ヴェリティを殺したこと？　わたしを壊れた家庭に引き入れて、ふたたび機能不全の家族を始めたこと？

ようやく眠りについたノヴァの横で、わたしは声をあげて泣いた。

ジェレミーはベッドの端に座ったままだ。その目は、昨日のニュースを報じるテレビにくぎ付けだ。この屋根の下で、誰一人として信用できる人はいない。自分自身でさえ。

とぎれとぎれに聞こえるアンカーがニュースを読みあげる声に、わたしも耳を澄ます。溺死体、発見、近くにいた犬は無事、家族に連絡……。わたしたちにとってまずい情報が出るのではないかとびくびくして目を閉じる。でも何もなかった。

「よかった」ジェレミーはテレビを消した。「警察は事故だと考えている。大丈夫だ」

まるで自分自身に言い聞かせるような口調だ。わたしたちの生活の小さな一部は大丈夫かもしれない。でも他はまったく大丈夫じゃない。

全然大丈夫じゃない。

わたしの隣で眠るのは、自らが脅威とみなしたふたりの女性を殺した男だ。おまけに廊下の先には病んだ心を抱えた子ども、普通の家族が人生において経験するすべてのトラウマをあわせたより大きな悲劇を目撃した子どももいる。

そして、わたしも。もはやこの世にはいない女性を相手に競い続け、どういうわけか負けそうになっている。

ゲームに負けて、正気を失ったら、わたしの世界に大丈夫なものは何もなくなる。

クロフォードの名前から逃げ出すことはできる。でも、また別の悲劇が隙あらばとわたしたちを待ち構えている。結局、わたしたちは〝クロニクス〟の家族だ。

読者の皆さんへ

何からお話すればいいのでしょう……。

二〇一八年に『ヴェリティ／真実』を書き始めたとき、わたしは不安に押しつぶされそうでした。この作品が、これまで自分が書いて、皆さんに届けてきた物語とはあまりにかけ離れたものだったからです。あまりにかけ離れすぎて、きっと多くは売れないと思っていました。執筆中も、この本を読んでくれるのはわたしの母しかいないかもしれない、そう自分に言い聞かせていたほどです。だが、それでも『ヴェリティ／真実』を書くのが楽しくて、楽しくて、書くのをやめられませんでした。

やがて本作が書店に並ぶ日には、これまでわたしのファンだった皆さんが、まったく新しいジャンルのこの作品を手に取ることにしり込みしてもそれはそれで仕方ない、そう開き直ってもいました。ところがわたしの予想は大きく裏切られました。驚いたことに、これまで駆け出しの頃からわたしを応援してくださった皆さんに加え、この作品をきっかけにわたしを知ってくださった皆さんも、多くの人々が本書を手に取ってくださったからです。

逃げ出さず、いつもわたしのそばにいてくれてありがとう。

作家として、わたしの唯一の目標は人を楽しませることです。でも人を楽しませたことで、自分が楽しませてもらえるなんて、思ってもいませんでした。作品に関するＴｉｋＴｏｋやディスカッショングループ、皆さんがシェアしてくれるすばらしいイラストや動画の数々はもちろん、〈原稿チーム〉と〈手紙チーム〉の二手に分かれ、どちらのヴェリティにより共感できるかを巡って、オンライン上で繰り広げられる皆さんのやりとりを眺めるのは、とても楽しい時間でした。感謝の言葉もありません。この不穏に満ちた物語と登場人物たちを、熱狂をもって迎え入れ、わたしを楽しませてくれて本当にありがとう。

『ヴェリティ／真実』のハードカバー出版にあたって、おまけの一章を書くのはとても楽しい作業でした。気に入ってもらえるといいけれど……。

わたしの夢であった書くことをいつも応援してくださる皆さんに、心からの感謝を！

愛をこめて
コリーン・フーヴァー

解説

山口真果

結末を読みながら、ぽろぽろと涙を流す読者の動画が十四万件もの「いいね」を集める。空港で読書に没頭し、ページをめくった途端に愕然とした表情を浮かべる女性を映しただけの動画に三万七千件近いコメントがつく。「読んでるのはあの場面だよね!?」、「彼女の気持ち、わかる！」。英語、アラビア語、タイ語、ポーランド語、日本語で綴られた共感を示すコメントにも、何百件もの「いいね」が寄せられる。どれもコリーン・フーヴァーの代表作『イット・エンズ・ウィズ・アス　ふたりで終わらせる』を読んだ人々のリアルな反応だ。ページという ページに線が引かれ、ボロボロになったペーパーバックを手に、「ここがよかった」、「あの台詞が忘れられない」と読者をSNS上で熱く語らせるコリーン・フーヴァーとは、一体どんな作家なのだろうか。

一九七九年にアメリカのテキサス州で生まれたフーヴァーは、テキサスA&M大学を卒業した後、トラック運転手の夫とトレーラーハウスで暮らし、三人の息子を育てながらソーシャルワーカーとして働いていた。[*1] そして二〇一一年、「プレゼントを買うお金がなかった」という理由から母親へのクリスマスギフトとして小説を書き上げる。[*2] 当時のめり込んでいたポエトリースラム[*3]をモチーフに使用し、十八歳の少女を主人公に据えたコンテンポラリーロマンスだ。さらに二〇一二年には、『Slammed（邦訳は『そして、きみが教えてくれたこと』、鹿田昌美訳、ヴィレッジブックス、二〇一四年）』というタイトルをつけたこの作品の自費出版に踏み切る。思い切って門を叩いたいくつかの出版社からはすげなく出版を断られたため、華々しい作家デビューも、それに伴うサイン会やトークイベントといったマーケティングキャンペーンも見込めなかった。だがこの小説を読み、すっかり夢中になったフーヴァーの家族や友人は口コミやブッククラブで草の根プロモーションを開始。[*4] フーヴァー自身もソーシャルメディアを活用してインフルエンサーに本を配るなどした結果、さらに多くの読者の支持を得た『そして、きみが教えてくれたこと』は、デビュー作にして『ニューヨーク・タイムズ』ベストセラーリスト入りを果たした。

その後専業作家となり、二十冊以上の作品を出版したフーヴァーの名が世界的に知られるようになったのは二〇二一年のこと。二〇一六年に出版した『イット・エンズ・ウィズ・アス ふたりで終わらせる』（相山夏奏訳、二見書房、二〇二三年三月）が『ニューヨーク・タイムズ』のベストセラーリストに再浮上したかと思うと、四百万部超えという爆発的ヒットを記録したのだ。出版から五年が過ぎたのちに生じたこの規格外のヒットには、二つの大きな理由がある。まず、インスタグラムやＴｉｋＴｏｋの読書家コミュニティで話題となったこと。従来の読者層であるロマンス小説愛好家だけでなく、ソーシャルメディアを使いこなすZ世代など、今までリーチできていなかった幅広い読み手が「ＣｏＨｏ」（ファンがフーヴァーにつけたニックネーム）のとりこになった。そして、ちょうど新型コロナウイルス感染症が世界的に大流行していたこと。複数の都市でロックダウンが実施されたアメリカでは読書ブームが巻き起こり、本に手を伸ばす人が増えた。なかでもロマンス小説は二〇二一年以降、売上げを拡大し続けている。愛し愛される喜びを実感させてくれ、どんな紆余曲折を経たとしても必ずハッピーエンドを迎えるからこそ安心して物語の世界に身を委ねることができるこのジャンルの作品は、他者とのつながりを感じにくくなり、社会経済が不安定化したこの時期、人々の心のよりどころとなった。そして、そんな小説の代表が『イット・エンズ・ウィズ・アス』だったのである。

ところで、パンデミックが落ち着いた二〇二三年現在も、ロマンス小説の勢いは衰えていない。いくつもの作品がベストセラーリストに名を連ねる。たとえばＬＧＢＴＱものや性描写を含まない「クリーン」あるいは「ホールサム」ロマンスなど新たな要素を取り込み、ジャンル自体がますます成長している。そういう意味では、フーヴァーはまさにこのジャンルを体現する作家なのかもしれない。つまり、ロマンス作家として紹介されることが多い彼女の作品は、けっしてロマンスのみにとどまるものではないのだ。スリラー、ミステリー、ヤングアダルトなどさまざまなカテゴリを越境し、家庭内暴力から貧困、贖罪《しょくざい》、心の健康、パラノーマルまで（！）ありとあらゆるテーマを縦横無尽に取り入れる。だが、万華鏡のようにくるくると印象を変える彼女の作品には、共通の特徴がある。さくさくと読めるなめらかな文体、読者の深い共感を呼ぶ登場人物、ジェットコースターのような急展開。読み始めたら止まらなくなる、寝る前に少しだけ読むつもりが結末まで読み進めてしまった、そういう声がアマゾンやGoodreadsのレビューにはあふれている。

本作『ヴェリティ／真実』はフーヴァーが初めて執筆したサスペンス小説だ。しかも「書いていて一番楽しかった」[*5]と語っている。主人公は目立つことが苦手で社交下手な無名作家、ローウェン。介護していた母を亡くし、身も心もすり減らしていた彼女に、ある日不可解な仕事のオファーが届く。事故にあい、寝たきりとなった大人気作家ヴェリティの共著者として、ヒットしている作品の続きを執筆してほしいというのだ。なぜ自分が選ばれたのか不思議に思いながらも了承し、資料を確認するためヴェリティの家を訪れたローウェンは、彼女の仕事部屋で『運命のままに』と銘打たれた自伝らしき原稿を見つける。そこに描かれていたのは、思わず目を背けたくなるほど生々しく恐ろしい、ヴェリティの隠れた心情だった。だがローウェンは、序文で予言されているとおり、嫌悪を感じながらも比類のない筆力に圧倒され、彼女が抱えていた暗闇をのぞき込むことをやめられなくなる。

人間だから
好奇心があるから
どうぞ読み進めなさい

甘いささやきにそそのかされる。読んではいけないとわかっているのに、読まずにはいられない。まるでパンドラの箱だ。なぜならこの自伝によって、ローウェン自身の怒りや嫉妬、憎しみが解き放たれるのだから。

御法度《ごはっと》だと頭では理解しつつも、ローウェンはヴェリティの魅力的な夫、ジェレミーに惹かれていく。初対面のときから好印象を抱いていたとはいえ、たった数週間一緒の家で過ごしただけでは、恋心はそこまで育たなかっただろう。生身のジェレミーだけではなく、ヴェリティが自伝で描いたジェレミーに、ヴェリティに向けられた彼の情熱や娘たちに対する優しさに、ローウェンは焦がれる。だから恋が深まれば深まるほど苦悩や葛藤も増す。どこまでが現実で、どこからが架空（フィクション）なのだろうか？

つねに緊張と不安に苛まれるようになっても、自伝のページを繰り続けるローウェンの気持ちを誰より理解できるのは、同じように本書のページをめくっているあなたのはずだ。フーヴァーもヴェリティ同様リアリティにあふれる筆致を駆使して、ともすればサスペンス小説にありがちな設定に血と肉を与えている。登場人物は誰もが秘密を抱えている。それぞれの笑顔の裏に隠された喪失の悲しみ、病いとの葛藤、母と娘の軋轢《あつれき》など、各エピソードに読み応えがあり、その部分をふくらませてひとつの作品にしてほしい、そちらも読んでみたいとすら思う。「裏も表もすべてが好ましい、そんな人間などいない」とはヴェリティの言葉だが、「人間は誰だって欠点（flaws）がある。そして私は欠点にこそ魅力を感じる*6」と語ったこともあるフーヴァーならではの人物造形が光る。

ヴェリティ――「真実」という名を持つ女性は、光を反射させ、暗闇を増幅し、あたかも鏡のようにまわりの人の真実を映し出す。それでいて、ローウェンと読者を惑わせる。真実のヴェリティが投影されているのは自伝なのか、それとも手紙なのか？　最後まで読んだ人の中でも意見が分かれるところだが、新しく書き下ろされたエピローグによって真実《ヴェリティ》はさらなる「霧の中」へと姿をくらませてしまう。完成した砂の城が波にさらわれるように、パズルのピースが再びバラバラになるように。けれども、だからこそ最初から読み返したくなる。作品を読み終えた他の誰かと、ああでもないこうでもないと話し合いたくなる。物語の持つ力、本の世界に没頭する幸福をあらためて実感できる。

初めてフーヴァー作品を読む方にとっても、すでにフーヴァーファンの方にとっても、忘れられない読書体験となるであろう新たな『ヴェリティ／真実』を、他の作品に引き続き相山夏奏氏による巧みな翻訳で堪能できることはとても喜ばしい。また、本作においてサスペンス作家としても第一級であることを証明したフーヴァーは、現在取り掛かっている『イット・エンズ・ウィズ・アス』の映画化にまつわる仕事がひと段落したら、新たにサスペンスを執筆するつもりだと明かしている。[*7] 出版社との契約内容から見ると、これから数年にわたって複数のサスペンス作品が出版されるようだ。これらの作品も日本語で楽しめるようになる日が待ちきれない。

＊1　「How Colleen Hoover Rose to Rule the Best-Seller List」、アレクサンドラ・オルター、『ニューヨーク・タイムズ』、二〇二二年十月九日
＊2　「Colleen Hoover」、ブリタニカ
＊3　詩の朗読を競い合う協議会のこと。一九八四年にシカゴで始まった。
＊4　「Colleen Hoover writes charming, addictive novels. Her own rag-to-riches story reads like a best-seller」、シーラ・フリン、『インディペンデント』、二〇二三年九月一日
＊5　「A Q&A with Colleen Hoover for Verity」、マーク・スキナー、ウォーターストーンズのブログ記事、二〇二一年一月十九日
＊6　「Colleen Hoover reveals whether Verity's letter is real...」、bettysbooklist、YouTube、二〇二二年一月十九日
＊7　「Colleen Hoover reveals what genre her next book will be」、アレックス・ポーテー、TODAY、二〇二三年六月三十日

（トーキョーブックガール主宰／翻訳者）

本書は『秘めた情事が終わるとき』（2019年小社刊）を
改訳・改題し、新たに「エピローグ」を加えた特別編集版です

ヴェリティ／真実《しんじつ》

2023年12月25日　初版発行

著者　コリーン・フーヴァー
訳者　相山夏奏《あいやまかなで》

発行所　株式会社 二見書房
東京都千代田区神田三崎町2-18-11
電話 03(3515)2311［営業］
03(3515)2313［編集］
振替 00170-4-2639

印刷　株式会社 堀内印刷所
製本　株式会社 村上製本所

ISBN978-4-576-23117-4
https://www.futami.co.jp/